参 见 第 ① 章

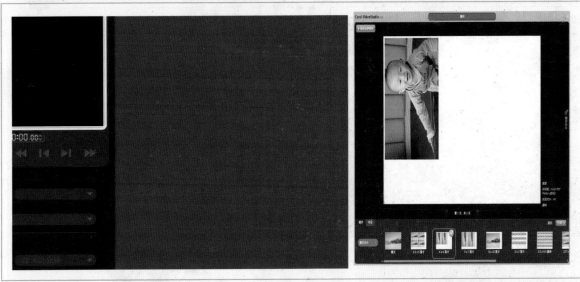

参 见 第 ② 章

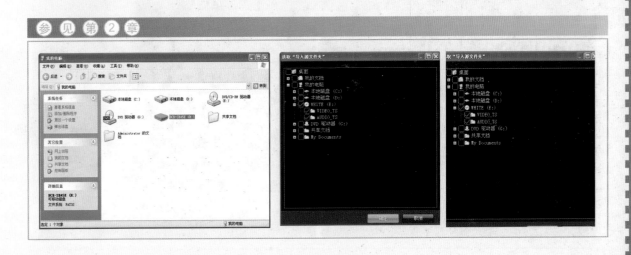

参 见 第 7 章

参 见 第 8 章

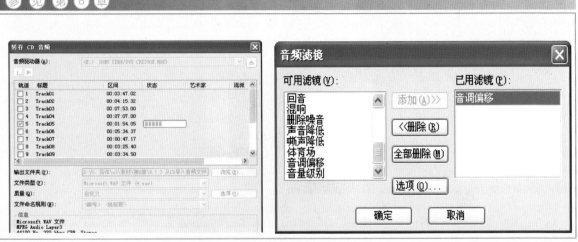

会声会影X3
数码视频编辑
典型实例

陈宏波　编著

清华大学出版社

北京

内 容 简 介

本书理论结合实例操作，系统地介绍了使用会声会影 X3 进行视频编辑的方法。全书共分 11 章，分别介绍了会声会影 X3 的基础知识，使用会声会影 X3 获取素材，编辑视频与相片，为影片添加转场、滤镜、覆叠效果，为影片设置文字及音效，影片的分享与输出等内容。第 10 章和第 11 章通过两个综合实例完整地介绍了影片的制作方法。

本书内容丰富，浅显易懂，适合会声会影初中级读者、视频编辑爱好者、拍客以及家庭影视制作的用户使用。

图书在版编目（CIP）数据

会声会影 X3 数码视频编辑典型实例/陈宏波 编著. —北京：清华大学出版社，2011.3
ISBN 978-7-302-23979-6

Ⅰ. 会… Ⅱ. 陈… Ⅲ. 图形软件，CorelDRAW X3 Ⅳ.TP391.41

中国版本图书馆 CIP 数据核字 (2010) 第 206081 号

责任编辑：胡辰浩（huchenhao@263.net） 袁建华
封面设计：子时文化
版式设计：孔祥丰
责任校对：成凤进
责任印制：王秀菊

出版发行：清华大学出版社   地   址：北京清华大学学研大厦 A 座
　　　　　http://www.tup.com.cn   邮   编：100084
　　　　　社　总　机：010-62770175   邮   购：010-62786544
　　　　　投稿与读者服务：010-62776969，c-service@tup.tsinghua.edu.cn
　　　　　质　量　反　馈：010-62772015，zhiliang@tup.tsinghua.edu.cn
印 刷 者：北京市世界知识印刷厂
装 订 者：北京市密云县京文制本装订厂
经   销：全国新华书店
开   本：203×260 印 张：18 插 页：2 字 数：532 千字
　　　　　附光盘 1 张
版   次：2011 年 3 月第 1 版   印   次：2011 年 3 月第 1 次印刷
印   数：1～5000
定   价：59.00 元

产品编号：023529-01

前　言

随着近年来电子科技、计算机科学技术与数码技术的不断发展，越来越多的数码产品进入普通百姓家。数码摄像机技术的进步与产品价格的下降，也使得越来越多的人在工作、生活和学习中使用它们。而较之过去极其昂贵和操作繁琐的传统摄像机与视频采集设备，如今的硬盘式或闪存式DV可以非常方便地进行拍摄和后期制作。

会声会影X3中文版是2010年Corel公司最新推出的一款面向专业与业余、商业与个人等各领域的影片制作软件。它支持从影片获取到高画质视频编辑及光盘制作的全过程,也支持多种高清视频格式，可以制作出专业级的字幕与影视特效。它还提供了多种免费的音乐和主题模板，不管是在编辑家庭视频或者是在专业用途上，都能够节省大量的时间和精力，制作出精彩的影片。

本书共分11章，第1章介绍了会声会影X3的基础知识和视频编辑的常见术语；第2章介绍了获取影片素材的多种途径；第3章介绍了修整视频素材和照片素材，色彩校正及视频格式的批量转换；第4~8章分别介绍了为影片添加转场、滤镜、覆叠等效果，设置标题文字、音频音效的方法；第9章介绍了创建视频文件、刻录光盘，并通过互联网分享影片的方法；第10章通过制作电子相册的综合实例，对创建影片的过程进行了复习；第11章结合"简易编辑"与"高级编辑"两大组件介绍了制作一部完整影片的方法。

除封面署名的作者外，参加本书编写和制作的人员还有洪妍、方峻、何亚军、王通、高娟妮、杜思明、张立浩、孔祥亮、陈笑、陈晓霞、王维、牛静敏、牛艳敏、何俊杰、葛剑雄等人。由于作者水平所限，本书难免有不足之处，欢迎广大读者批评指正。我们的邮箱是huchenhao@263.net，电话010-62796045。

作　者
2010年12月

参 见 第 ⑨ 章

参 见 第 ⑩ 章

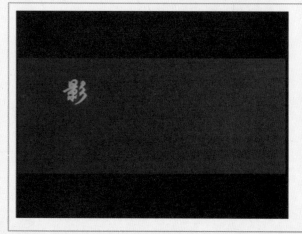

目 录

第1章　会声会影X3的基础知识

1.1　初识会声会影X3·············2
1.1.1　会声会影X3的四大组件·············2
1.1.2　会声会影X3的新功能·············3
1.2　了解会声会影X3的界面布局·············6
1.2.1　界面总览·············6
1.2.2　菜单栏·············7
1.2.3　素材库·············8
1.2.4　视图模式·············12
1.2.5　选项面板·············13
1.3　会声会影X3项目文件的基础操作·············14
1.3.1　新建项目文件·············14
1.3.2　在项目文件中插入素材·············15
1.3.3　保存、打开和退出项目文件·············16
1.3.4　项目文件的属性设置·············18
1.4　会声会影X3的参数选择·············19
1.5　视频编辑的常见术语·············22

第2章　获取素材

2.1　从硬盘式DV中获取素材·············26
2.2　从移动设备中获取素材·············28
2.3　从影音光盘中获取素材·············30
2.4　录制画外音·············33
2.5　通过绘图创建器获取素材·············34
2.5.1　参数选择和录制模式的设置·············35
2.5.2　使用绘图创建器创建动画·············35

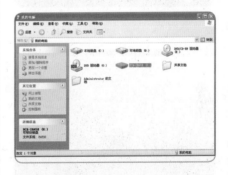

第3章　编辑视频与图片

3.1　修整素材·············40
3.1.1　通过导览面板剪辑素材·············40
3.1.2　多重修整视频·············42
3.1.3　按场景分割视频·············44
3.1.4　反转视频·············46
3.1.5　调整素材的播放时间·············46
3.1.6　调整素材的画面方向·············49

3.2 素材色彩的简单调整··············49
   3.2.1 调整白平衡··················49
   3.2.2 调整色彩参数················52
   3.2.3 自动调整色调················53
3.3 照片素材的重新采样··············54
   3.3.1 重新采样选项················54
   3.3.2 摇动和缩放··················54
3.4 视频格式的批量转换··············55
3.5 保存修整后的素材················57
   3.5.1 保存修整后的视频素材至素材库·····57
   3.5.2 将视频素材中的画面保存为快照····58
   3.5.3 将修整后的素材保存为智能包·······59

第4章　影片编辑之场景转换

4.1 转场效果的添加、设置与删除·······62
   4.1.1 添加转场效果················62
   4.1.2 设置转场效果················65
   4.1.3 删除转场效果················66
4.2 常用转场效果的设置··············66
   4.2.1 三维转场··················66
   4.2.2 相册转场··················68
   4.2.3 取代转场··················70
   4.2.4 时钟转场··················72
   4.2.5 过滤转场··················74
   4.2.6 胶片转场··················76
   4.2.7 闪光转场··················77
   4.2.8 遮罩转场··················78
   4.2.9 果皮转场··················80
   4.2.10 推动转场··················82
   4.2.11 卷动转场··················82
   4.2.12 旋转转场··················83
   4.2.13 滑动转场··················84
   4.2.14 伸展转场··················85
   4.2.15 擦拭转场··················85
   4.2.16 NewBlue样品转场············86

第5章　影片编辑之滤镜效果

5.1 滤镜的添加、设置与删除··········90
   5.1.1 添加滤镜··················90
   5.1.2 设置滤镜··················92
   5.1.3 删除滤镜··················95
5.2 常用滤镜的使用与设置············95
   5.2.1 二维映射滤镜················95

5.2.2 三维纹理映射滤镜 ···········98
5.2.3 调整滤镜 ···········100
5.2.4 相机镜头滤镜 ···········104
5.2.5 Corel FX滤镜 ···········109
5.2.6 暗房滤镜 ···········110
5.2.7 焦距滤镜 ···········114
5.2.8 自然绘图滤镜 ···········114
5.2.9 NewBlue样品效果 ···········115
5.2.10 特殊滤镜 ···········116
5.2.11 NewBlue 视频精选II ···········119

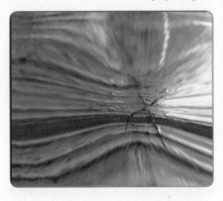

第6章　影片编辑之覆叠效果

6.1 添加覆叠素材 ···········122
6.1.1 在一条覆叠轨中插入素材 ···········122
6.1.2 在多条覆叠轨中插入素材 ···········123
6.2 对覆叠素材的基本操作 ···········125
6.2.1 调整覆叠素材的位置 ···········125
6.2.2 调整覆叠素材画面的大小和形状 ···········126
6.2.3 调整覆叠素材的回放时间 ···········128
6.2.4 覆叠素材的进入和退出方向 ···········129
6.2.5 覆叠素材的淡入淡出与旋转
动画效果 ···········129
6.2.6 为覆叠素材添加滤镜 ···········130
6.2.7 复制覆叠素材属性 ···········131
6.3 遮罩和色度键 ···········132
6.3.1 设置覆叠素材的透明度 ···········132
6.3.2 设置覆叠素材的边框 ···········133
6.3.3 设置色度键 ···········134
6.3.4 设置遮罩帧 ···········135
6.4 添加预定义图形 ···········138
6.4.1 添加"色彩" ···········138
6.4.2 添加"对象" ···········139
6.4.3 添加"边框" ···········140
6.4.4 添加"Flash 动画" ···········141

第7章　影片编辑之标题文字

7.1 为素材添加标题 ···········144
7.1.1 在一条标题轨上添加标题文字 ···········144
7.1.2 在两条标题轨上添加标题文字 ···········146
7.1.3 根据预设样式添加标题文字 ···········147
7.2 对标题文字的基本操作 ···········148
7.2.1 调整标题文字的位置 ···········148
7.2.2 设置标题文字的格式 ···········150

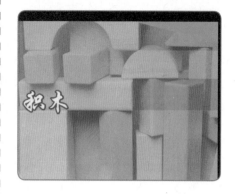

7.2.3 设置标题文字背景·················152
7.2.4 设置标题文字的边框、
　　　 阴影和透明度···············154
7.2.5 使用标题文字的预设样式·······158
7.3 设置标题文字的预设动画············158
7.3.1 淡化·····························159
7.3.2 弹出·····························160
7.3.3 翻转·····························161
7.3.4 飞行·····························162
7.3.5 缩放·····························163
7.3.6 下降·····························164
7.3.7 摇摆·····························165
7.3.8 移动路径·······················167
7.4 为标题文字添加滤镜效果············168
7.5 编辑和使用字幕文件················169
7.5.1 制作字幕文件···················169
7.5.2 使用字幕文件···················170
7.5.3 制作演职员表···················171

第8章　影片编辑之音频音效

8.1 将音频素材添加到影片中············176
8.1.1 使用音频素材库中的文件·········176
8.1.2 使用硬盘中的音频文件···········176
8.1.3 从CD导入音频文件···············177
8.1.4 从视频文件中分离出音频素材·····179
8.2 使用麦克风录制音频素材············181
8.3 使用第三方音乐素材················183
8.4 编辑音频素材······················184
8.4.1 分割音频素材···················184
8.4.2 设置音频素材的回放速度·········185
8.4.3 设置音频素材的音量和淡入
　　　 淡出效果·····················186
8.4.4 添加和删除音频滤镜·············187
8.5 启用与禁用5.1环绕声···············190

第9章　影片的分享与输出

9.1 项目回放··························194
9.2 创建视频文件······················195
9.2.1 创建与项目设置相同的视频文件·····195
9.2.2 创建与第一个视频素材相同的视频
　　　 文件·························196
9.2.3 使用MPEG优化器创建视频文件·····197

9.2.4 创建预设格式的视频文件·················198
9.2.5 创建自定义的视频文件·················199
9.3 创建声音文件··201
9.4 创建光盘··203
9.4.1 打开创建光盘页面·····················203
9.4.2 选择格式与样式·······················204
9.4.3 菜单编辑·····························205
9.4.4 预览与刻录光盘·······················209
9.4.5 创建光盘镜像文件·····················210
9.5 导出影片··212
9.5.1 导出到网页···························212
9.5.2 导出到电子邮件·······················213
9.5.3 导出为屏幕保护程序···················214
9.6 上传影片··216

第10章 实例：制作电子相册

10.1 准备工作··220
10.2 制作片头··221
10.3 添加照片··225
10.4 添加滤镜效果··227
10.5 添加转场效果··235
10.6 添加文字··239
10.7 添加背景音乐··243
10.8 创建视频文件··245

第11章 实例：制作婚礼视频短片

11.1 导入影片素材··248
11.2 创建影片项目··250
11.3 完善影片··254
11.3.1 对视频素材进行编辑···················255
11.3.2 为视频素材添加滤镜效果···············258
11.3.3 为影片添加转场效果···················264
11.3.4 为影片设置标题文字···················268
11.3.5 为影片调整背景音乐···················271
11.4 将影片刻录成为DVD影碟······················273

第1章　会声会影X3的基础知识

会声会影X3是一款功能强大的一体化视频编辑软件,它简单易学、操作方便,可用于制作高质量的高清及标清影片、电子相册和多种格式的视频光盘。即使是没有任何影片剪辑与制作经验的用户也能简单上手,完全满足家庭及个人的需求,甚至可以制作出媲美专业级的视频效果。本章主要介绍了会声会影X3的新功能、安装步骤、界面布局以及项目文件的基础操作等。

本章重点掌握内容:

- 了解会声会影X3的新功能
- 了解会声会影X3的界面布局
- 掌握会声会影X3项目文件的基础操作
- 熟悉项目文件的属性设置
- 熟悉会声会影X3的参数选择

1.1 初识会声会影X3

随着当前数码科技的飞速发展，数码摄像机、数码相机的日益普及，大量的图片、视频充斥在用户面前。为了给家人、朋友留下最美好的回忆，用户可以使用会声会影软件让杂乱普通的照片变成一本本统一美丽的电子相册，让纷繁的视频素材变成一部部家庭娱乐大片。

1.1.1 会声会影X3的四大组件

会声会影X3包括了"高级编辑"、"简易编辑"、"DV转DVD向导"和"刻录"4大组件，方便用户完成不同需求的工作。

1. 高级编辑

在"高级编辑"中，主要是"捕获"、"编辑"和"分享"3个步骤，用户通过这3个步骤，可以把拍摄到的零碎的素材剪接成一部完整的影片。也可以通过"高级编辑"提供的"媒体"、"转场"、"标题"、"图形"、"滤镜"、"音频"等多种功能，为影片增加转场、滤镜、画中画、字幕、声效等各种视觉和听觉效果。

首次进入"高级编辑"界面后，默认为"编辑"步骤界面，如图1-1所示。

图1-1 "高级编辑"默认界面

2. 简易编辑

会声会影X3可以让用户通过"简易编辑"组件获取和管理各类素材，并根据软件预先提供的各种风格与设置，先为素材选择主题模板，然后应用风格、转场、标题、音频等效果，简单快速地完成影片的制作。"简易编辑"组件可以让用户节省大量的时间与精力，快捷地完成编辑工作。

"简易编辑"组件的主界面如图1-2所示；"简易编辑"组件的"创建电影"界面如图1-3所示；"简易编辑"组件的"打印照片"界面如图1-4所示；"简易编辑"组件的"共享文件"界面如图1-5所示。

图1-2 "简易编辑"组件主界面

图1-3 "创建电影"界面

图1-4 "打印照片"界面

图1-5 "共享文件"界面

图1-7 刻录视频光盘

3. DV转DVD向导

会声会影X3的"DV转DVD向导"组件允许用户从DV机中捕获各类素材并直接刻录至DVD光盘中。进入"DV转DVD向导"组件后，主界面如图1-6所示。

图1-6 DV转DVD向导

图1-8 刻录CD光盘

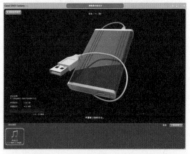

图1-9 复制到移动设备

4. 刻录

"刻录"组件在功能上部分与"简易编辑"组件相同，都可以获取和管理各类素材。该组件以刻录可以自定义菜单的各类视频光盘、数据备份光盘及CD和MP3音乐光盘为主。同时也可以将影片或者素材复制到iPod、PSP、MP3播放器、移动电话等各类移动存储设备中。

进入"刻录"组件后，创建可自定义菜单的视频光盘的界面如图1-7所示；创建CD光盘的界面如图1-8所示；复制到移动设备的界面如图1-9所示；复制光盘的界面如图1-10所示。

图1-10 复制光盘

1.1.2 会声会影X3的新功能

自Corel会声会影系列软件推出以来，每一个新版本都会比上一版本增加很多的实用功能，以下简单介绍会声会影X3中的新功能。

1. 支持NVIDIA CUDA的GPU硬件加速功能及最新的多核心Intel CPU

会声会影X3通过支持GPU和CPU，利用最新的图形加速技术和多核处理器，可以使编辑影片时更加顺畅，可以即时预览添加的各种特效，大幅度地缩短编辑时间，从而加速整部影片的制作过程。

要打开硬件加速功能，可以通过选择"设置"|"参数选择"命令，在打开的"参数选择"对话框中单击"性能"标签，打开"性能"选项卡，选中"使用硬件解码器加速"和"使用硬件编码器加速"复选框来实现，如图1-11所示。

图1-11　使用硬件解码器加速

2. 新增"录制/捕获选项"

会声会影X3新增了"录制/捕获选项"功能，可以方便用户在不用切换编辑窗口的情况下捕获快照、录制画外音或者获取各类素材。

"录制/捕获选项"按钮位于"高级编辑"组件界面中的"工具栏"上，如图1-12所示。单击该按钮，弹出"录制/捕获选项"窗口，如图1-13所示。

图1-12　"录制/捕获选项"按钮

图1-13　"录制/捕获选项"窗口

3. 新增"即时项目"

会声会影X3新增"即时项目"功能，可以在编辑影片时，快速地为影片提供软件预先准备的各种模板。

"即时项目"按钮位于"高级编辑"组件界面中的"工具栏"上，如图1-14所示。单击该按钮，弹出"即时项目"窗口，如图1-15所示。

图1-14　"即时项目"按钮

图1-15 "即时项目"窗口

4. 新增"NewBlue 样品转场"效果

会声会影X3增加了"NewBlue 样品转场"素材库，包括3D彩屑、3D比萨饼盒、色彩融化、拼图、涂抹5种转场效果。

"3D彩屑"转场效果如图1-16所示。

图1-16 "3D彩屑"转场效果

5. 新增"NewBlue 样品效果"和"NewBlue 视频精选 II"滤镜

会声会影X3对滤镜素材库进行了重新整合，

并添加了"NewBlue 样品效果"和"NewBlue 视频精选 II"两大滤镜素材库。

其中"NewBlue 样品效果"滤镜素材库包括"活动摄像机"、"喷枪"、"修剪边界"、"细节增强"和"水彩"5种滤镜效果。

"NewBlue 视频精选 II"滤镜素材库包括"画中画"滤镜效果。

"水彩"滤镜效果如图1-17所示；"画中画"滤镜效果如图1-18所示。

图1-17 "水彩"滤镜效果

图1-18 "画中画"滤镜效果

图1-19　添加滤镜后的字幕效果

6. 新增为标题字幕添加滤镜效果的功能

会声会影X3支持在标题文字上添加滤镜效果，配合软件预设的动画效果，可以制作出更多效果的标题字幕。

使用了多个滤镜效果的文字如图1-19所示。

1.2　了解会声会影X3的界面布局

会声会影X3的界面布局主要体现在"高级编辑"组件中，作为会声会影软件最重要的组件，它包含了编辑影片所需的全部命令。

1.2.1　界面总览

本小节先就会声会影X3软件中的"高级编辑"组件的界面布局做一总体介绍。

● 菜单栏：包括"文件"、"编辑"、"工具"和"设置"4个菜单，如图1-20所示。

图1-20　菜单栏

● 步骤面板：包括"1 捕获"、"2 编辑"、"3 分享"3大步骤，如图1-21所示。

图1-21　步骤面板

● 预览窗口：用于预览时间轴或者素材库中的素材文件和最后编辑完成的影片，如图1-22所示。

图1-22　预览窗口

● 导览面板：包括了对素材或者项目进行回放的控制按钮(如"播放"按钮、"起始"按钮等)和对素材进行精确修整的控制按钮(如"开始标记"按钮、"按照飞梭栏的位置分割素材"按钮等)，如图1-23所示。

图1-23　导览面板

● 素材库：这里是会声会影X3用来保存视频、音频、转场、滤镜、标题、图形等素材的地方。它也可以将用户编辑后的影片作为素材，以缩略图的形式显示出来。素材库如图1-24所示，其左侧为"素材库导航栏"。

图1-24　素材库

- 工具栏：包括多种功能按钮："故事板视图"按钮、"时间轴视图"按钮、"撤销"按钮、"重复"按钮，"录制/捕获选项"按钮，"成批转换"按钮，"绘图创建器按钮"、"混音器"按钮、"即时项目"按钮等，如图1-25所示。

图1-25 工具栏

- 时间轴：是当前项目中的所有视频、音频、转场、覆叠、字幕等素材的一个主要编辑区域，如图1-26所示。

图1-26 时间轴

- 选项面板：对正在编辑素材的各类选项进行设置的区域，如素材的显示时间长短、素材的色彩校正、滤镜的自定义等，如图1-27所示。

图1-27 选项面板

1.2.2 菜单栏

会声会影X3的"菜单栏"包括"文件"、"编辑"、"工具"和"设置"4列菜单。

1. "文件"菜单

包括新建项目、打开项目、保存、另存为、智能包、成批转换、保存修整后的视频、导出、重新链接等多条命令，如图1-28所示。

2. "编辑"菜单

包括撤销、重复、复制、复制属性、粘贴、粘贴属性、删除、更改照片/色彩区间、抓拍快照等多条命令，如图1-29所示。

图1-28 "文件"菜单　　图1-29 "编辑"菜单

3. "工具"菜单

包括VideoStudio Express 2010、"DV转DVD向导"、DVD Factory Pro 2010和"绘图创建

器"4个命令，如图1-30所示。

4. "设置"菜单

包括参数选择、项目属性、启用5.1环绕声、智能代理管理器、素材库管理器、制作影片模板管理器、轨道管理器等多条命令，如图1-31所示。

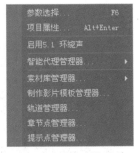

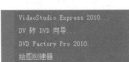

图1-30 "工具"菜单　　图1-31 "设置"菜单

1.2.3 素材库

会声会影X3预先为用户准备了非常多的实用素材库，包括媒体素材库、转场素材库、标题素材库、图形素材库、滤镜素材库、音频素材库。本小节就来介绍素材库的一些基本操作。

1. 素材库的打开

用户为了使用在会声会影X3中预先准备好的素材，首先必须要打开对应的素材库，方可进行后续的使用，打开素材库的具体操作如下。

打开会声会影X3，进入"高级编辑"界面，软件默认打开"媒体"素材库中的"视频"素材部分，如图1-32所示。在"素材库导航栏"上，单击FX滤镜按钮，如图1-33所示。素材库由程序默认的"视频"素材库切换为"滤镜"素材库，然后用户就可以在以后的编辑中，直接选用"滤镜"素材库中的各种滤镜素材，如图1-34所示。

图1-33 单击FX滤镜按钮

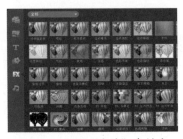

图1-34 打开"滤镜"素材库

2. 添加素材至素材库

用户除了可以直接使用软件提供的各类素材外，也可以将自己保存的或者编辑完的一些素材添加到会声会影X3的素材库中。

【实例1-1】添加计算机中保存的音乐文件至"音频"素材库中。

(1) 进入"高级编辑"界面，单击素材库导航

图1-32 默认打开媒体素材库

栏的"音频"按钮,如图1-35所示。

(2) 素材库切换为"音频"素材库,单击"音频"下拉列表框右侧的"添加"按钮,如图1-36所示。

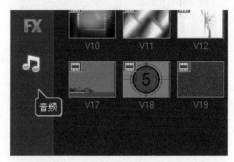

图1-35 单击"音频"按钮

图1-36 单击"添加"按钮

(3) 在弹出的"浏览音频"对话框中,选择要添加的音乐文件,单击"打开"按钮,如图1-37所示。

(4) 经过以上操作,即可将计算机中保存的音乐文件添加至"音频"素材库中,如图1-38所示。

图1-37 选择要添加的音乐文件

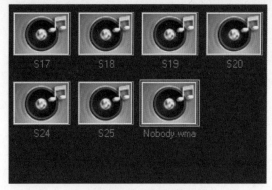

图1-38 添加至音频素材库

注释

用户还可以右击"音频"素材库中的空白位置,在弹出的右键菜单中,执行"插入音频"命令,也可以为素材库添加音频文件。而当用户需要删除素材库中的素材时,只需右击需要删除的素材,在弹出的右键菜单中执行"删除"命令即可。

3. 素材的排序

在对素材库中的素材进行频繁的添加、删除、粘贴、拖动等操作后,素材库可能会显得比较散乱。为了便于使用和管理,用户可以对素材库中的素材进行排序,具体的操作步骤如下。

进入"高级编辑"界面,打开"音频"素材库,单击"音频"下拉列表框右侧的"对素材库中的素材排序"按钮,如图1-39所示。在弹出的下拉列表中,选择"按日期排序"命令,如图1-40所示。经过以上操作,"音频"素材库中的素材就按日期进行排序,刚刚添加的音频素材被列在第一位,排序效果如图1-41所示。

图1-39 单击"对素材库中的素材排序"按钮

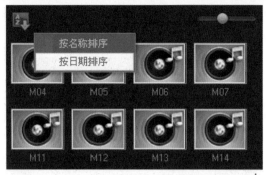

图1-40 选择"按日期排序"

图1-41 新添加的素材列于第一位

注释

对素材库中的素材排序时，也可以按素材的名称进行排序，单击"对素材库中的素材排序"按钮，在弹出的下拉列表中选择"按名称排序"。

4. 创建新的素材库

当用户面对越来越多、种类各异的影片素材，而开始觉得软件默认提供的素材库不能满足自己的需要时，为了管理方便，用户也可以创建符合自己所需的新素材库并将各类素材整理至新素材库中。

【实例1-2】在"音频"素材库中创建名为"我的音频素材"的新素材库。

(1) 进入"高级编辑"界面，单击"素材库导航栏"上的"音频"按钮，切换为"音频"素材库。然后单击"音频"下拉列表框，在弹出的下拉列表中选择"库创建者"选项，如图1-42所示。

(2) 弹出"库创建者"对话框，然后单击"新建"按钮，如图1-43所示。

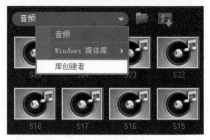

图1-42 选择"库创建者"选项

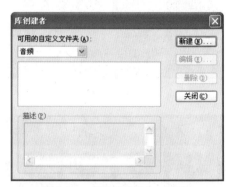

图1-43 "库创建者"对话框

(3) 弹出"新建自定义文件夹"对话框，在"文件夹名称"和"描述"文本框中输入相关内容后，单击"确定"按钮，如图1-44所示。

(4) 返回"库创建者"对话框，可以看到刚才创建的素材库的名称和描述，单击"关闭"按钮，如图1-45所示。

图1-44 输入新素材库信息

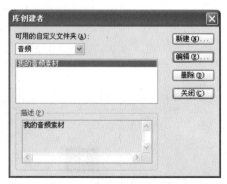

图1-45 单击"关闭"按钮

(5) 返回"高级编辑"界面，单击"音频"下拉列表框，即可看到创建的新素材库，如图1-46所示。

图1-46　显示创建的新素材库

5. 素材库的导出、导入与重置

针对素材库的管理，用户除了可以创建自己的素材库外，还可以将素材库导出备份，或者导入这些备份的素材库。假如素材库中被误删了需要的预设素材，也可以重置素材库，将素材库恢复到默认的状态下。

● 将素材库导出的基本操作

进入"高级编辑"界面，选择"菜单栏"中的"设置"|"素材库管理器"命令，接着在弹出的子菜单中选择"导出库"命令，如图1-47所示。然后弹出"浏览文件夹"对话框，选择素材库要导出的位置，单击"确定"按钮，如图1-48所示。弹出Corel VideoStudio Pro提示框，显示媒体库已导出，单击"确定"按钮，如图1-49所示。最后进入"我的电脑"，打开对应的文件夹，即可看到导出的素材库，如图1-50所示。

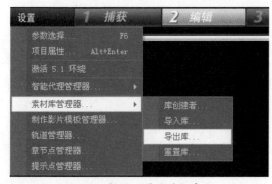

图1-47　执行"导出库"命令

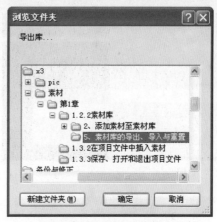

图1-48　选择导出文件夹

图1-49　Corel VideoStudio Pro提示框

图1-50　显示导出的素材库

● 导入素材库的基本操作

进入"高级编辑"界面，选择"菜单栏"中的"设置"|"素材库管理器"命令，在弹出的子菜单中选择"导入库"命令，如图1-51所示。弹出"浏览文件夹"对话框，选择保存素材库的位置，然后单击"确定"按钮，将备份的素材库导入，如图1-52所示。弹出Corel VideoStudio Pro提示框，显示媒体库已导入，单击"确定"按钮，返回"高级编辑"界面，如图1-53所示。

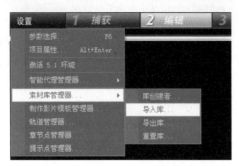

图1-51　执行"导入库"命令

图1-52　选择导入的文件夹

图1-53　显示媒体库已导入

● 重置素材库的基本操作

进入"高级编辑"界面，选择菜单栏中的

"设置"|"素材库管理器"|"重置库"命令，如图1-54所示。弹出"重置库"提示框，询问是否确定需要重置素材库，单击"确定"按钮，如图1-55所示。"确定"之后，会有一个短暂的重置过程，然后弹出Corel VideoStudio Pro提示框，显示媒体库已重置，如图1-56所示。

图1-54　执行"重置库"命令

图1-55　重置库提示框

图1-56　显示媒体库已重置

1.2.4　视图模式

在会声会影X3"高级编辑"中，包含了故事板视图、时间轴视图和混音器视图3种显示模式，单击"工具栏"中的相应按钮可以进入对应的视图区。

1. 故事板视图

在故事板视图中，视频、图像、色彩、转场、装饰等素材都以缩略图的方式显示，常用于给项目添加素材、调整素材之间的排列顺序、给素材添加滤镜和素材之间添加转场效果时使用。

添加素材和转场效果后的故事板视图显示模式如图1-57所示。

图1-57　故事板视图

2. 时间轴视图

在时间轴视图中，可以显示视频轨、覆叠轨、标题轨、声音轨、音乐轨5种轨道。常用于编辑素材的覆叠、编辑素材的标题和字幕时使用。

添加了视频素材、覆叠素材和音频素材后的时间轴视图显示模式，如图1-58所示。

图1-58　时间轴视图

3. 混音器视图

在混音器视图中，带有声音效果的视频、音频素材上都包含了一条音量控制线，通过在这条音量控制线上定义关键帧的控制钮，用鼠标上下拖动这些控制钮从而实现调节素材文件的音量。常用于编辑带有声音的各类素材。

带有声音效果的视频素材、覆叠素材和音频素材的混音器视图显示模式，如图1-59所示。

图1-59　混音器视图

1.2.5　选项面板

在会声会影X3"高级编辑"中，选项面板包含了一系列的控制命令和属性设置，主要是对时间轴中的每一个素材进行编辑或者设置。不同类型的素材有着不同的选项面板。

视频类素材的选项面板如图1-60所示。图像类素材的选项面板如图1-61所示。

图1-60　视频类素材的选项面板

图1-62　时间轴视图下的音频类素材的选项面板

图1-61　图像类素材的选项面板

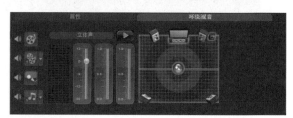

图1-63　混音器视图下的音频类素材的选项面板

在时间轴视图下的音频类素材选项面板如图1-62所示。在混音器视图下，音频类素材的选项面板如图1-63所示。

1.3　会声会影X3项目文件的基础操作

项目文件是会声会影X3的基础文件，包含了一部影片中各类素材的修改与保存记录、素材的属性记录以及编辑完成后影片的输出形式记录。本节将介绍会声会影X3项目文件的一些基本操作，为用户以后制作出满意的影片打下坚实的基础。

1.3.1　新建项目文件

在会声会影X3中，用户可以通过启动"高级编辑"过程完成新建一个项目文件，也可以在编辑影片的过程中新建一个项目文件。

1. 启动"高级编辑"完成新建项目文件

具体的操作步骤如下。

进入Windows系统，双击桌面的Corel VideoStudio Pro X3图标，在弹出的会声会影X3启动画面中，单击"高级编辑"按钮，如图1-64所示。弹出"高级编辑"界面，即完成新建项目文件，如图1-65所示。

图1-64　单击"高级编辑"按钮

图1-65 新建项目文件

2. 在已打开的"高级编辑"中新建项目文件

具体的操作步骤如下。

进入"高级编辑"界面，选择菜单栏中的"文件"|"新建项目"命令，如图1-66所示。若当前正在编辑其他项目文件，并且尚未执行保存命令，则程序会弹出Corel VideoStudio Pro提示框，提示保存，单击"否"按钮，如图1-67所示。弹出新的"高级编辑"界面，即完成新建项目文件，如图1-68所示。

图1-66 执行"新建项目"命令

图1-67 单击"否"按钮

图1-68、新建项目文件

1.3.2 在项目文件中插入素材

在项目文件中插入素材有两种方式：既可以插入素材库里预先准备的素材，也可以插入在计算机硬盘中保存的素材。

1. 为项目文件插入素材库中的素材

具体的操作步骤如下。

进入"高级编辑"界面，单击"素材库导航栏"上的"标题"按钮，如图1-69所示。在打开的"标题"素材库中，右击需要插入的标题素材缩略图，在弹出菜单中选择"插入到"|"标题轨#1"命令，即为当前项目文件插入了一个标题素材，如图1-70所示。

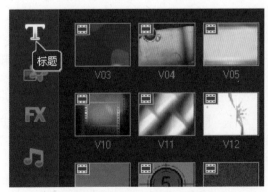

图1-69 单击"标题"按钮

图1-70　插入素材库中的素材

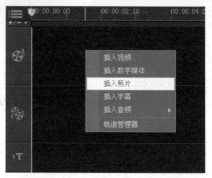

图1-71　选择"插入照片"命令

2. 为项目文件插入计算机硬盘中素材

具体的操作步骤如下。

进入"高级编辑"界面，右击时间轴的空白处，在弹出的右键菜单中选择"插入照片"命令，如图1-71所示。弹出"浏览照片"对话框，选中要插入的素材，单击"打开"按钮，即为当前项目文件插入了计算机硬盘中的素材，如图1-72所示。

图1-72　插入图像素材

1.3.3　保存、打开和退出项目文件

新建一个项目文件之后，保存、打开和退出这3个基础操作即贯穿于项目文件的编辑过程中，本节将对这3个基础操作分别进行介绍。

1. 保存项目文件

为了防止用户因为停电、误删除等原因使辛苦努力的编辑成果付之东流，会声会影X3允许用户随时对正在编辑的项目文件进行保存。

保存项目文件的操作步骤如下。

进入"高级编辑"界面，在对当前项目文件编辑之后，选择菜单栏中的"文件"|"保存"命令，如图1-73所示。弹出"另存为"对话框，进入文件要保存到的文件夹，在"文件名"文本框中输入文件名称后，单击"保存"按钮，如图1-74所示。

图1-73　执行"保存"命令

图1-74　"另存为"对话框

注释

　　在首次保存项目文件时，程序弹出"另存为"对话框是用来选择并记录项目文件保存的路径和文件名称的，第二次保存时，程序直接保存在首次设置的路径内，而不再次弹出"另存为"对话框。

2. 打开项目文件

　　会声会影X3允许保存好的项目文件可以直接在Windows系统中打开，也可以在会声会影X3软件的运行环境中打开。

● 在Windows系统中打开项目文件

　　进入Windows系统，打开"我的电脑"，找到项目文件的保存位置，双击名为"打开项目文件.vsp"图标，如图1-75所示。会声会影X3软件自动启动，并进入"高级编辑"界面，显示打开的项目文件，如图1-76所示。

图1-75　双击项目文件图标

图1-76　打开项目文件

● 在会声会影X3软件运行环境中打开项目文件

　　进入"高级编辑"界面，选择菜单栏的"文件"|"打开项目"命令，如图1-77所示。弹出"打开"对话框，进入项目文件所在文件夹，选择要打开的项目文件，然后单击"打开"按钮，如图1-78所示。最后返回"高级编辑"界面，显示被打开的项目文件。

图1-77　执行"打开项目"命令

图1-78　选择要打开的项目文件

3. 退出项目文件

项目文件编辑完毕，可以通过菜单栏的"文件"|"退出"命令退出，如图1-79所示。也可以直接单击会声会影X3窗口的"关闭"按钮退出，如图1-80所示。

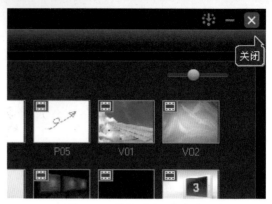

图1-80　单击"关闭"按钮

图1-79　执行"退出"命令

1.3.4 项目文件的属性设置

一个项目的帧大小、帧速率、帧类型、显示宽高比、视频的压缩编码、音频的压缩编码等属性，都可以通过"项目属性"进行设置。通过对"项目属性"的设置，可以控制最终影片的效果及大小。

对"项目属性"设置的操作步骤如下。

在"高级编辑"界面中，选择菜单栏中的"设置"|"项目属性"命令，打开"项目属性"对话框，如图1-81所示。需要对"项目属性"编辑时，单击"编辑"按钮，弹出"项目选项"对话框，设置Corel VideoStudio、"常规"与"压缩"3个选项卡，如图1-82～图1-84所示。

图1-82　Corel VideoStudio选项卡

图1-81　"项目属性"对话框

图1-83　"常规"选项卡

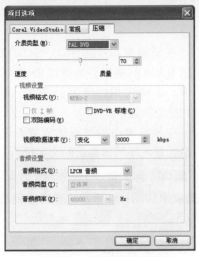

图1-84 "压缩"选项卡

Corel VideoStudio选项卡主要属性的具体作用
如下：

- "电视制式"：该选项根据会声会影X3
  安装时用户选择的地区，已做了默认选
  定，不可修改。
- "执行非正方形像素渲染"：非正方形
  像素有助于避免失真。一般来说，正方
  形像素适合于计算机显示器的宽高比，
  非正方形像素用于观看电视屏幕。
- "音频声道"：支持"立体声"和"多
  声道环绕声"两种类型。

"常规"选项卡主要属性的具体作用如下：

- "数据轨"：指定项目数据轨中是否包
  含音频和视频，还是只有音频或者只有
  视频。
- "帧速率"：指每秒显示多少画面，根
  据项目制式不同，采用不同的帧速率。
- "帧类型"：指定将作品保存为基于场
  的视频文件还是基于帧的视频文件。
- "帧大小"：设置帧的分辨率，分辨率
  越大，最后输出的影片也就越大。
- "显示宽高比"：设置影片显示的宽高
  比，分为4:3和16:9两种。

"压缩"选项卡主要属性的具体作用如下：

- "介质类型"：用于事先指定好影片最
  终的压缩和输出格式。
- "视频设置"：设置以MPEG2为基础
  的视频编码格式和视频数据速率，速率
  越高，最终影片越清晰，文件容量也越
  大。
- "音频设置"：设置"LPCM音频"和
  "杜比数码音频"两种。

1.4 会声会影X3的参数选择

"参数选择"主要是针对会声会影X3软件的
整体设置。选择菜单栏的"设置"|"参数选择"
命令，弹出"参数选择"对话框，对话框中包括
"常规"、"编辑"、"捕获"、"性能"和
"界面布局"5个选项卡。

1. "常规"选项卡

该选项如图1-85所示，其中主要选项的具体
作用如下。

图1-85 "常规"选项卡

- "撤销"：选择该选项，可启用撤销操作，在"级数"中设置可撤销的最大次数，其范围是1~99次。
- "重新链接检查"：每次打开项目文件时，程序自动检测项目中的所有素材所在位置是否发生变化，当素材移动到另一文件夹时允许项目文件重新链接素材。
- "显示启动画面"：用于控制打开会声会影软件时，是否显示程序的启动画面。
- "显示MPEG优化器对话框"：显示要渲染项目的优化设置。
- "工作文件夹"：用于设置临时存放项目文件的位置。
- "素材显示模式"：分为"仅略图"、"仅文件名"、"略图和文件名"3种模式，用于设置在时间轴视图下，素材的显示方式。
- "媒体库动画"：用于控制是否启用素材库中部分素材缩略图的动画形式。
- "将第一个视频素材插入到时间轴时显示消息"：当用户将第一个视频素材插入到项目时，会声会影X3自动检查该视频素材的属性和整个项目文件的属性。如果两者属性不匹配，会声会影X3就提示消息，并自动调整项目设置，使之与该视频素材的属性相匹配。
- "自动保存项目间隔"：用于设置正在编辑的项目文件每隔多长时间就自动保存，范围1~60分钟。
- "即时回放目标"：用于设置在回放时，项目文件采用何种设备进行回放。程序提供了"预览窗口"、"DV摄像机"和"预览窗口和DV摄像机"3种方式。
- "背景色"：用于设置"预览窗口"的背景颜色。
- "在预览窗口中显示标题安全区域"：用于控制在设置标题时，是否会在预览窗口中显示一个矩形框，在此矩形框内

的标题文字可以保证在屏幕上得到正确显示。
- "在预览窗口中显示DV时间码"：必须有VMR(视频混合渲染器)兼容的显示卡，才能使用此选项。否则，可能会遇到回放问题。
- "在预览窗口中显示轨道提示"：控制是否显示不同覆叠轨的文字提示。

2. "编辑"选项卡

该选项卡如图1-86所示，其中主要选项的具体作用如下。

图1-86　"编辑"选项卡

- "应用色彩滤镜"：会声会影根据选择的模式，采用相应模式下的色彩滤镜，以确保正确的色彩显示。
- "重新采样质量"：指定素材和各种效果的质量。较低的采样质量可以获得较高的编辑性能，可以保持默认的"更好"选项。
- "用调到屏幕大小作为覆叠轨上的默认大小"：选择该选项，则添加的覆叠素材在预览窗口中全屏显示。
- "默认照片/色彩区间"：设置添加图像或者色彩素材时的默认时间长度，范围1~999秒。
- 显示DVD字幕：设置是否显示DVD的字幕。
- "图样重新采样选项"："保持宽高比"选项使插入的图像保持原比例，"调到项目大小"选项调整插入的图像保持与项目帧的大小比例相等。

- "对照片应用去除闪烁滤镜"：选择该复选框，则可以减少在用电视查看照片素材时的闪烁现象。
- "在内存中缓存照片"：选择该复选框，则会声会影先在内存中缓存大的照片素材，以便更快地编辑素材。
- "默认音频淡入/淡出区间"：设置含有音频效果的素材淡入/淡出的默认时间长度，范围1~999秒。
- "即时预览时播放音频"：在预览窗口或者时间轴中拖动飞梭栏时，音频文件随之播放。
- "自动应用音频交叉淡化"：当两个视频素材重叠时，自动对其音频重叠的部分应用交叉淡化效果。
- "默认转场效果的区间"：设置素材间转场效果的时间长度，范围1~999秒。
- "自动添加转场效果"：会声会影软件将自动添加当前项目素材间的转场效果。
- "默认转场效果"：设置会声会影软件自动添加转场效果时使用何种转场特效。

3. "捕获"选项卡

该选项卡如图1-87所示，其中主要选项的具体作用如下。

图1-87 "捕获"选项卡

- "按「确定」开始捕获"：选择该选项，则捕获视频时，先要单击"确定"按钮。

- "从CD直接录制"：可以从CD光盘上直接录制音频。
- "捕获格式"：指程序在捕获图片后，采用何种文件格式保存，分为BITMAP和JPEG两种。
- "捕获质量"：指定保存图片的显示质量，范围10~100，质量越好，图像文件的容量越大。
- "捕获去除交织"：在捕获时去除交织效果，使图像素材的显示效果更好。
- "捕获结束后停止DV磁带"：DV摄像机捕获完成后，自动停止播放。
- "显示丢弃帧的信息"：选中该复选框后将会显示捕获过程中丢弃帧的信息。
- "开始捕获前显示恢复DVB-T视频警告"：选中该复选框后将在捕获前显示警告信息。
- "在捕获过程中总是显示导入设置"：选中该复选框后显示导入设置。

4. "性能"选项卡

该选项卡如图1-88所示，其中主要选项的具体作用如下。

图1-88 "性能"选项卡

- "启用智能代理"：程序给插入的视频素材自动创建代理文件。
- "当视频大小大于此值时，创建代理"：设置程序只有在项目文件的分辨率大于指定值时，才会创建代理文件。
- "代理文件夹"：指定代理文件的存放位置。

- "自动生成代理模板"：根据设置自动生成代理文件。
- "使用硬件解码器加速"：选中该复选框后使会声会影X3支持最新的硬件加速功能。
- "使用硬件编码器加速"：选中该复选框后使会声会影X3支持最新的硬件加速功能。

5. "界面布局"选项卡

允许用户根据两个预设布局选项，更改会声会影X3"高级编辑"组件的运行界面，软件的默认选择为"布局2"，如图1-89所示。

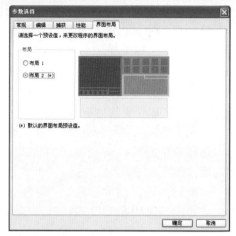

图1-89 "界面布局"选项卡

1.5 视频编辑的常见术语

在使用会声会影X3编辑影片的过程中，经常会遇到一些硬件设备和视频技术的常用术语，了解这些常用术语，可以更好地学习视频编辑技术。

- 帧

视频技术的最小单位，指视频或动画中的单幅画面。

- 帧速率

也称为FPS，指每秒钟播放或者录制的帧数。在不同的制式下有不同的帧速率。

- NTSC/PAL

这是两种不同的电视制式。

NTSC制式下帧速率为29.97FPS，扫描线525条，逐行扫描，分辨率为720×480，美国、加拿大、墨西哥等美洲国家以及日本、韩国等采用这种制式。

PAL制式下帧速率为25FPS，扫描线625条，隔行扫描。分辨率为720×576。根据不同的参数细节，又可以进一步划分为G、I、D等制式。

- MPEG-1

MPEG-1视频压缩算法于1990年定义完成，是MPEG组织制定的第一个视频和音频有损压缩标准。MPEG-1是以CD光碟为介质定制的视频和音频压缩格式，Video CD就是以MPEG-1为核心技术。

MPEG-1音频分3层，分别为MPEG-1 Audio Layer1，MPEG-1 Audio Layer2和MPEG-1 Audio Layer3，高层兼容低层，其中第三层协议简称为MP3。

- MPEG-2

MPEG-2制定于1994年，是针对标准数字电视和高清晰度电视在各种应用下的压缩方案和系统层的详细规定，DVD采用的是MPEG-2标准。

- MPEG-4

MPEG-4于1998年11月公布，针对一定比特率下的视频、音频编码，更加注重多媒体系统的交互性和灵活性，主要应用于视频电话，视频电子邮件和电子新闻等，与MPEG-1和MPEG-2相比，MPEG-4的特点是其更适于交互式视频服务以及远程监控。

- H.264

H.264又称为MPEG4-AVC，最大的优势是具有很高的数据压缩比率。在视频质量相差不大的情况下，H.264的压缩比是MPEG-2的2倍以上，是MPEG-4的1.5～2倍，在文件体积相同的情况下，H.264压缩的视频质量更好，清晰度更高。X.264是H.264的开源版本。

● WMV

WMV是微软公司推出的一种流媒体格式，体积小，可实时播放，适合在网上传输。其最新版本WMV-HD在性能上，与H.264一样，两者的应用领域也极其相似。

● AVCHD

AVCHD是Sony与Panasonic联合发布的高画质光盘压缩技术，该标准基于MPEG-4 AVC/H.264视频编码，支持720p、1080i等格式。

● 蓝光

蓝光(Blu – ray)是指利用波长为405nm的蓝色激光读取和写入数据，蓝光光盘比起传统的光盘能够在相同的单位面积上记录和读取更多的信息，极大地提高了光盘的存储容量，从而可以存储质量更高、画面更好的影片。

● FLV

FLV是Flash Video的简称，它形成的文件极小、加载速度极快，便于网络观看视频，目前被众多新一代视频分享网站所采用，是增长最快、最为广泛的视频传播格式。

● DV

DV一般情况下是Digital Video的缩写，指数码摄像机，体积小，重量轻，适用于家庭用户使用。

同时，DV也是DV-AVI的缩写，一种家用数字视频格式，目前以DV磁带为介质存储视频数据的数码摄像机就是使用这种格式。

● HDV

HDV是高清格式的一种，目的是为了能开发准专业小型高清摄像机和家用便携式高清摄像机，使高清能够在更广的范围内普及。HDV摄像机可以在普通DV磁带上录制时间相同的高清视频。

读书笔记

第2章　获取素材

会声会影X3可以通过多种方式获取制作影片所需的各类素材文件，支持直接从DV机捕获，从多种数字媒体(DVD影碟等)导入和从各类移动存储设备中获取。本章将介绍会声会影X3获取视频素材常用的几种方法。

本章重点掌握内容：

- 掌握从硬盘式数码摄像机获取素材的方法
- 掌握从移动设备获取素材的方法
- 掌握从数字媒体导入素材的方法
- 掌握使用绘图创建器获取素材的方法

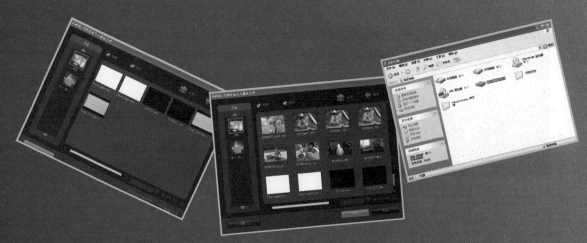

2.1 从硬盘式DV中获取素材

当今主流的家庭数码摄像机以硬盘和闪存为主要的存储介质，普通家庭不再需要去额外购买DV磁带、IEEE 1394卡等配件，只要一台硬盘式或闪存式DV、一根配套的USB数据线，就可以像操作本地硬盘一样，获取拍摄好的各类素材。

从硬盘式DV中，将视频素材导入素材库的操作步骤如下。

将硬盘式DV与计算机相连，进入Windows系统，打开"我的电脑"，可以看见硬盘式DV的驱动器图标DCR-SR45E，如图2-1所示。返回桌面，双击Corel VideoStudio Pro X3图标，启动会声会影X3软件，在弹出的会声会影X3启动画面中，单击"高级编辑"按钮，如图2-2所示。进入"高级编辑"界面，切换至"2 编辑"选项卡，右击"视频"素材库的空白位置，在弹出的右键菜单中，选择"插入视频"命令，如图2-3所示。弹出"浏览视频"对话框，单击对话框中的"我的电脑"按钮，接着选中DV驱动器"DCR-SR45E"图标，如图2-4所示。

图2-3 选择"插入视频"命令

图2-4 选中DV驱动器

双击DV驱动器图标，进入存储视频素材的文件夹，选中需要获取的素材，最后单击"打开"按钮，如图2-5所示。弹出"改变素材序列"对话框，可以对导入的素材做前后排序，排序后单击"确定"按钮，如图2-6所示。单击"确定"按钮后，弹出视频素材导入的进度条，如图2-7所示。完成后返回"高级编辑"界面，"视频"素材库显示刚从DV中导入的素材缩略图，如图2-8所示。

图2-1 将DV与计算机相连

图2-2 单击"高级编辑"按钮

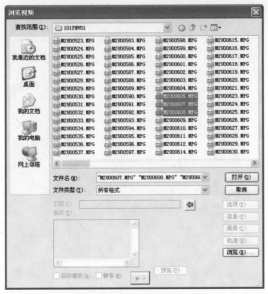

图2-5 选中需要的视频素材

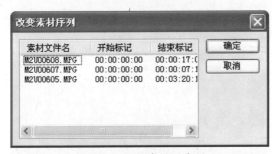

图2-6 调整素材顺序

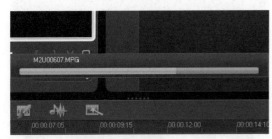

图2-7 素材导入进度条

图2-8 显示导入的素材

【实例2-1】扩展应用：将硬盘式DV中的照片素材直接导入会声会影X3的时间轴。

(1) 进入"高级编辑"界面，切换至"2 编辑"选项卡，选择菜单栏中的"文件"|"将媒体文件插入到时间轴"命令，在弹出的子菜单中选择"插入照片"命令，如图2-9所示。

(2) 弹出"浏览照片"对话框，单击对话框中的"我的电脑"按钮，接着选中DV驱动器DCR-SR45E图标，如图2-10所示。

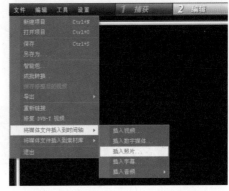

图2-9 选择"插入照片"命令

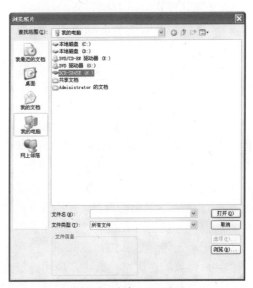

图2-10 选中DV驱动器

(3) 双击DV驱动器图标，进入存储照片素材的文件夹，选中需要获取的素材，最后单击"打开"按钮，如图2-11所示。

(4) 弹出照片素材导入的进度条，进度条完成后返回"高级编辑"界面，时间轴中显示导入的照片素材，如图2-12所示。

图2-11　选中需要的图像素材

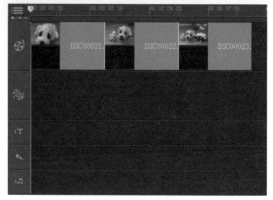

图2-12　时间轴中显示导入的素材

2.2　从移动设备中获取素材

　　所谓移动设备是指U盘、移动硬盘、手机、iPod 和 PSP等便携式的存储设备的统称，会声会影X3可以非常方便地从这些设备中获取各类素材。

　　从移动U盘中将视频素材导入会声会影X3素材库的具体操作如下。

　　进入"高级编辑"界面，切换至"1 捕获"选项卡，单击"从移动设备导入"按钮，如图2-13所示。弹出"从硬盘/外部设备导入媒体文件"对话框，软件默认选中"视频"和"照片"复选框，然后在"设备"栏中，选中U盘，即Memery Card图标，弹出搜索栏，搜索完毕后，在右侧素材窗口中显示所有的素材，选择要导入的素材，然后单击"确定"按钮，如图2-14所示。弹出"导入设置"对话框，选中"应用此设置且不再询问我"复选框，然后单击"确定"按钮，如图2-15所示。导入开始，显示导入进度条，在进度条完成之后，返回"高级编辑"界面，"视频"素材库中显示最新导入的素材，如图2-16所示。

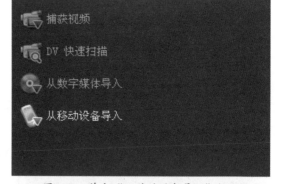

图2-13　单击"从移动设备导入"按钮

图2-14　选择要导入的素材

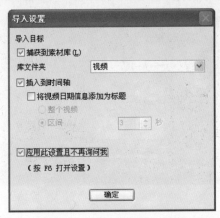

图2-15 "导入设置"对话框

图2-16 显示导入的素材

【实例2-2】扩展应用：从硬盘导入媒体文件至会声会影X3的素材库。

(1) 进入"高级编辑"界面，切换至"1 捕获"选项卡，单击"从移动设备导入"按钮，如图2-17所示。

(2) 弹出"从硬盘/外部设备导入媒体文件"对话框，选择本地硬盘，即HDD图标，然后单击"设置"按钮，如图2-18所示。

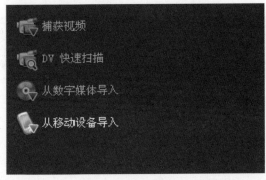

图2-17 单击"从移动设备导入"按钮

图2-18 选择本地硬盘

(3) 弹出"设置"对话框，在"在这些路径中浏览文件"列表框中，选择原有的默认路径，然后单击"删除"按钮，如图2-19所示。

(4) 删除原有路径后，单击"添加"按钮，如图2-20所示。

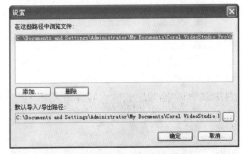

图2-19 删除原有路径

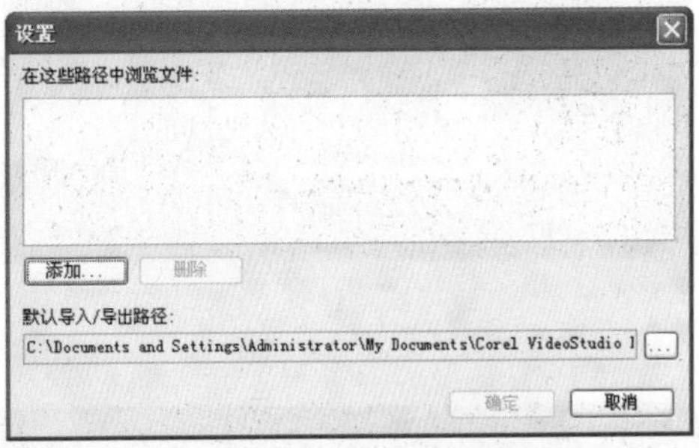

图2-20 单击"添加"按钮

(5) 弹出"浏览计算机"对话框，选择需要的文件夹，设置新的路径，然后单击"确定"按钮，如图2-21所示。

(6) 返回"设置"对话框，在"在这些路径中浏览文件"列表框中，显示新的路径，然后单击"确定"按钮，如图2-22所示。

(7) 返回"从硬盘/外部设备导入媒体文件"

对话框，勾选"视频"和"照片"两个复选框后，显示新路径中的素材文件，如图2-23所示。

（8）选择需要的视频和照片素材，然后单击"确定"按钮，如图2-24所示。

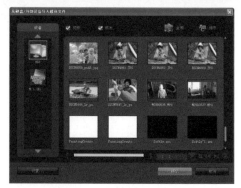

图2-24　选择需要的素材

图2-21　选择文件夹

（9）显示导入素材进度条开始导入，最后返回"高级编辑"的"1 捕获"界面，在"视频"素材库中，显示新导入的视频素材，如图2-25所示。在"照片"素材库中，显示新导入的照片素材，如图2-26所示。

图2-22　显示新路径

图2-25　显示导入的视频素材

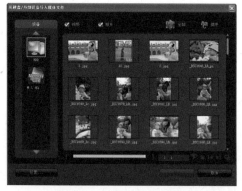

图2-23　显示硬盘中的素材

图2-26　显示导入的照片素材

2.3　从影音光盘中获取素材

数字媒体包含了DVD、DVD-VR、BDMV、AVCHD等影音光盘，可以通过会声会影X3导入这些光盘中的数据，作为影片的素材。

将DVD影碟中的内容导入会声会影X3的素材库的具体操作步骤如下。

进入"高级编辑"界面，切换至"1 捕获"选项卡，单击"从数字媒体导入"按钮，如图2-27所示。弹出"选取'导入源文件夹'"对话框，选中DVD影碟中的所有文件夹，单击"确定"按钮，如

图2-28所示。弹出"从数字媒体导入"对话框，显示选择的文件夹，然后单击"起始"按钮，如图2-29所示。会声会影X3扫描来源文件夹，如果文件夹中并无可用素材，则弹出"从数字媒体导入"警告框，然后单击警告框上的"确定"按钮，如图2-30所示。

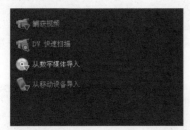

图2-27 单击"从数字媒体导入"按钮

图2-28 选择DVD驱动器

图2-29 单击"起始"按钮

图2-30 显示警告框

进入"选取要导入的项目"界面，选中需要

导入的标题，然后单击"开始导入"按钮，如图2-31所示。弹出导入进度界面，上一进度条指示当前标题的导入进度，下一进度条指示整体导入的进度，如图2-32所示。导入完成后，返回"高级编辑"的"1 捕获"界面，"视频"素材库中显示从DVD影碟中导入的素材，如图2-33所示。

图2-31 选择导入标题

图2-32 导入进度界面

图2-33 导入的素材

【实例2-3】扩展应用：快速导入硬盘与光盘中的所需素材。

（1）进入"高级编辑"界面，切换至"1 捕获"选项卡，单击"从数字媒体导入"按钮，如图2-34所示。

(2) 弹出"选取'导入源文件夹'"对话框，选择硬盘中保存素材的文件夹，接着选中DVD影碟中的视频文件夹，然后单击"确定"按钮，如图2-35所示。

(3) 弹出"从数字媒体导入"对话框，显示选择的文件夹，然后单击"起始"按钮，如图2-36所示。

(4) 进入"选取要导入的项目"界面，单击窗口上方的"选取全部素材"按钮，如图2-37所示。

图2-34　单击"从数字媒体导入"按钮

图2-35　选择素材文件夹

图2-36　单击"起始"按钮

图2-37　单击"选取全部素材"按钮

(5) 然后硬盘和光盘中的素材都被选中，单击"开始导入"按钮，如图2-38所示。

(6) 弹出导入进度界面，会声会影X3开始进行素材的导入，如图2-39所示。

图2-38　单击"开始导入"按钮

图2-39　导入进度界面

(7) 导入完成后，返回"高级编辑"的"1捕获"界面，"视频"素材库中显示从硬盘和DVD影碟中导入的视频素材，如图2-40所示。"照片"素材库中显示导入的图像素材，如图2-41所示。

图2-41 显示导入的图像素材

图2-40 显示导入的视频素材

2.4 录制画外音

会声会影X3除了从DV、U盘、影音光碟等设备中获取视频素材以外，还可以直接通过使用麦克风录制画外音、人声等语音效果，作为音频素材在影片中使用。

【实例2-4】通过会声会影X3录制画外音，获取音频素材。

(1) 进入"高级编辑"界面，切换至"2 编辑"选项卡，单击工具栏上的"录制/捕获选项"按钮，如图2-42所示。

(2) 弹出"录制/捕获选项"对话框，单击对话框内的"画外音"按钮，如图2-43所示。弹出"调整音量"对话框，先使用麦克风调整音量，感觉合适之后，单击"开始"按钮，如图2-44所示。

(3) 返回"高级编辑"界面，素材库自动切换为"音频"素材库，选项面板区域自动切换为"音乐和声音"面板，同时开始录制画外音，当录制完毕后，单击"音乐和声音"面板上的"停止"按钮，如图2-45所示。

图2-42 单击"录制/捕获选项"按钮

图2-43 单击"画外音"按钮

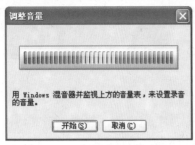

图2-44　单击"开始"按钮

图2-45　单击"停止"按钮

(4) 停止录制之后，画外音文件自动添加至时间轴中的"声音轨"，如图2-46所示。

图2-46　显示画外音文件

(5) 选中画外音文件缩略图，如图2-47所示，将其拖动至"音频"素材库的空白位置后，释放鼠标，则完成将画外音文件添加至"音频"素材库，如图2-48所示。

图2-47　选中画外音文件

图2-48　在空白位置释放鼠标

(6) 完成添加之后，"音频"素材库中即可显示录制的画外音文件，如图2-49所示。

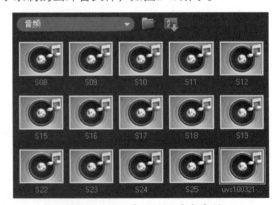

图2-49　显示导入的画外音素材

2.5　通过绘图创建器获取素材

在会声会影X3中使用绘图创建器可以创建动画和静态图像两种类型的素材，制作后的素材将自动保存至对应的素材库中。

2.5.1 参数选择和录制模式的设置

在使用绘图创建器之前，用户可以按实际项目的需要，先对素材的默认录制区间(即录制的时间长短)和素材的录制模式(即录制动画还是录制图像)进行设置。

具体设置的操作步骤如下。

进入"高级编辑"界面，切换至"2 编辑"选项卡，单击"工具栏"上的"绘图创建器"按钮，如图2-50所示。打开"绘图创建器"窗口，单击窗口左下角的"参数选择设置"按钮，如图2-51所示。弹出"参数选择"对话框，在"默认录制区间"右侧的数值框中，直接输入"5"，然后单击"确定"按钮，如图2-52所示。返回"绘图创建器"窗口，接着单击窗口左下角的"更改为动画或静态模式"按钮，在弹出的下拉列表中，按需要选择合适的模式，如图2-53所示。经过以上操作，完成对素材默认录制区间和素材录制模式的设置。

图2-51 单击"参数选择设置"按钮

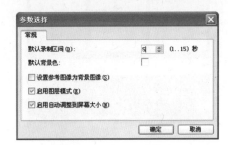

图2-52 设置默认录制区间

图2-50 单击"绘图创建器"按钮

图2-53 选择合适的录制模式

2.5.2 使用绘图创建器创建动画

在绘图创建器中，完成对素材默认录制区间和素材录制模式的设置后，就可以开始使用绘图创建器创建动画或者图像。

1. 选择和设置笔刷

绘图创建器共提供了11种笔刷样式：画笔、喷枪、蜡笔、炭笔、粉笔、铅笔、标记、油画、微粒、滴水和硬毛笔。根据不同风格的需要，选择不同的笔刷，然后可以对笔刷的高度、宽度、刷子角度、柔化边缘、透明度等多种属性进行设置。具体的操作步骤如下。

进入"高级编辑"界面，切换至"2 编辑"选项卡，单击"工具栏"上的"绘图创建器"按钮，如图2-54所示。打开"绘图创建器"窗口，选择窗口上方"笔刷列表"中需要的笔刷，如图2-55所示。单击笔刷右下角的齿轮图标，在弹出的下拉列表中，可以设置"透明度"、"随机"、"湿度控制"、"密度"、"笔刷头大小"几种属性，设置完成后，单击"确定"按钮，如果需要还原默认笔刷属性时，单击"重置为默认"按钮即可，如图2-56所示。

图2-54　单击"绘图创建器"按钮

图2-55　选择所需的笔刷

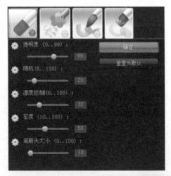

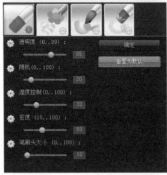

图2-56　设置笔刷属性

设置完笔刷的基本属性后，将鼠标移至"绘图创建器"窗口的左上角，可以设置笔刷的高度与宽度，如图2-57所示。经过以上操作，完成对笔刷的选择和一些基本属性的设置。

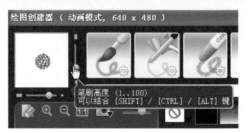

图2-57　调整笔刷宽度与高度

2. 设置笔刷纹理与颜色

完成笔刷的选择与基本属性设置之后，可以根据项目需要，确定是否需要使用笔刷的纹路图案与设置笔刷的颜色。具体的操作步骤如下。

打开"绘图创建器"窗口，单击"纹理选项"按钮，如图2-58所示。弹出"纹理选项"对话框，选中要使用的纹理图案，然后单击"确定"按钮，如图2-59所示。返回"绘图创建器"窗口，单击"色彩选取器"按钮，弹出颜色列表，单击"Corel 色彩选取器"按钮，如图2-60所示。弹出"Corel 色彩选取器"对话框，选择要使用的颜色后，单击"确定"按钮，如图2-61所示。经过以上操作，完成对笔刷纹理图案和笔刷颜色的设置。

图2-58　单击"纹理选项"按钮

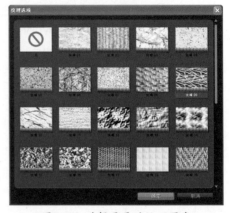

图2-59　选择需要的纹理图案

图2-60 单击"色彩选取器"按钮

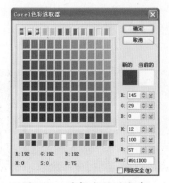

图2-61 选择合适的颜色

3. 开始与停止录制

完成对笔刷的选择及基本属性、纹理图案、颜色的设置后，就可以开始录制动画了。具体的操作步骤如下。

在"绘图创建器"窗口中，单击"开始录制"按钮，如图2-62所示。开始录制之后，即可在"绘图创建器"窗口中的白色位置进行绘图，绘图的同时也可以按需要重新选择笔刷和设置笔刷属性等操作，如图2-63所示。在录制过程中，如果对录制的动画效果不满意，或者是绘制过程中发生错误，可以单击"清除预览窗口"按钮，将绘制的内容全部清除，如图2-64所示。绘制完成以后，单击"停止录制"按钮，如图2-65所示。停止录制后，录制的动画效果则自动保存至"绘图创建器"右侧的"画廊"中，如图2-66所示。

图2-62 单击"开始录制"按钮

图2-63 进行绘制

图2-64 "清除预览窗口"按钮

图2-65 单击"停止录制"按钮

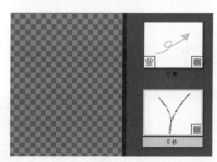

图2-66 动画保存至画廊

4. 播放与删除录制的动画

动画效果录制完毕后，自动保存至"画廊"中，用户可以选择预览该动画效果，如果不符合需要，则可以删除该动画并重新创建。具体的操作步骤如下。

在"画廊"中选中录制的动画文件图标，如图2-67所示，然后单击"画廊"上方的"播放选中的画廊条目"按钮，如图2-68所示。预览窗口中则对该动画效果进行播放，如果需要删除该动画时，单击"画廊"上方的"删除选择的画廊条目"按钮即可，如图2-69所示。

图2-67　选中动画　　图2-68　单击"播放"按钮

图2-69　单击"删除选择的画廊条目"按钮

5. 更改已录制动画的视频区间

录制的动画效果经过预览之后，可以根据需要，改变该动画的视频区间，延长或缩短动画的播放时间。具体的操作步骤如下。

在"画廊"中选中录制的动画文件图标，如图2-70所示。然后单击"画廊"上方的"更改选择的画廊区间"按钮，如图2-71所示。弹出"区间"对话框，在"区间"数值框中输入"8"，然后单击"确定"按钮，如图2-72所示。经过以上操作，动画文件的区间则由"5秒"更改为"8秒"，如图2-73所示。

图2-70　选中动画　　图2-71　单击"更改选择的画廊区间"按钮

图2-72　更改区间　　图2-73　区间显示

6. 完成创建视频素材

动画录制完成，并按需要调整之后，可以将动画文件创建为视频素材，供影片编辑时所用。具体的操作步骤如下。

完成动画录制之后，单击"绘图创建器"窗口中的"确定"按钮，如图2-74所示。然后执行"正在制作绘图创建器文件"的操作，"绘图创建器"的预览窗口显示动画效果，预览窗口下方是创建文件进度条，如图2-75所示创建完毕后，返回"高级编辑"界面，动画文件保存至"视频"素材库，如图2-76所示。

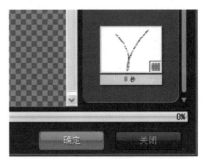

图2-74　单击"确定"按钮

图2-75　创建素材

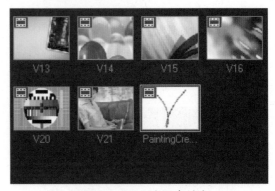

图2-76　动画保存至素材库

第3章　编辑视频与图片

　　原始的视频或图片素材是用户在拍摄现场按时间的顺序、自然发展的流程记录而成，将这些素材导入计算机以后，可以通过会声会影X3提供的多种方法对这些素材的播放时间、播放顺序和色彩进行一些剪辑、拼接和调整，从而形成一个完整的故事与基本视觉效果，制作出用户想要的影片。

　　本章重点掌握内容：

- 掌握修整素材的几种基本方法
- 掌握对素材色彩的调整方法
- 掌握对照片素材的重新采样
- 掌握视频素材的批量转换方法
- 掌握保存素材的几种方法

3.1 修整素材

会声会影X3可以通过导览面板上的功能按钮剪辑素材，也可以通过多重修整视频、按场景分割视频、反转视频、分割音频等多种方法对导入的原始视频素材进行修整，本节将对这些方法结合实例进行介绍。

3.1.1 通过导览面板剪辑素材

会声会影X3的导览面板上提供了很多功能按钮用来预览或者编辑各类素材，包括：播放按钮、起始按钮、上一帧按钮、下一帧按钮、结束按钮、重复按钮、系统音量按钮、擦洗器滑块、左右修整标记、开始标记按钮、结束标记按钮、按照飞梭栏的位置分割素材按钮、扩大按钮和时间码。

【实例3-1】使用导览面板上的"开始标记"与"结束标记"功能按钮，剪掉视频素材前后不需要的部分。

(1) 进入"高级编辑"界面，选择菜单栏中的"文件"|"将媒体文件插入到时间轴"命令，在弹出的子菜单中选择"插入视频"命令，如图3-1所示。

(2) 弹出"打开视频文件"对话框，找到要插入的素材文件，然后单击"打开"按钮，如图3-2所示。

(3) 关闭对话框，返回"高级编辑"界面，视频素材被插入到时间轴中，如图3-3所示。

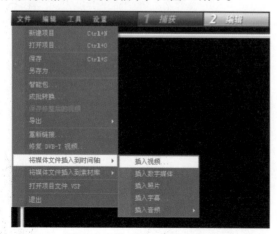

图3-1 选择"插入视频"命令

图3-2 打开视频文件

图3-3 视频素材插入至时间轴

(4) 单击导览面板中的"播放"按钮▶，当视频素材播放至需要剪辑的位置时，单击"暂停"按钮❚❚，然后单击"开始标记"按钮❙，将素材的前一部分剪掉，如图3-4所示。

(5) 再次单击"播放"按钮，继续播放视频素材，播放至需要结束的位置后，单击"暂停"按钮，然后单击"结束标记"按钮❙，将素材的后一部分剪掉，如图3-5所示。

图3-4 单击"开始标记"按钮

图3-5 单击"结束标记"按钮

（6）至此，该视频素材完成剪辑，只保留了中间一部分内容，而前后不需要的部分已经被剪掉，素材在时间轴中的长度也相应地缩短了，如图3-6所示。

图3-6 素材被缩短

【实例3-2】使用导览面板上的"按照飞梭栏的位置分割素材"功能按钮，将素材剪辑为多个段落。

（1）进入"高级编辑"界面，右击时间轴视频轨的空白处，在弹出的右键菜单中选择"插入视频"命令，如图3-7所示。

（2）弹出"打开视频文件"对话框，找到要插入的素材文件，然后单击"打开"按钮，如图3-8所示。

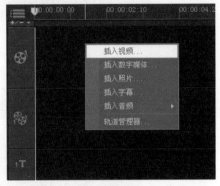

图3-7 选择"插入视频"命令

图3-8 打开视频文件

（3）返回"高级编辑"界面，视频素材被插入到时间轴中，如图3-9所示。

图3-9 视频素材插入至时间轴

（4）插入素材后，在导览面板上拖动"擦洗器"滑块至需要剪辑的位置，然后单击"按照飞梭栏的位置分割素材"按钮，则视频素材被剪辑为两个段落，如图3-10所示。

图3-10　视频素材被剪辑为两个段落

（5）继续拖动"擦洗器"滑块，在每一个需要剪辑的位置，都单击"按照飞梭栏的位置分割素材"按钮，则素材被剪辑为多个段落，如图3-11所示。

图3-11　视频素材被剪辑为多个段落

3.1.2 多重修整视频

　　用"多重修整视频"功能剪辑素材后，在剪辑完成的素材之间，不会出现相同的帧画面。功能上较直接通过导览面板上的功能按钮更为方便与强大。"多重修整视频"操作界面如图3-12所示。

图3-12　多重修整视频

　　"多重修整视频"可以通过如下几个工具对视频素材进行搜索和剪辑。

　　● 反转选取

　　"反转选取"功能，是指选取定位了"开始标记"和"结束标记"以外的视频片段。如图3-13所示。

　　● 快速搜索间隔

　　通过在"快速搜索间隔"时间框中输入搜索的间隔时间，然后单击"向前搜索"或"向后搜索"按钮，即可按输入的时间间隔对素材进行快速浏览，找到需要剪辑的位置。如图3-14所示。

图3-13　反转选取

图3-14　快速搜索间隔

　　● "擦洗器"与"飞梭轮"

　　在"多重修整视频"预览窗口的下方，可以通过拖动"擦洗器"和"飞梭轮"的方式，快速浏览视频素材，定位剪辑位置。如图3-15所示。

图3-15 "擦洗器"与"飞梭轮"

● 快进/快退

"快进/快退"功能提供了最快32倍于正常前进或后退的播放速度来对视频素材进行快速浏览定位。鼠标前后拖动"快进/快退"按钮并保持按压的状态，即可在预览窗口中看到视频素材的快速前进或后退的播放效果。如图3-16所示。

图3-16 快进/快退

● 开始标记/结束标记

"开始标记"与"结束标记"是"多重修整视频"功能中的主要剪辑工具，可以用来定位素材剪辑时的起点与终点。

【实例3-3】通过多重修整视频功能，对视频素材进行精确剪辑。

(1) 进入"高级编辑"界面，切换至"故事板视图"，接着右击"故事板视图"的空白处，在弹出的右键菜单中执行"插入视频"命令，如图3-17所示。

(2) 弹出"打开视频文件"对话框，选中要插入的视频素材，单击"打开"按钮，如图3-18所示。

图3-17 选择"插入视频"命令

图3-18 打开视频文件

(3) 插入视频素材后，单击素材库右下角的"选项"按钮 选项 ≪，打开"视频"选项面板，然后单击"多重修整视频"按钮，如图3-19所示。

(4) 进入"多重修整视频"操作界面后，将鼠标移至"飞梭轮"上，向右拖动，使预览窗口上的橙色竖线对应需要开始剪辑的位置，然后单击"开始标记"按钮，确定素材剪辑的开始位置，如图3-20所示。

图3-19 单击"多重修整视频"按钮

图3-20 确定"开始标记"位置

(5) 在"快速搜索间隔"的时间框中输入间隔时间"3秒"，如图3-21所示。

(6) 接着单击"向前搜索"按钮，使预览窗口画面向前跳动3秒钟，然后可继续向前搜索，直至确定素材片段的大概结束位置。

(7) 继续转动"飞梭轮"，并单击"转到上一帧" 或"转到下一帧" 按钮，使预览窗口上的橙色竖线对应需要结束剪辑的精确位置，然后单击"结束标记"按钮，如图3-22所示。

图3-21　输入搜索间隔时间

图3-22　确定"结束标记"位置

(8) 经过以上操作，完成素材第一部分的精确剪辑，在"剪辑视频的时间长度"下方的窗口中可以看到这一部分的素材片段，如图3-23所示。

(9) 按照相同的方法，可以将视频素材精确剪辑为多个片段，最后单击"确定"按钮，如图3-24所示。

图3-23　素材片段

图3-24　剪辑的多个素材片段

(10) 返回"高级编辑"界面，可以看到视频素材已经被剪辑为多个片段，如图3-25所示。

图3-25　多重修整后的效果

(11) 如果觉得剪辑好的视频片段还有需要修改的地方，可以单击该片段，然后单击"多重修整视频"按钮，继续对该片段进行修整。

3.1.3　按场景分割视频

拍摄视频时，经常会将不同场景地点的景色、内容拍在一段视频中，用户可以通过会声会影X3的"按场景分割"功能，将视频素材按不同场景自动分割为多个视频片段。

【实例3-4】将一部完整的视频素材按不同场景分割为多个视频片段。

(1) 进入"高级编辑"界面，切换至"故事板视图"，右击时间轴的空白处，在弹出的右键菜单中执行"插入视频"命令，如图3-26所示。

(2) 弹出"打开视频文件"对话框，选中要插入的视频素材，然后单击"打开"按钮，如图3-27所示。

图3-26 选择"插入视频"命令

图3-27 打开视频文件

（3）插入视频素材后，单击素材库中的"选项"按钮，打开"视频"选项面板，然后单击"按场景分割"按钮，如图3-28所示。

（4）弹出"场景"对话框，选中"将场景作为多个素材打开到时间轴"复选框，接着单击"选项"按钮，如图3-29所示。

图3-28 单击"按场景分割"按钮

图3-29 "场景"对话框

（5）弹出"场景扫描敏感度"对话框，拖动敏感度标尺上的滑块，设定合适敏感度数值，敏感度数值越大，则最后扫描的场景越多。然后单击"确定"按钮，如图3-30所示。

（6）返回"场景"对话框，单击"扫描"按钮，开始扫描。扫描完成后，按检测到的场景显示视频段落区间，最后单击"确定"按钮，如图3-31所示。

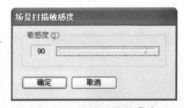

图3-30 设置扫描敏感度

图3-31 按场景显示段落区间

（7）返回"高级编辑"界面，可以在时间轴中看到按场景分割后的视频片段，如图3-32所示。

图3-32 按场景分割后的视频片段

3.1.4 反转视频

经常在电影电视上看到除了正常顺序播放的影片之外，偶尔也会出现一些为了适合剧情需要将正常顺序录制的视频按倒序进行播放的片段，会声会影X3提供的"反转视频"工具就可以实现这种效果，具体的操作步骤如下。

进入"高级编辑"界面，切换至"故事板视图"，右击时间轴的空白处，在弹出菜单中执行"插入视频"命令，如图3-33所示。弹出"打开视频文件"对话框，选中要插入的视频素材，然后单击"打开"按钮，如图3-34所示。插入视频素材后，单击素材库中的"选项"按钮，打开"视频"选项面板，然后选中"视频"选项面板中的"反转视频"复选框，如图3-35所示。经过以上操作，最后单击导览面板上的"播放"按钮，视频素材在预览窗口中按倒序进行播放。

图3-34　打开视频文件

图3-35　选中"反转视频"复选框

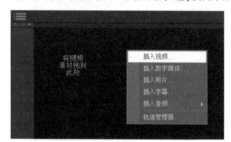

图3-33　执行"插入视频"命令

3.1.5 调整素材的播放时间

针对录制到的视频或者拍摄到的图像，会声会影X3能够调整这些素材在影片中的播放时间，从而实现某些需要的特殊效果，比如慢动作回放等。会声会影X3可以通过以下几种方法调整素材的播放时间。

1. 回放速度

【实例3-5】通过设置素材"回放速度"调整素材的播放时间。

(1) 进入"高级编辑"界面，切换至"时间轴视图"，右击时间轴的空白处，在弹出的右键菜单中执行"插入视频"命令，如图3-36所示。

(2) 弹出"打开视频文件"对话框，选中要插入的视频素材，单击"打开"按钮，如图3-37所示。

图3-36　执行"插入视频"命令

图3-37 打开视频文件

（3）插入视频素材后，时间轴中显示当前插入的视频素材长度，如图3-38所示。

图3-38 插入的视频素材

（4）单击素材库中的"选项"按钮，打开"视频"选项面板，然后单击"回放速度"按钮，如图3-39所示。

（5）弹出"回放速度"对话框，向左拖动"速度"标尺滑块，使"速度"数值框中的数字变为50，延长播放时间，然后单击"确定"按钮，如图3-40所示。

图3-39 单击"回放速度"按钮

图3-40 "回放速度"对话框

（6）返回"高级编辑"界面，时间轴中该视频素材的播放时间延长一倍，如图3-41所示。

图3-41 延长素材的播放时间

（7）按照同样的方法，将"速度"滑块向右滑动，可以缩短视频素材的播放时间，让播放速度加快。

2. 在时间轴上调整素材的播放时间

【实例3-6】在时间轴上直接拖动素材的边缘，实现调整素材的播放时间。

（1）进入"高级编辑"界面，切换至"时间轴视图"，右击时间轴空白处，执行弹出菜单中的"插入照片"命令，如图3-42所示。

（2）弹出"浏览照片"对话框，选中要插入的照片素材，然后单击"打开"按钮，如图3-43所示。

（3）插入照片素材后，时间轴中显示当前照片素材，将鼠标指向照片素材右侧边缘的黄色区域，当鼠标指针变为↔形状时，向右拖动，如图3-44所示。

（4）将鼠标指针拖动到合适位置后释放，则调整素材播放时间的操作完成，延长了素材的播放时间，如图3-45所示。

图3-42 执行"插入照片"命令

图3-43 打开图像文件

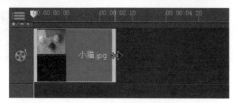

图3-44 拖动照片素材

图3-45 延长素材的播放时间

(5) 按照同样的方法，将鼠标指针向左拖动到合适位置后释放，则照片素材的播放时间就被缩短了，如图3-46所示。

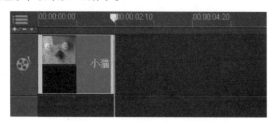

图3-46 缩短素材的播放时间

3. 通过选项面板的素材区间调整素材的播放时间

【实例3-7】通过选项面板上的时间框，调整各类素材的播放长度。

(1) 进入"高级编辑"界面，切换至"时间轴视图"选项卡，右击时间轴空白处，执行弹出菜单中的"插入照片"命令，如图3-47所示。

(2) 弹出"浏览照片"对话框，选中要插入的照片素材，然后单击"打开"按钮，如图3-48所示。

图3-47 执行"插入照片"命令

图3-48 打开图像文件

(3) 插入照片素材后，在时间轴中显示该素材的长度，如图3-49所示。

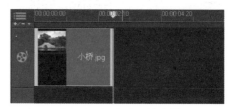

图3-49 插入的照片素材

(4) 单击素材库中的"选项"按钮，打开"照片"选项面板，然后单击"照片区间"秒数的位置，输入合适的时间，最后按Enter键，如图3-50所示。

(5) 经过以上操作，就完成了照片素材播放时间的调整，如图3-51所示。

图3-50 输入播放时间

图3-51 调整素材播放长度

3.1.6 调整素材的画面方向

因构图需要，用户常常将相机横着拿或者竖着拿，用不同的拍摄方向、角度进行拍摄。当用户遇到拍摄方向错误的素材，或者是特意需要某种方向的素材时，会声会影X3可以实现这些调整，具体步骤操作如下。

进入"高级编辑"界面，切换至"时间轴视图"，右击时间轴空白处，执行弹出菜单中的"插入照片"命令，如图3-52所示。弹出"浏览照片"对话框，选中要插入的照片素材，然后单击"打开"按钮，如图3-53所示。插入照片素材后，预览窗口显示当前插入的照片素材，如图3-54所示。然后单击素材库中的"选项"按钮，打开"照片"选项面板，单击"将照片顺时针旋转90度"按钮，对素材进行旋转，如图3-55所示。经过以上操作，则完成对当前素材方向的调整，如图3-56所示。

图3-54 显示照片素材

图3-55 将照片顺时针旋转90度

图3-52 执行"插入照片"命令　图3-53 打开图像文件

图3-56 旋转后的素材

3.2 素材色彩的简单调整

用户拍摄各类素材时，有的是因为光线使素材在色彩方面发生了整体上的偏差，比如整体偏红、整体偏黄。有的是因为用户在特定环境下追求特殊的效果，比如夕阳下的暖色调。对此，会声会影X3可以利用调整白平衡、调整色彩参数和自动调整色调3大功能，对这些素材进行色彩上的修正或者调整。

3.2.1 调整白平衡

会声会影X3可以通过自动调整白平衡、选取色彩、调节色温3种方法对素材的白平衡进行调整。

1. 自动调整白平衡

自动调整白平衡是指会声会影X3软件自动在素材中计算出白点，从而对色彩的白平衡进行调整。操作步骤如下。

进入"高级编辑"界面，插入视频素材文件"推磨.mpg"，如图3-57所示。单击素材库上的"选项"按钮，打开"视频"选项面板，然后单击"色彩校正"按钮，如图3-58所示。进入"色彩校正"选项面板，选中"白平衡"复选框，激活"白平衡"调整选项以后，单击"自动"按钮，如图3-59所示。然后单击"白平衡"旁的小三角按钮，在弹出的下拉菜单中选择"鲜艳色彩"、"一般"复选框，如图3-60所示。经过以上步骤，就完成了对视频素材进行自动调整白平衡的操作，调整后的效果如图3-61所示。

图3-57　插入视频素材

图3-58　单击"色彩校正"按钮

图3-59　选中"白平衡"复选框

图3-60　设置白平衡效果

图3-61　显示自动白平衡效果

2. 选取色彩

选取色彩是会声会影X3软件通过用户在视频或照片素材中手动地选取白点，实现调整白平衡的一种功能。具体操作步骤如下。

进入"高级编辑"界面，插入照片素材文件"灯光.jpg"，如图3-62所示。单击素材库上的"选项"按钮，打开"照片"选项面板，然后单击"色彩校正"按钮，进入"色彩校正"选项面板，选中"白平衡"复选框，在激活"白平衡"调整选项后，单击"选取色彩"按钮，如图3-63所示。将鼠标移动至素材画面上，光标变为吸管 形状，接着将吸管指向需要设置为白点的位置，单击鼠标，如图3-64所示。手工选取白点完成，通过选取颜色后，调整白平衡的效果如图3-65所示。

图3-62 插入照片素材

图3-63 单击"选取色彩"按钮

图3-64 吸取白点

图3-65 显示调整效果

3. 调节色温

调节色温，可以直接使用会声会影X3预置的色温模式进行调整，也可以自由地改变色温数值来调整白平衡。具体的操作步骤如下。

进入"高级编辑"界面，插入照片素材文件"落日.jpg"，如图3-66所示。单击素材库上的"选项"按钮，打开"照片"选项面板，然后单击"色彩校正"按钮，进入"色彩校正"选项面板，选中"白平衡"复选框，在激活"白平衡"调整选项后，可以看到色温调节界面部分，如图3-67所示。预置的色温模式，自左向右，分别为钨光、荧光、日光、云彩、阴影、阴暗6个预设的色温值。单击"荧光"按钮，可以看到调整后的效果，如图3-68所示。"温度数值框"中显示当前的色温值，单击数值框，输入2000～13000之间的色温值，也可实现对色温的精确调整。在数值框中输入2200，如图3-69所示，为色温2200K条件下的素材显示效果。

图3-66 插入照片素材

图3-67 色温调节界面

图3-68 "荧光"显示效果

图3-69 色温2200K的显示效果

3.2.2 调整色彩参数

用户可以通过调整色调、饱和度、亮度、对比度和Gamma值5个方面对素材的色彩进行调整，实现最终需要的效果。

【实例3-8】通过调整参数来改变素材的色彩。

(1) 进入"高级编辑"界面，插入照片素材文件"小桥.jpg"，如图3-70所示。

(2) 单击素材库上的"选项"按钮，打开"照片"选项面板，然后单击"色彩校正"按钮，进入"色彩校正"选项面板，面板的右半部分即为"色彩参数"控制面板，如图3-71所示。

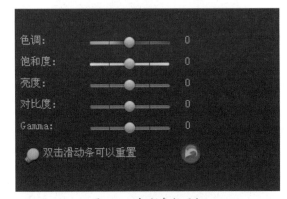

图3-71 色彩参数面板

(3) 拖动"色调"滑块，将数值设置为-38；拖动"饱和度"滑块，数值设为-15；拖动"亮度"滑块，数值设为10；拖动"对比度"滑块，数值设为14；Gamma值不变，保持为0，如图3-72所示。

(4) 通过参数调整色彩完成，最终的调整效果如图3-73所示。

图3-70 插入照片素材

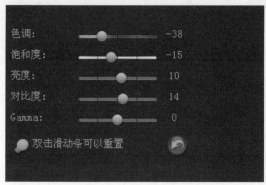

图3-72 调整色彩参数

图3-73 显示调整效果

3.2.3 自动调整色调

会声会影X3可以使用"自动调整色调"功能，对一些明亮度上有欠缺的图片素材进行调整。具体操作步骤如下。

进入"高级编辑"界面，插入照片素材文件"琴.jpg"，如图3-74所示。单击素材库上的"选项"按钮，打开"照片"选项面板，然后单击"色彩校正"按钮，如图3-75所示。进入"色彩校正"选项面板，选中"自动调整色调"复选框，然后单击复选框右侧的小三角，在弹出的下拉菜单中选择"较亮"选项，如图3-76所示。经过以上操作，对照片素材的自动调整色调完成，最终的显示效果如图3-77所示。

图3-75 单击"色彩校正"按钮

图3-76 设置"自动调整色调"

图3-74 插入照片素材

图3-77 显示调整效果

3.3　照片素材的重新采样

会声会影X3针对照片素材还提供了重新采样与"摇动和缩放"特效两种编辑功能，下面对这两项分别进行介绍。

3.3.1　重新采样选项

为了让照片素材能够和整个影片输出保持一致的比例，会声会影X3可以对照片素材进行重新采样。

对照片素材进行重新采样的操作如下。

进入"高级编辑"界面，插入照片素材文件"猴子.jpg"，接着单击素材库上的"选项"按钮，打开"照片"选项面板。然后单击"重新采样选项"下拉列表框，弹出的下拉列表中包括"保持宽高比"和"调到项目大小"两个选项，如图3-78所示。单击"保持宽高比"选项，则照片素材保持原有的比例不变，如图3-79所示。单击"调到项目大小"选项，则照片素材自动调整比例与整个项目的宽高比保持一致，如图3-80所示。

图3-78　重新采样选项

图3-79　保持宽高比

图3-80　调到项目大小

3.3.2　摇动和缩放

"摇动和缩放"特效是会声会影X3专门为静止的照片素材提供的一种滤镜效果，可以让静止的照片动起来。

选择了"摇动和缩放"，则照片素材的重新采样选项自动选定"保持宽高比"。

设置照片素材"摇动和缩放"特效的具体操作步骤如下。

进入"高级编辑"界面，插入照片素材文件"小猫.jpg"，如图3-81所示。单击素材库上的"选项"按钮，打开"照片"选项面板，选择"摇动和缩放"单选按钮，然后单击"摇动和缩放"下方列表框右侧的三角按钮。在弹出的下拉列表中，选择需要的"摇动和缩放"特效，如图3-82所示。经过以上操作，照片素材应用"摇动和缩放"后的效果，如图3-83所示。

图3-81 插入照片素材

图3-82 可选的效果

图3-83 应用"摇动和缩放"后的效果

3.4 视频格式的批量转换

会声会影X3可以将一种格式的视频素材批量转换成为另外一种格式，从而满足各种应用场合的需要。

【实例3-9】使用会声会影X3对视频格式进行批量转换。

(1) 进入"高级编辑"界面，切换至"2 编辑"选项卡，然后单击"工具栏"中的"成批转换"按钮，如图3-84所示。

（2）弹出"成批转换"对话框，然后单击"添加"按钮，如图3-85所示。

图3-84　单击"成批转换"按钮

图3-85　打开"成批转换"对话框

（3）弹出"打开视频文件"对话框，选中要添加的视频素材之后，单击"打开"按钮，如图3-86所示。

（4）弹出"改变素材序列"对话框，这里可以调整视频素材的前后排列顺序，单击"确定"按钮，如图3-87所示。

图3-86　打开视频文件

图3-87　改变素材序列

（5）返回"成批转换"对话框后，设置素材保存的位置，单击"保存文件夹"文本框右侧的"浏览文件夹"按钮...，如图3-88所示。

（6）弹出"浏览文件夹"对话框，选中转换格式后的文件需要保存的位置，单击"确定"按钮，如图3-89所示。

图3-88　单击"浏览文件夹"按钮

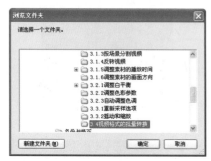

图3-89　选择文件保存位置

（7）再次返回"成批转换"对话框，设置素材转换为何种格式类型，单击"保存类型"下拉列表框，选择MPEG-4 Files (*.mp4;*.m4v)选项，如图3-90所示。

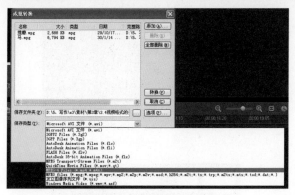

图3-90 选择文件保存类型

图3-91 单击"转换"按钮

（8）设置完成之后，单击"转换"按钮，进行转换，如图3-91所示。

（9）弹出转换进度条，转换完成之后，弹出"任务报告"对话框，显示文件转换状态，如图3-92所示。最后单击"确定"按钮，返回"高级编辑界面"。

图3-92 显示文件转换状态

3.5 保存修整后的素材

在对素材编辑之后，会声会影X3可以对这些素材进行保存，如将视频素材文件保存至素材库、将视频素材中某一画面保存为图片、将修整后的素材保存为智能包等。

3.5.1 保存修整后的视频素材至素材库

视频素材文件完成编辑之后，会声会影X3可以将这些文件保存至"视频"素材库，便于用户以后在其他项目中的使用。具体的操作步骤如下。

进入"高级编辑"界面，切换至"故事版视图"，打开视频素材"焰火.mpg"和"旋转木马.mpg"，如图3-93所示。选中"焰火.mpg"视频素材文件，然后选择"菜单栏"的"文件"|"保存修整后的视频"命令，如图3-94所示。弹出渲染进度条，程序开始对素材文件进行渲染，渲染完成后，修整后的素材被保存至"视频"素材库中，如图3-95所示。按照同样的操

作，可以将其他视频素材也保存至素材库，如图3-96所示。

图3-93 打开素材文件

图3-94　保存修整后的视频

图3-95　保存"焰火.mpg"至素材库

图3-96　保存"旋转木马.mpg"至素材库

3.5.2　将视频素材中的画面保存为快照

在影片编辑中，如果需要视频文件中的某一帧或者某个画面作为照片素材时，用户可以通过会声会影X3将这些画面保存为静态图片，具体的操作步骤如下。

进入"高级编辑"界面，打开视频素材文件"推磨.mpg"，然后在预览窗口下方的导览面板上拖动"擦洗器"至需要保存画面的位置，如图3-97所示。定位好需要保存的画面以后，选择"菜单栏"的"编辑"|"抓拍快照"命令，如图3-98所示。也可以在"视频"选项面板中，单击"抓拍快照"按钮，如图3-99所示。经过以上操作之后，视频素材中的画面就被保存为快照，并被保存于"照片"素材库中，如图3-100所示。

图3-98　执行"抓拍快照"命令

图3-97　定位需要保存的画面

图3-99 单击"抓拍快照"按钮

图3-100 保存至素材库

3.5.3 将修整后的素材保存为智能包

会声会影X3可以将修整后的各类素材直接保存为项目文件，但是一旦这些素材文件的存放路径发生了变化，项目文件就无法与素材链接，修整的素材也无法使用。为了解决这个问题，会声会影X3提供了"智能包"的功能，将项目文件、素材文件都保存在一个文件夹中。

将素材保存为智能包的具体操作如下。

进入"高级编辑"界面，打开视频素材文件"马.mpg"，在"菜单栏"中选择"文件"|"智能包"命令，如图3-101所示。弹出Corel VideoStudio Pro提示对话框，提示保存当前项目，单击"是"按钮，如图3-102所示。弹出"另存为"对话框，在"文件名"文本框中输入项目文件的名称，然后单击"保存"按钮，如图3-103所示。接着弹出"智能包"对话框，设置智能包的存放位置，单击"文件夹路径"文本框右侧的"浏览文件夹"按钮，如图3-104所示。

图3-102 Corel VideoStudio Pro提示框

图3-103 "另存为"对话框

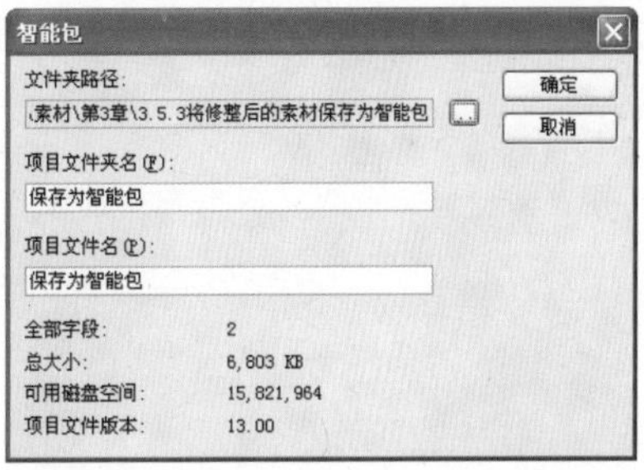

图3-101 执行"智能包"命令

图3-104 单击"浏览文件夹"按钮

弹出"浏览文件夹"对话框，选择智能包存放的文件夹，单击"确定"按钮，如图3-105所示。返回"智能包"对话框，单击"确定"按钮，程序开始执行保存"智能包"的操作，如图3-106所示。保存"智能包"操作完成之后，在对应文件夹中，可以看到项目文件与素材文件被保存在一起，如图3-107所示。

图3-107　显示保存智能包效果

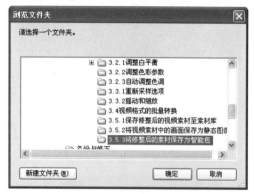

图3-105　选择存放文件夹

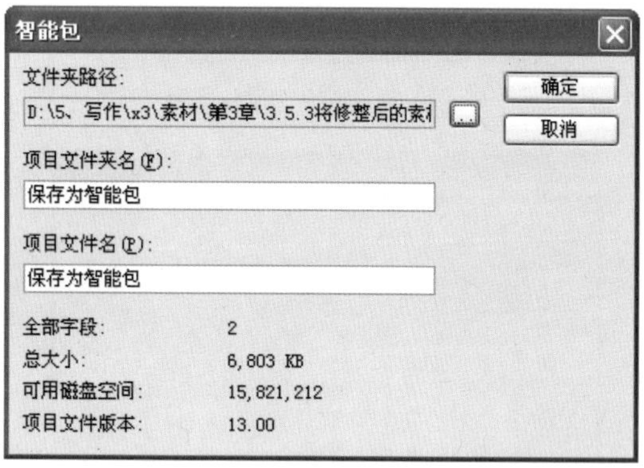

图3-106　单击"确定"按钮开始保存

第4章　影片编辑之场景转换

　　所谓场景转换，即"转场"，就是在编辑影片时，为了让两个场景能够自然衔接，而在素材与素材之间添加的一种过渡效果。本章将介绍会声会影X3提供的16类共一百多种转场效果的使用与设置。

本章重点掌握内容：

● 掌握添加与删除转场效果的方法
● 掌握转场效果的设置方法
● 掌握转场效果的自定义方法
● 掌握常用转场效果的使用方法

4.1 转场效果的添加、设置与删除

在会声会影X3中，可以手动添加转场效果，也可以自动添加转场效果，还可以将转场效果添加到收藏夹。添加后，可以对转场效果进行设置、调整，从而使其更适合影片的需求。当不需要转场效果时，也可以删除添加的转场。

4.1.1 添加转场效果

在编辑影片时，用户可以手动在素材与素材之间添加需要的转场效果，也可以让会声会影X3软件为用户自动添加转场效果。

1. 手动添加转场效果

用户在手动添加转场效果时，既可以为多个素材之间添加不同的转场效果，也可以添加同一种转场效果。

● 添加不同的转场效果

用户在多个素材之间添加不同转场效果的操作步骤如下。

进入"高级编辑"界面，切换至"故事板视图"界面，插入照片素材"小草.jpg"、"红叶.jpg"、"蜜蜂.jpg"，如图4-1所示。单击"素材库导航栏"上的"转场"按钮，将素材库切换为"转场"素材库，如图4-2所示。打开素材库中的"画廊"下拉列表，选择"取代"转场库，如图4-3所示。打开"取代"转场库，选中要使用的转场效果"对角线"，拖动至时间轴上的第一个与第二个素材之间的小方框上，如图4-4所示。然后按照相同方法，可在第二个素材与第三个素材之间再添加其他转场效果。最后单击导览面板上的"播放" ▶按钮，可以在预览窗口上看到添加的转场效果，如图4-5所示。

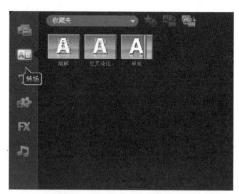

图4-2 单击"转场"按钮

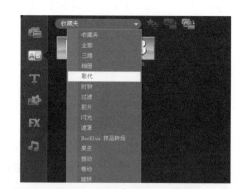

图4-3 打开"取代"转场库

图4-4 添加"对角线"转场效果

图4-1 插入照片素材

图4-4 (续)

图4-5 显示"对角线"转场效果

● 添加相同的转场效果

手动为多个素材之间添加相同的转场效果，可以通过如下操作步骤实现。

进入"高级编辑"界面，切换至"故事板视图"，插入照片素材"花.jpg"、"蓝天红日.jpg"、"夕阳.jpg"，如图4-6所示。单击"素材库导航栏"上的"转场"按钮，将素材库切换为"转场"素材库，然后打开"画廊"下拉列表，选择"时钟"转场库，如图4-7所示。打开"时钟"转场库后，选中需要使用的转场效果"清除"，然后单击"对视频轨应用当前效果"按钮，如图4-8所示。经过以上步骤，时间轴中的多个素材之间就完成添加同一种转场效果的操

作，如图4-9所示。

图4-6 插入素材文件

图4-7 打开"时钟"转场库

图4-8 单击"对视频轨应用当前特效"按钮

图4-9 完成添加相同转场效果

2. 自动添加转场效果

当素材过多，手工添加非常繁琐时，或者是为了影片快速编辑的需要，用户可以通过设置会声会影X3软件的"参数选择"，在用户添加完素材之后，程序就自动为素材添加转场效果。具体的设置及操作步骤如下。

进入"高级编辑"界面，选择"菜单栏"中的"设置"|"参数选择"命令，如图4-10所示。打开"参数选择"对话框，切换至"编辑"选项

卡，在"转场效果"选项组内，选中"自动添加转场效果"复选框，然后打开"默认转场效果"下拉列表，在弹出的列表中，选择"胶片-分割"选项，最后单击"确定"按钮，如图4-11所示。返回"高级编辑"界面，新建项目，插入需要的素材后，则素材之间自动添加转场效果，如图4-12所示。

图4-10 执行"参数选择"命令

图4-11 设置"转场效果"参数

图4-12 自动添加转场效果

3. 将转场效果添加到收藏夹

在影片编辑时，对于使用频率很高的转场效果，如果每次都要进入对应的转场库进行调用，势必增加很多不必要的操作。针对这种情况，会声会影X3提供了转场效果收藏夹，可以将这些常用的转场效果加入收藏夹中，便于用户的使用。

将转场效果加入收藏夹的具体步骤如下。

进入"高级编辑"界面，单击"素材库导航栏"上的"转场"按钮，将素材库切换为"转场"素材库，然后单击"画廊"下拉列表，选择"遮罩"转场库，如图4-13所示。在"遮罩"转

场库中，右击"遮罩D"转场效果，然后在弹出的右键菜单中，执行"添加到 收藏夹"命令，如图4-14所示。按照同样的方法，可以将其他转场效果添加至收藏夹中。最后单击"画廊"下拉列表，选择"收藏夹"转场库，如图4-15所示。打开"收藏夹"转场库，可以看到添加到收藏夹中的所有转场效果，如图4-16所示。

图4-13 选择"遮罩"转场库

图4-14 执行"添加到 收藏夹"命令

图4-15 选择"收藏夹"转场库

图4-16 显示"收藏夹"中的转场效果

4.1.2 设置转场效果

在素材之间添加了转场效果之后，用户为了获得某些需要的转场效果，可以先对这些转场进行设置，具体的操作步骤如下。

进入"高级编辑"，切换至"故事板视图"，插入照片素材"湖面.jpg"和"小桥.jpg"，如图4-17所示。单击"素材库导航栏"上的"转场"按钮，将素材库切换为"转场"素材库，然后单击"画廊"下拉列表，选择"过滤"转场库，如图4-18所示。

图4-19 添加转场效果

图4-17 插入照片素材

图4-20 "门"转场效果参数设置

图4-18 选择"过滤"转场库

在"过滤"转场库中，选中要使用的转场效果"门"，然后拖动至两个素材之间的小方框上，如图4-19所示。然后单击素材库上的"选项"按钮，将选项面板切换为转场效果设置界面。单击"边框"数值框右侧的微调按钮■，设置数值为"2"；单击"色彩"颜色框，选择合适的颜色；设置"柔化边缘"为"中等柔化边缘"；设置"方向"为"由上到下"，如图4-20所示。完成参数设置之后，单击导览面板的"播放"按钮，可以看到设置后的转场效果，如图4-21所示。

图4-21 显示转场效果

4.1.3 删除转场效果

在需要更改当前转场效果，或者不需要当前转场效果时，用户可以先删除素材间的转场效果，只要右击两个素材间的转场效果图标，在弹出的右键菜单中，选择"删除"命令即可，如图4-22所示。

图4-22 删除素材间的转场效果

4.2 常用转场效果的设置

会声会影X3提供了16大类常用的转场库，分别是三维、相册、取代、时钟、过滤、胶片、闪光、遮罩、果皮、推动、卷动、旋转、滑动、伸展、擦拭、NewBlue样品转场。在每一个转场库中又包含了多种转场效果可供用户选择。当添加好这些转场效果后，用户可对这些转场效果的边框、边框的颜色、边框的边缘和转场效果的方向进行设置，制作出符合影片需求的过渡画面。

4.2.1 三维转场

三维转场库包括手风琴、对开门、飞行翻转、门、挤压、漩涡等15种转场效果。本小节以"飞行折叠"和"漩涡"转场效果为例，介绍三维转场库的使用。

1.飞行折叠

"飞行折叠"转场可以模拟一种纸飞机的飞行效果，具体操作步骤如下。

进入"高级编辑"界面，切换至"故事板视图"，插入照片素材"红叶.jpg"和"嫩芽.jpg"，如图4-23所示。单击"素材库导航栏"上的"转场"按钮，将素材库切换为"转场"素材库，然后单击"画廊"下拉列表，选择"三维"转场库，如图4-24所示。在"三维"转场库中，选中要使用的转场效果"飞行折叠"，拖动至素材之间的小方框上，如图4-25所示。然后单击素材库上的"选项"按钮，选项面板切换为转场效果设置界面，在"柔化边缘"选项组中单击"弱柔化边缘"按钮；在"方向"选项组中单击"右下到左上"按钮，如图4-26所示。完成参数设置之后，单击导览面板的"播放"按钮，可以看到设置后的"飞行折叠"转场效果，如图4-27所示。

图4-23 插入照片素材

图4-24 选择"三维"转场库

图4-25 添加"飞行折叠"转场效果

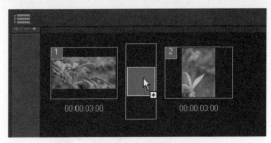

图4-25 （续）

图4-26 "飞行折叠"转场效果参数设置

图4-27 显示转场效果

2. 漩涡

"漩涡"转场是"三维"转场库中唯一可以自定义的转场效果，支持多种变化。这里以实例来说明"漩涡"转场效果的使用和设置。

【实例4-1】结合"漩涡"转场效果，在素材之间制作出爆炸效果。

（1）进入"高级编辑"界面，切换至"故

事板视图"，插入照片素材"鸽子.jpg"和"蜜蜂.jpg"，如图4-28所示。

（2）单击"素材库导航栏"上的"转场"按钮，将素材库切换为"转场"素材库，然后单击"画廊"下拉列表，选择"三维"转场库，如图4-29所示。

图4-28 插入照片素材

图4-29 选择"三维"转场库

（3）在"三维"转场库中，选中要使用的转场效果"漩涡"，拖动至素材之间的小方框上，如图4-30所示。

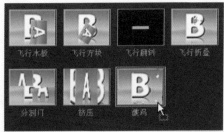

图4-30 添加"漩涡"转场效果

（4）然后单击素材库上的"选项"按钮，选项面板切换为转场效果设置界面，单击"自定义"按钮，如图4-31所示。

（5）弹出"漩涡-三维"对话框，设置"密度"数值为50，"旋转"数值为30，"变化"数值为30，保持"动画"列表框为"爆炸"，设置"形状"列表框为"球形"，最后单击"确定"按钮，如图4-32所示。

"播放"按钮，可以看到最终显示的爆炸效果，如图4-33所示。

图4-31　单击"自定义"按钮

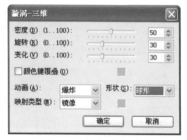

图4-32　转场参数设置

（6）返回"高级编辑"界面，单击导览面板的

图4-33　显示爆炸效果

4.2.2　相册转场

相册转场库包括了"翻转"一种转场效果，模拟用户正在翻阅相册浏览图片的视觉效果，本小节即以"翻转"转场效果为例，介绍相册转场库的使用和设置。

【实例4-2】结合"翻转"转场效果，制作翻阅相册浏览图片的动态效果。

（1）进入"高级编辑"界面，切换至"故事板视图"，插入照片素材"落寞.jpg"和"日出.jpg"，如图4-34所示。

（2）单击"素材库导航栏"上的"转场"按钮，将素材库切换为"转场"素材库，然后单击"画廊"下拉列表，选择"相册"转场库，如图4-35所示。

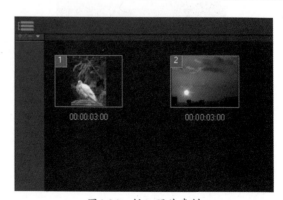

图4-34　插入照片素材

图4-35 选择"相册"转场库

(3) 在"相册"转场库中，选中要使用的转场效果"翻转"，拖动至素材之间的小方框上，如图4-36所示。

图4-36 添加"翻转"转场效果

(4) 然后单击素材库上的"选项"按钮，选项面板切换为转场效果设置界面，单击"自定义"按钮，如图4-37所示。

图4-37 单击"自定义"按钮

(5) 弹出"翻转-相册"对话框，在"相册"选项卡的"相册封面模板"分组框中选择第3个样式，如图4-38所示。

(6) 切换至"背景和阴影"选项卡，在"背景模板"分组框中选择第2个样式，如图4-39所示。

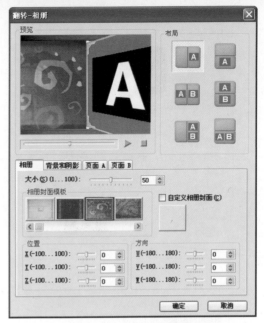

图4-38 设置封面模板

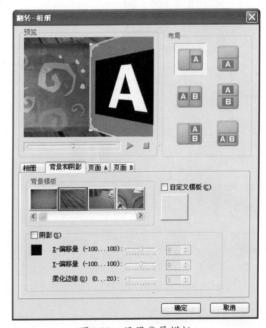

图4-39 设置背景模板

(7) 切换至"页面A"选项卡，在"相册页面模板"分组框中选择第3个样式，如图4-40所示。

(8) 切换至"页面B"选项卡，在"相册页面模板"分组框中选择第4个样式，如图4-41所示。

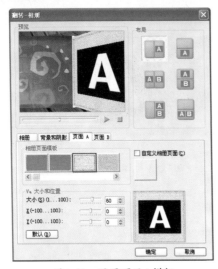

图4-40 设置页面A模板

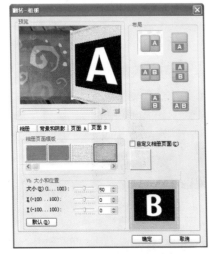

图4-41 设置页面B模板

(9) 其他参数保持不变，最后单击对话框上的"确定"按钮，返回"高级编辑"界面，单击导

览面板的"播放"按钮；可以看到最终显示的翻阅相册效果，如图4-42所示。

图4-42 显示翻阅相册效果

4.2.3 取代转场

取代转场库包括棋盘、对角线、盘旋、交错、墙壁5种效果，都是表现"后一素材"逐级替换"前一素材"的转场效果。本小节通过介绍"盘旋"和"墙壁"转场效果，了解取代转场库的使用和设置。

1. 盘旋

"盘旋"转场模拟了顺时针或逆时针旋转替换的效果，使用和设置"盘旋"转场的具体操作步骤如下。

进入"高级编辑"界面，切换至"故事板视图"，插入照片素材"蝶恋花.jpg"和"乌云.jpg"，如图4-43所示。单击"素材库导航栏"上的"转场"按钮，打开"转场"素材库，然后单击"画廊"下拉列表，选择"取代"转场库，最后选中"盘旋"转场效果，拖至素材之间的小方框上，如图4-44所示。然后单击素材库上的"选项"按钮，选项面板切换为转场效果设置界面：单击"边框"数值框右侧的微调按钮，将数值设为"1"；单击"色彩"颜色框，选择"白色"；将"柔化边缘"设置为"弱柔化边缘"；将"方向"设为"从右下角开始的逆时针"，如图4-45所示。完成参数设置之后，单击导览面板的"播放"按钮，可以看到设置后的转场效果，如图4-46所示。

图4-46 （续）

2. 墙壁

"墙壁"转场模拟了从上往下、从下往上、从左到右和从右到左4个方向替换的效果，设置的具体操作步骤如下。

进入"高级编辑"界面，切换至"故事板视图"，插入照片素材"红叶.jpg"和"林荫路.jpg"，如图4-47所示。单击"素材库导航栏"上的"转场"按钮，打开"转场"素材库，然后单击"画廊"下拉列表，选择"取代"转场库，最后选中"墙壁"转场效果，拖至素材之间的小方框上，如图4-48所示。然后单击素材库上的"选项"按钮，选项面板切换为转场效果设置界面：将"柔化边缘"设置为"强柔化边缘"；将"方向"设为"由左至右"；其他参数保持不变，如图4-49所示。完成参数设置之后，单击导览面板的"播放"按钮，可以看到设置后的转场效果，如图4-50所示。

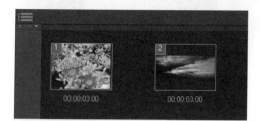

图4-43 插入照片素材

图4-44 添加"盘旋"转场效果

图4-45 "盘旋"转场效果参数设置

图4-46 显示"盘旋"转场效果

图4-47 插入照片素材

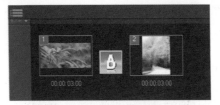

图4-48　添加"墙壁"转场效果

图4-49　"墙壁"转场效果参数设置

图4-50　显示"墙壁"转场效果

4.2.4　时钟转场

时钟转场库包括居中、四分之一、单向、分割、清除、转动、扭曲7种效果，本小节以"单向"和"转动"两个转场效果为例，介绍时钟转场库的使用。

1. 单向

"单向"转场效果用前一素材的某一条边中心为起点，向4个方向清除后，过渡到下一画面，其使用和设置的具体步骤如下。

进入"高级编辑"界面，切换至"故事板视图"，插入照片素材"古迹.jpg"和"阴天.jpg"，如图4-51所示。单击"素材库导航栏"上的"转场"按钮，打开"转场"素材库，然后单击"画廊"下拉列表，选择"时钟"转场库，最后选中"单向"转场效果，拖至素材之间的小方框上，如图4-52所示。然后单击素材库上的"选项"按钮，选项面板切换为转场效果设置界面：将"方向"设为"从下方清除"；其他参数保持不变，如图4-53所示。完成参数设置之后，单击导览面板的"播放"按钮，可以看到设置后的转场效果，如图4-54所示。

图4-51　插入照片素材

图4-52　添加"单向"转场效果

图4-53　"单向"转场效果参数设置

图4-54　显示"单向"转场效果

图4-55　插入照片素材

图4-56　添加"转动"转场效果

图4-57　"转动"转场效果参数设置

2. 转动

"转动"转场效果是以前一素材的中心点位置起始，向四周划出扇形，过渡到下一画面的效果。该转场的使用和设置的具体操作步骤如下。

进入"高级编辑"界面，切换至"故事板视图"，插入照片素材"琴.jpg"和"花.jpg"，如图4-55所示。单击"素材库导航栏"上的"转场"按钮，打开"转场"素材库，然后单击"画廊"下拉列表，选择"时钟"转场库，最后选中"转动"转场效果，拖至素材间的小方框上，如图4-56所示。然后单击素材库上的"选项"按钮，选项面板切换为转场效果设置界面：单击"边框"数值框右侧的微调按钮，设置数值为1；单击"色彩"右侧的颜色框，弹出色彩列表，选择合适的颜色；设置"柔化边缘"为"弱柔化边缘"；设置"方向"为"逆时针"，如图4-57所示。完成参数设置之后，单击导览面板的"播放"按钮，可以看到设置后的转场效果，如图4-58所示。

图4-58　显示"转动"转场效果

4.2.5 过滤转场

过滤转场库包括交叉淡化、菱形、镜头、遮罩、打碎等20种转场效果。本小节通过介绍"交叉淡化"和"遮罩"转场效果，了解过滤转场库的使用和设置。

1. 交叉淡化

"交叉淡化"转场是影片编辑中使用最频繁的转场效果之一，该转场效果过渡自然，使用也非常简单，只需添加到两个素材之间即可。其具体使用步骤如下。

进入"高级编辑"界面，切换至"故事板视图"，插入照片素材"蓝天红日.jpg"和"日出.jpg"，如图4-59所示。单击"素材库导航栏"上的"转场"按钮，打开"转场"素材库，然后单击"画廊"下拉列表，选择"过滤"转场库，如图4-60所示。在"过滤"转场库中，选中要使用的转场效果"交叉淡化"，拖动至素材之间的小方框上，如图4-61所示。最后单击导览面板的"播放"按钮，即可看到"交叉淡化"转场效果，如图4-62所示。

图4-59　插入照片素材

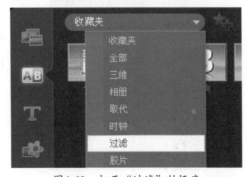

图4-60　打开"过滤"转场库

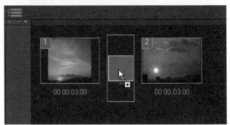

图4-61　添加"交叉淡化"转场效果

图4-62　显示"交叉淡化"转场效果

2. 遮罩

"遮罩"转场效果可以自定义遮罩的式样，

从而可以实现多种多样的转场效果。

【实例4-3】结合"遮罩"转场，制作出独特的转场效果。

(1) 进入"高级编辑"界面，切换至"故事板视图"，插入照片素材"林荫路.jpg"和"水塘.jpg"，如图4-63所示。

(2) 单击"素材库导航栏"上的"转场"按钮，打开"转场"素材库，然后打开"画廊"下拉列表，选择"过滤"转场库，最后选中"遮罩"转场效果，拖至素材之间的小方框上，如图4-64所示。

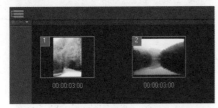

图4-63　插入照片素材

图4-64　添加"遮罩"转场效果

(3) 然后单击素材库上的"选项"按钮，选项面板切换为转场效果设置界面：单击"边框"数值框右侧的微调按钮，设置数值为1；单击"色彩"右侧的颜色框，弹出色彩列表，选择"白色"；"柔化边缘"保持为"无柔化边缘"，如图4-65所示。

图4-65　设置"遮罩"转场效果参数

(4) 接着单击"打开遮罩"按钮，弹出"打开"对话框，选中要打开的图片素材"猴子.jpg"，单击"打开"按钮，如图4-66所示。

(5) 返回编辑器界面，转场设置面板上的"遮罩预览"就变为刚刚打开的图片素材，如图4-67

所示。

图4-66　"打开"对话框

图4-67　遮罩预览

(6) 最后单击导览面板的"播放"按钮，即可看到自定义的"遮罩"转场效果，如图4-68所示。

图4-68　显示自定义的"遮罩"转场效果

4.2.6 胶片转场

胶片转场库包括对开门、交叉、飞去A、飞去B、翻页、扭曲、拉链等13种转场效果，该转场库中的所有转场效果只需设置转场方向即可。本小节以"对开门"和"分割"两种转场效果为例，介绍胶片转场库的使用。

1. 对开门

"对开门"转场效果的使用和设置操作步骤如下。

进入"高级编辑"界面，切换至"故事板视图"，插入照片素材"湖面.jpg"和"云.jpg"，如图4-69所示。单击"素材库导航栏"上的"转场"按钮，打开"转场"素材库，然后打开"画廊"下拉列表，选择"胶片"转场库，最后选中"对开门"转场效果，拖至素材之间的小方框上，如图4-70所示。然后单击素材库上的"选项"按钮，选项面板切换为转场效果设置界面：将"方向"设置为"水平对开门"，如图4-71所示。完成参数设置之后，单击导览面板的"播放"按钮，即可看到"对开门"转场效果，如图4-72所示。

图4-69　插入照片素材

图4-70　添加"对开门"转场效果

图4-71　设置"对开门"转场效果参数

图4-72　显示"对开门"转场效果

2. 分割

"分割"转场效果的设置与"对开门"类似，只需设置"方向"参数即可，步骤如下所示。

沿用本小节的素材，添加"分割"转场效果后，在转场设置面板上，将"方向"设为"四门垂直运动"，如图4-73所示。完成参数设置之后，单击导览面板的"播放"按钮，即可看到"分割"转场效果，如图4-74所示。

图4-73　设置"分割"转场效果参数

图4-74 显示"分割"转场效果

4.2.7 闪光转场

和相册转场相同，闪光转场库只包括"闪光"一种转场效果，用户可以对其进行自定义设置。具体的操作步骤如下。

进入"高级编辑"界面，切换至"故事板视图"，插入照片素材"夕阳.jpg"和"小草.jpg"，如图4-75所示。单击"素材库导航栏"上的"转场"按钮，打开"转场"素材库，然后单击"画廊"下拉列表，选择"闪光"转场库，然后将唯一的"闪光"转场效果拖至素材之间的小方框上，如图4-76所示。然后单击素材库上的"选项"按钮，选项面板切换为转场效果设置界面：单击"自定义"按钮，如图4-77所示。弹出"闪光-闪光"对话框，设置"淡化程度"为10、"光环亮度"为7、"光环大小"为7、"对比度"为10；取消"当中闪光"与"翻转"复选框的选中状态，最后单击"确定"按钮，如图4-78所示。返回"高级编辑"界面，单击导览面板的"播放"按钮，即可看到"闪光"转场效果，如图4-79所示。

图4-77 单击"自定义"按钮

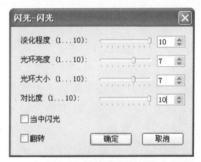

图4-78 设置"闪光"转场效果参数

图4-75 插入照片素材

图4-76 添加"闪光"转场效果

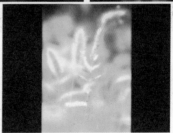

图4-79 显示"闪光"转场效果

4.2.8 遮罩转场

遮罩转场库包括了遮罩A、遮罩B、遮罩C等6种转场效果,本小节通过介绍"遮罩A"与"遮罩D"两种转场效果,来了解遮罩转场库的使用和设置。

1. 遮罩A

"遮罩A"转场效果的使用和设置步骤如下。

进入"高级编辑"界面,切换至"故事板视图",插入照片素材"白猫.jpg"和"灯光.jpg",如图4-80所示。单击"素材库导航栏"上的"转场"按钮,打开"转场"素材库,然后单击"画廊"下拉列表,选择"遮罩"转场库,最后选中"遮罩A"转场效果,拖至素材之间的小方框上,如图4-81所示。然后单击素材库上的"选项"按钮,选项面板切换为转场效果设置界面;单击"自定义"按钮,如图4-82所示。弹出"遮罩-遮罩A"对话框,在"遮罩"分组框中,选择需要的遮罩样式;选中"同步素材"与"翻转"复选框;滑动"旋转"标尺上的滑块,将数值设为270;选中"大小"复选框,滑动右侧滑块,将数值设为1,最后单击"确定"按钮,如图4-83所示。返回"高级编辑"界面,单击导览面板的"播放"按钮,即可看到"遮罩A"转场效果,如图4-84所示。

图4-82 单击"自定义"按钮

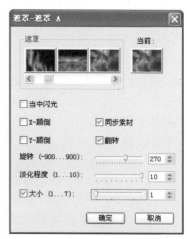

图4-83 设置"遮罩A"转场效果参数

图4-80 插入照片素材

图4-81 添加"遮罩A"转场效果

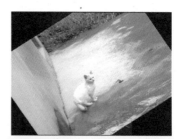

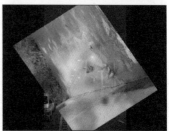

图4-84 显示"遮罩A"转场效果

2. 遮罩D

"遮罩"转场库中的各种遮罩效果与"过滤"转场库中的"遮罩"转场效果相比，功能更强大，效果更多样。本小节结合实例，利用"遮罩D"转场效果制作具有更复杂效果的自定义遮罩。

【实例4-4】结合"遮罩D"转场，制作"蝴蝶飞"特殊转场效果。

（1）进入"高级编辑"界面，切换至"故事板视图"，插入照片素材"小草.jpg"和"灯光.jpg"，如图4-85所示。

（2）单击"素材库导航栏"上的"转场"按钮，打开"转场"素材库，然后单击"画廊"下拉列表，选择"遮罩"转场库，如图4-86所示。

图4-85　插入照片素材

图4-86　打开"遮罩"转场库

（3）在"遮罩"转场库中，选中要使用的转场效果"遮罩D"，拖动至素材之间的小方框上，如图4-87所示。

图4-87　添加"遮罩D"转场效果

图4-87　（续）

（4）然后单击素材库上的"选项"按钮，选项面板切换为转场效果设置界面，单击"自定义"按钮，如图4-88所示。

图4-88　单击"自定义"按钮

（5）弹出"遮罩-遮罩D"对话框，在"遮罩"分组框右侧，单击"当前"下方的图片按钮，如图4-89所示。

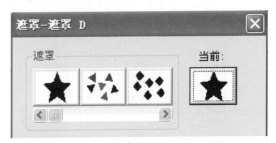

图4-89　单击"当前"下方的图片按钮

（6）弹出"打开"对话框，选中要作为遮罩的图片"蝴蝶.bmp"（会声会影X3要求必须为BMP格式文件），然后单击"打开"按钮，如图4-90所示。

（7）返回"遮罩-遮罩D"对话框，单击"路径"下拉列表，选择"滑动"选项；然后滑动"旋转"标尺滑块，数值设为360；取消选中"大小"复选框的选中状态；其他参数保持不变，最后单击"确定"按钮，如图4-91所示。

图4-90　打开作为遮罩的图片文件

图4-91　设置"遮罩D"转场参数

(8) 返回"高级编辑"界面，单击导览面板的"播放"按钮，即可看到自定义的"蝴蝶飞"转场效果，如图4-92所示。

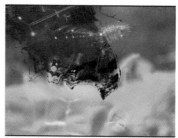

图4-92　显示自定义"蝴蝶飞"转场效果

4.2.9　果皮转场

果皮转场库包括对开门、交叉、飞去A、飞去B、翻页、拉链共6种转场效果，这些效果也包括在胶片转场库中，不同的是，果皮转场库的这6种效果可以对转场效果的边框颜色进行设置。这里以"拉链"转场效果为例，介绍果皮转场库的使用和设置。

"拉链"转场效果的使用和设置的具体操作步骤如下。

进入"高级编辑"界面，切换至"故事板视图"，插入照片素材"花.jpg"和"云.jpg"，如图4-93所示。单击"素材库导航栏"上的"转场"按钮，打开"转场"素材库，然后单击"画廊"下拉列表，选择"果皮"转场库，最后选中

"拉链"转场效果，拖至素材之间的小方框上，如图4-94所示。然后单击素材库上的"选项"按钮，选项面板切换为转场效果设置界面：单击"色彩"右侧的颜色框，弹出色彩列表，在色彩列表中单击"Corel 色彩选取器"，如图4-95所示。打开"Corel 色彩选取器"对话框，设置RGB值为"R：255"、"G：235"、"B：120"，然后单击"确定"按钮，如图4-96所示。返回转场效果设置界面，将方向设置为"由上到下"，如图4-97所示。单击导览面板的"播放"按钮，即可看到设置后的"拉链"转场效果，如图4-98所示。

图4-93 插入照片素材

图4-94 添加"拉链"转场效果

图4-95 单击"Corel 色彩选取器"

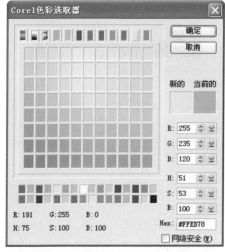

图4-96 设置"拉链"转场边框颜色

图4-97 设置"拉链"转场效果方向

图4-98 显示"拉链"转场效果

4.2.10　推动转场

推动转场库包括横条、网孔、跑动和停止、单向、条带共5种转场效果。本小节介绍其中的"条带"转场效果，具体的操作步骤如下。

进入"高级编辑"界面，切换至"故事板视图"，插入照片素材"古迹.jpg"和"湖面.jpg"，如图4-99所示。单击"素材库导航栏"上的"转场"按钮，打开"转场"素材库，然后单击"画廊"下拉列表，选择"推动"转场库，最后选中"条带"转场效果，拖至素材间的小方框上，如图4-100所示。然后单击素材库上的"选项"按钮，选项面板切换为转场效果设置界面：设置"柔化边缘"为"弱柔化边缘"；设置"方向"为"关闭-水平分割"；其他参数保持不变，如图4-101所示。完成参数设置之后，单击导览面板的"播放"按钮，可以看到设置后的转场效果，如图4-102所示。

图4-101　设置"条带"转场效果参数

图4-99　插入照片素材

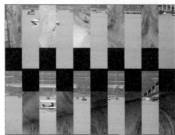

图4-100　添加"条带"转场效果

图4-102　显示"条带"转场效果

4.2.11　卷动转场

卷动转场库包括横条、渐进、单向、分成两半、分割、扭曲、环绕共7种转场效果，本小节介绍其中的"扭曲"转场效果，具体的操作步骤如下。

进入"高级编辑"界面，切换至"故事板视图"，插入照片素材"白猫.jpg"和"蓝天红日.jpg"，如图4-103所示。单击"素材库导航栏"上的"转场"按钮，打开"转场"素材库，然后单击"画廊"下拉列表，选择"转动"转场库，最后选中"扭曲"转场效果，拖至素材之间的小方框上，如图4-104所示。然后单击素材库上的"选项"按钮，选项面板切换为转场效果设置界面：单击"色彩"右侧的颜色框，弹出色彩列表，选择"红色"；其他参数保持不变，如图4-105所示。完成参数设置之后，单击导览面板的"播放"按钮，可以看到设置后的转场效果，如图4-106所示。

图4-103　插入照片素材

图4-104　添加"扭曲"转场效果

图4-105　设置"扭曲"转场效果参数

图4-106　显示"扭曲"转场效果

4.2.12　旋转转场

旋转转场库包括响板、铰链、旋转、分割铰链4种转场效果。本小节介绍其中的"分割铰链"转场效果，具体的操作步骤如下。

进入"高级编辑"界面，切换至"故事板视图"，插入照片素材"花.jpg"和"小鸟.jpg"，如图4-107所示。单击"素材库导航栏"上的"转场"按钮，打开"转场"素材库，然后单击"画廊"下拉列表，打开"旋转"转场库，选中"分割铰链"转场效果，拖至素材之间的小方框上，如图4-108所示。然后单击素材库上的"选项"按钮，选项面板切换为转场效果设置界面；设置"方向"为"关闭-水平分割"；其他参数不变，如图4-109所示。完成参数设置之后，单击导览面板的"播放"按钮，可以看到设置后的转场效果，如图4-110所示。

图4-107　插入照片素材

图4-108　添加"分割铰链"转场效果

图4-109 设置"分割铰链"转场效果参数

图4-110 显示"分割铰链"转场效果

4.2.13 滑动转场

滑动转场库包括对开门、横条、交叉、对角线、网孔、单向、条带共7种转场效果。本小节介绍其中的"网孔"转场效果，具体的操作步骤如下。

进入"高级编辑"界面，切换至"故事板视图"，插入照片素材"草.jpg"和"水塘.jpg"，如图4-111所示。单击"素材库导航栏"上的"转场"按钮，打开"转场"素材库，然后单击"画廊"下拉列表，打开"滑动"转场库，选中"网孔"转场效果，拖至素材之间的小方框上，如图4-112所示。然后单击导览面板的"播放"按钮，即可看到转场效果，如图4-113所示。

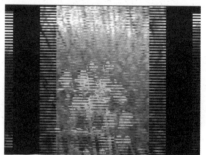

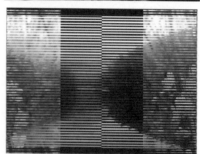

图4-111 插入照片素材

图4-112 添加"网孔"转场效果

图4-113 显示"网孔"转场效果

4.2.14 伸展转场

伸展转场库包括对开门、方盒、交叉缩放、对角线、单向共5种转场效果。本小节介绍其中的"方盒"转场效果，具体的操作步骤如下。

进入"高级编辑"界面，切换至"故事板视图"，插入照片素材"花.jpg"和"小桥.jpg"，如图4-114所示。单击"素材库导航栏"上的"转场"按钮，打开"转场"素材库，然后单击"画廊"下拉列表，打开"伸展"转场库，选中"方盒"转场效果，拖至素材之间的小方框上，如图4-115所示。然后单击素材库上的"选项"按钮，选项面板切换为转场效果设置界面：将"柔化边缘"设置为"弱柔化边缘"；其他参数不变，如图4-116所示。完成参数设置之后，单击导览面板的"播放"按钮，可以看到设置后的转场效果，如图4-117所示。

图4-116 设置"方盒"转场效果参数

图4-114 插入照片素材

图4-115 添加"方盒"转场效果

图4-117 显示"方盒"转场效果

4.2.15 擦拭转场

擦拭转场库包括百叶窗、棋盘、圆形、菱形、流动、星形等共19种转场效果。本小节介绍其中的"棋盘"转场效果，具体的操作步骤如下。

进入"高级编辑"界面，切换至"故事板视图"，插入照片素材"红叶.jpg"和"鸟.jpg"，如图4-118所示。单击"素材库导航栏"上的"转场"按钮，打开"转场"素材库，然后单击"画廊"下拉列表，打开"擦拭"转场库，选中"棋盘"转场效果，拖至素材之间的小方框上，如图4-119所示。然后单击素材库上的"选项"按钮，选项面板切换为转场效果设置界面：单击"边框"数值框右侧的微调按钮，设置数值为1；单击"色彩"右侧的颜色框，弹出色彩列表，选择"白色"；设置"柔化边缘"为"无柔化边缘"；设置"方向"为"由左至右"，如图4-120所示。完成参数设置之后，单击导览面板的"播放"按钮，可以看到设置后的转场效果，如图4-121所示。

图4-118　插入照片素材

图4-119　添加"棋盘"转场效果

图4-120　设置"棋盘"转场效果参数

图4-121　显示"棋盘"转场效果

4.2.16　NewBlue样品转场

　　NewBlue样品转场库是会声会影X3最新添加的转场库，包括3D彩屑、3D比萨饼盒、色彩融化、拼图和涂抹共5种转场效果，每种转场效果又提供了多种预设模式供用户选择。本小节通过介绍"3D比萨饼盒"与"涂抹"两种转场效果，了解NewBlue样品转场库的使用和设置。

1. 3D比萨饼盒

　　"3D比萨饼盒"转场效果的使用和设置的操作步骤如下。

　　进入"高级编辑"界面，切换至"故事板视图"，插入照片素材"小猫.jpg"和"蜜蜂.jpg"，如图4-122所示。单击"素材库导航栏"上的"转场"按钮，打开"转场"素材库，然后单击"画廊"下拉列表，打开"NewBlue 样品"转场库，选中"3D比萨饼盒"转场效果，拖至素材之间的小方框上，如图4-123所示。然后

单击素材库上的"选项"按钮，选项面板切换为转场效果设置界面，单击"自定义"按钮，如图4-124所示。弹出"NewBlue 3D比萨饼盒"对话框，选中需要的预设模式"三个盒子"，然后单击"确定"按钮，如图4-125所示。返回"高级编辑"界面，单击导览面板的"播放"按钮，可以看到设置后的转场效果，如图4-126所示。

图4-122　插入照片素材

图4-123 添加"3D比萨饼盒"转场效果

图4-124 单击"自定义"按钮

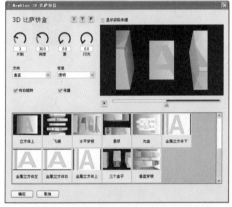

图4-125 选择预设模式

 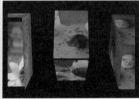

图4-126 显示"3D比萨饼盒"转场效果

2. 涂抹

"涂抹"转场效果的使用和设置的操作步骤如下：

进入"高级编辑"界面，切换至"故事板视图"选项卡，插入照片素材"猴子.jpg"和"林荫路.jpg"，如图4-127所示。单击"素材库导航栏"上的"转场"按钮，打开"转场"素材库，然后打开"画廊"下拉列表，打开"NewBlue 样品"转场库，选中"涂抹"转场效果，拖至素材之间的小方框上，如图4-128所示。然后单击素材库上的"选项"按钮，选项面板切换为转场效果设置界面，单击"自定义"按钮，如图4-129所示。弹出"NewBlue 涂抹"对话框，选中需要的预设模式"左移"，然后单击"确定"按钮，如图4-130所示。返回"高级编辑"界面，单击导览面板的"播放"按钮，可以看到设置后的转场效果，如图4-131所示。

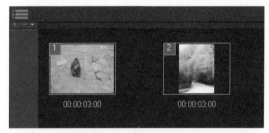

图4-127 插入照片素材

图4-128 添加"涂抹"转场效果

图4-129 单击"自定义"按钮

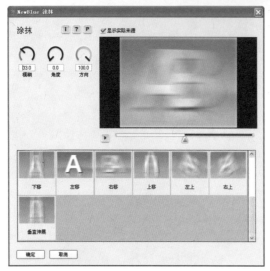

图4-130　选择预设模式

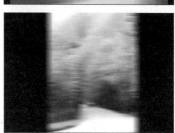

图4-131　显示"涂抹"转场效果

第5章　影片编辑之滤镜效果

滤镜的概念源自摄影中的滤光镜，是用来调节光线、消除反光，使镜头所摄取景物的影调与人眼感受程度相近似。在摄影上也可以通过滤光镜来获得某些特定的艺术效果。与此类似，在现今的数码影片后期制作中，用户可以通过会声会影X3软件提供的多种滤镜，为影片增加二维与三维、镜头与暗房、绘画与胶片等各类特殊艺术效果。

本章重点掌握内容：

- 掌握添加与删除滤镜的方法
- 掌握滤镜的预设效果
- 掌握自定义滤镜效果
- 掌握常用滤镜的设置和使用方法

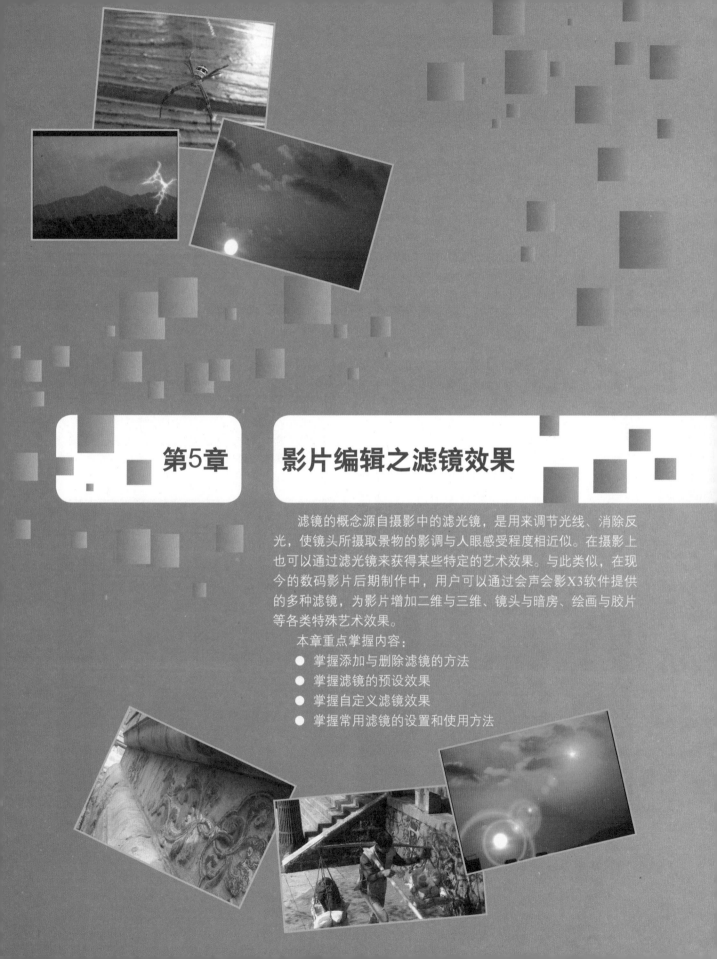

5.1 滤镜的添加、设置与删除

在后期制作时，会声会影X3可以为视频、图像及色彩素材添加滤镜，通过对这些滤镜效果的设置可以使素材样式或外观发生改变，实现多种影片特效。当需要还原素材的原始效果时，也可以删除这些滤镜。

5.1.1 添加滤镜

在会声会影X3软件中，可以为素材添加一种滤镜效果，也可以添加多种滤镜效果。

1. 添加一种滤镜效果

在素材上添加一种滤镜效果的操作步骤如下。

进入"高级编辑"界面，插入照片素材"花.jpg"，如图5-1所示。单击"素材库导航栏"中的"滤镜"按钮 FX，将素材库切换为"滤镜"素材库。然后单击"画廊"下拉列表，选择"相机镜头"滤镜库，如图5-2所示。打开"相机镜头"滤镜库，选中需要使用的滤镜"双色调"，拖动至时间轴上的照片素材后，释放鼠标，如图5-3所示。完成滤镜的添加后，单击素材库中的"选项"按钮，选项面板切换为"属性"面板，如图5-4所示。预览窗口显示照片素材添加滤镜后的最终效果，如图5-5所示。

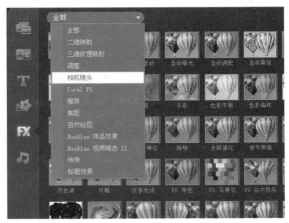

图5-2　打开"相机镜头"滤镜库

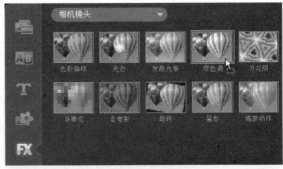

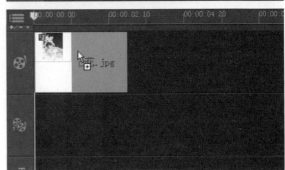

图5-3　添加"双色调"滤镜效果

图5-1　插入照片素材

图5-4 "属性"面板

图5-5 应用滤镜后的效果

2. 添加多种滤镜效果

在素材上添加多种滤镜效果的操作步骤如下。

完成添加一种滤镜的操作之后，在"属性"面板中，取消"替换上一个滤镜"复选框的选中状态，如图5-6所示。然后在"相机镜头"滤镜库中，将需要添加的第二个滤镜效果"星形"拖动至照片素材上，如图5-7所示。完成添加第二个滤镜效果以后，"属性"面板中的滤镜设置界面就多了一个"星形"滤镜效果，如图5-8所示。重复以上步骤操作，可继续添加其他滤镜效果。为照片素材添加两个滤镜后的显示效果，如图5-9所示。

图5-6 取消"替换上一个滤镜"复选框的选中状态

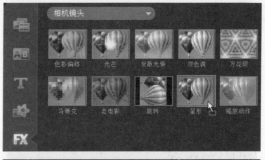

图5-7 添加第二个滤镜效果

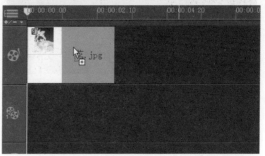

图5-8 滤镜设置界面

图5-9 应用滤镜后效果

5.1.2 设置滤镜

为各类素材添加了滤镜效果后，会声会影X3可以通过选项面板中的"属性"面板对这些滤镜效果进行设置。在分类讲述滤镜效果之前，先介绍一下"属性"面板上各个选框和按钮的功能作用，如图5-10所示。

图5-10　属性面板

- "替换上一个滤镜"复选框：选中后，只能为素材添加一种滤镜效果，取消选中状态后则可以为素材添加多种滤镜效果。
- 滤镜列表框：用于显示素材应用了几种滤镜效果。
- "上移滤镜/下移滤镜"按钮：用于改变素材上所应用的滤镜效果的先后顺序。
- "删除滤镜"按钮：用于删除选中的滤镜效果。
- "预设滤镜效果"列表框：显示可供选择的预设滤镜列表。
- "自定义滤镜"按钮：不满意预设滤镜效果时，单击该按钮，弹出自定义滤镜对话框，可以对滤镜效果进行设置。
- "变形素材"复选框：选中后可以改变当前素材的显示样式。
- "显示网格线"复选框：在选中"变形素材"复选框后，"显示网格线"复选框状态变为可选，作用是在预览窗口上显示网格线。
- "网格线选项"按钮：单击后，弹出网格线选项对话框，可对网格线进行设置，包括网格的大小、颜色等。

1. 应用滤镜预设效果

会声会影X3的所有滤镜都有其默认的预设效果，以"修剪"滤镜为例，应用该滤镜预设效果的操作步骤如下。

进入"高级编辑"界面，插入照片素材"林

荫路.jpg"，如图5-11所示。单击"素材库导航栏"上的"滤镜"按钮，将素材库切换为"滤镜"素材库。然后打开"画廊"下拉列表，选择"二维映射"滤镜库，如图5-12所示。

图5-11　插入照片素材

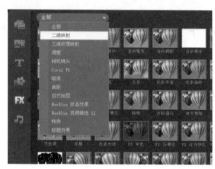

图5-12　打开"二维映射"滤镜库

打开"二维映射"滤镜库后，将其中的"修剪"滤镜效果拖动至素材上，完成滤镜的添加。然后单击素材库上的"选项"按钮，选项面板切换为"属性"面板，滤镜设置界面，如图5-13所示。单击"预设滤镜效果"列表框上的小三角按钮，弹出"修剪"滤镜默认包含的预设滤镜效果列表，选择需在素材上应用的滤镜预设样式，如图5-14所示。最后单击导览面板上的"播放"按钮，预览窗口显示当前应用的滤镜预设效果，如图5-15所示。

图5-13　滤镜设置界面

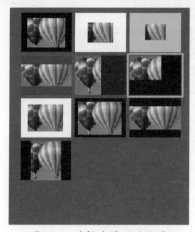

图5-14 选择滤镜预设效果

图5-15 显示应用预设滤镜效果

2. 自定义滤镜效果

会声会影X3可以对每种滤镜的预设效果进行自定义，使滤镜效果按用户的需求进行调整。这里以三维纹理映射滤镜库中的"鱼眼"滤镜为例，介绍自定义滤镜效果。具体的操作步骤如下。

进入"高级编辑"界面，插入照片素材"花骨朵.jpg"，如图5-16所示。单击"素材库导航栏"上的"滤镜"按钮，将素材库切换为"滤镜"素材库。然后单击"画廊"下拉列表，选择"三维纹理映射"滤镜库，如图5-17所示。打开滤镜库后，将其中的"鱼眼"滤镜拖动至素材上，然后单击素材库上的"选项"按钮，选项面板切换为"属性"面板，在滤镜设置界面上单击"自定义滤镜"按钮，如图5-18所示。弹出"鱼眼"滤镜对话框，单击对话框左下角的"光线方向"下拉列表，选择下拉列表中的"从中央"，然后单击"确定"按钮，如图5-19所示。最后返回"高级编辑"界面，在预览窗口中显示自定义滤镜后的素材效果，如图5-20所示。

图5-16 插入照片素材

图5-17 打开"三维纹理映射"滤镜库

图5-18 单击"自定义滤镜"按钮

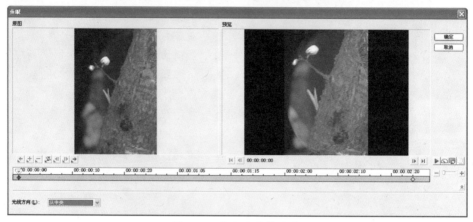

图5-19 自定义滤镜设置

图5-20 显示自定义滤镜后的素材效果

3.调整滤镜顺序

当为素材添加了多种滤镜效果后，这些滤镜的默认顺序是按其被添加的前后时间进行排列，用户可以对这些滤镜的排列顺序进行改变，同时也影响素材的最终显示效果。

调整滤镜先后顺序通过"上移滤镜"按钮和"下移滤镜"按钮来实现，具体操作步骤如下。

进入"高级编辑"界面，插入照片素材后，依次添加"降噪"、"光芒"、"镜像"3种滤镜效果，此时"属性"面板的滤镜设置界面如图5-21所示。单击"滤镜列表框"中的"镜像"滤镜，然后单击"上移滤镜"按钮 ，可以将"镜像"滤镜移动至"光芒"滤镜的上方，如图5-22所示。按照相同的方法，选中"降噪"滤镜之后，单击"下移滤镜"按钮 ，又可以将"降噪"滤镜移动至"镜像"滤镜的下方，如图5-23所示。经过以上操作，可以完成调整滤镜的顺

序，使滤镜效果产生更多的变化。

图5-21 依次排列

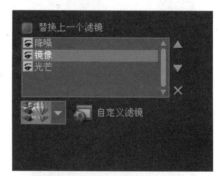

图5-22 移动"镜像"滤镜

图5-23 移动"降噪"滤镜

5.1.3　删除滤镜

当遇到影片素材需要减少当前应用的滤镜效果，或者是素材需要恢复到原始效果的情况时，针对这些多余的滤镜效果，可以将其删除。

删除滤镜效果时，在"滤镜列表框"中选中要删除的滤镜，然后单击"删除滤镜"按钮 将其删除，重复操作，即可删除其他滤镜效果，如图5-24所示。

图5-24　删除不需要的滤镜效果

5.2　常用滤镜的使用与设置

会声会影X3为使用者们提供了12大类滤镜效果，包括二维映射、三维纹理映射、调整滤镜、相机镜头滤镜、Corel FX滤镜、暗房滤镜、焦距滤镜、自然绘图滤镜、NewBlue样品效果、NewBlue 视频精选II、特殊滤镜以及标题效果滤镜。本节将对这些滤镜效果的使用与设置进行分类介绍。

5.2.1　二维映射滤镜

二维映射滤镜库包括了修剪、翻转、涟漪、波纹、水流和漩涡6种滤镜效果。本节以"波纹"和"漩涡"为例，介绍这两种滤镜的使用与设置方法。

【实例5-1】在微微旋转的水面上泛起轻轻的水波纹。

(1) 进入"高级编辑"界面，插入照片素材"水面.jpg"，如图5-25所示。

(2) 单击"素材库导航栏"上的"滤镜"按钮，将素材库切换为"滤镜"素材库。然后单击"画廊"下拉列表，选择"二维映射"滤镜库，如图5-26所示。

图5-25　插入素材文件

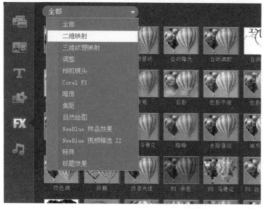

图5-26　选择"二维映射"滤镜库

（3）打开"二维映射"滤镜库后，选中要使用的"波纹"滤镜，将其拖动至时间轴的照片素材上，如图5-27所示。

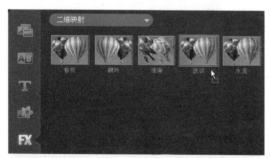

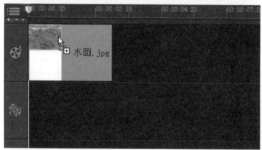

图5-27　添加"波纹"滤镜

（4）完成滤镜的添加后，预览窗口显示照片素材在"波纹"滤镜预设效果下的画面，如图5-28所示。

（5）单击素材库上的"选项"按钮，选项面板切换为"属性"面板，在滤镜设置界面上单击"自定义滤镜"按钮，如图5-29所示。

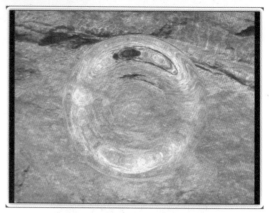

图5-28　"波纹"滤镜预设效果

图5-29　单击"自定义滤镜"按钮

（6）弹出"波纹"对话框，在"原图"的中心位置可以看到"波纹点"，该点为"波纹"的默认位置，将其移动至目标位置，如图5-30所示。

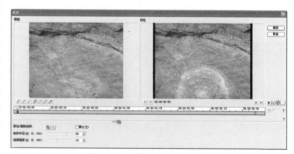

图5-30　"波纹"对话框

（7）滑动"波纹半径"标尺上的滑块，将数值设为20；滑动"涟漪强度"标尺上的滑块，将数值设置为28；选中"静止"复选框，如图5-31所示。

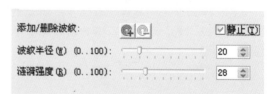

图5-31　设置"波纹"滤镜参数

(8) 然后拖动"波纹"对话框中间标尺上的"飞梭"，将其移至标尺的最后位置，如图5-32所示。

图5-32　拖动飞梭位置

(9) 接着，再次滑动"波纹半径"标尺上的滑块，将数值设为30；将"涟漪强度"数值设为35，如图5-33所示。

(10) 单击"新建波纹"按钮 ，在"波纹"对话框的"原图"的中心位置，可以看到第二个"波纹点"，如图5-34所示。

图5-33　设置"波纹"滤镜参数

图5-34　新建波纹

(11) 移动第二个"波纹点"至新的目标位置，并根据第一个"波纹点"的参数设置第二个"波纹点"，如图5-35所示。

(12) 按照同样的方法，添加多个"波纹点"，并设置好参数，最后单击"确定"按钮，如图5-36所示。

图5-35　添加第二个"波纹点"

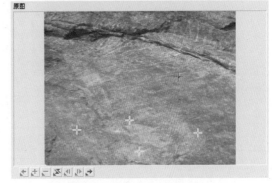

图5-36　添加多个"波纹点"

(13) 返回"高级编辑"界面，在"属性"面板上取消"替换上一个滤镜"复选框的选中状态，如图5-37所示。

(14) 然后将"二维映射"滤镜库中的"漩涡"滤镜添加至素材上，接着单击"属性"面板上的"自定义滤镜"按钮，如图5-38所示。

图5-37　取消"替换上一个滤镜"复选框的选中状态

图5-38　单击"自定义滤镜"按钮

(15) 弹出"漩涡"对话框，"方向"保持为"顺时针"；滑动"扭曲"标尺上的滑块，将数值设为47；最后单击"确定"按钮，如图5-39所示。

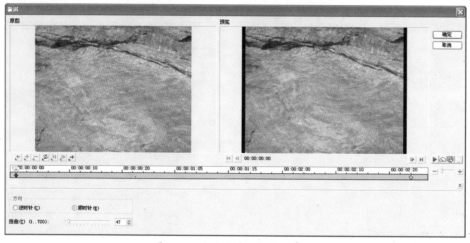

图5-39　设置"漩涡"滤镜参数

（16）返回"高级编辑"界面，单击导览面板上的"播放"按钮，即可看到最终的效果，如图5-40所示。

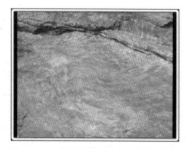

图5-40　显示"波纹"与"漩涡"滤镜效果

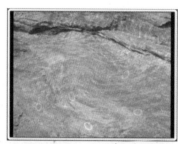

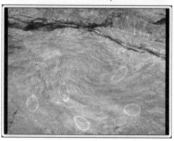

图5-40　（续）

5.2.2　三维纹理映射滤镜

三维纹理映射滤镜库包括鱼眼、往内挤压、往外扩张3种滤镜效果。"往内挤压"与"往外扩张"是一对作用效果相反的滤镜，本节将介绍这两种滤镜效果的使用和设置。

1. 往内挤压

对"往内挤压"滤镜效果的使用和设置具体步骤如下。

进入"高级编辑"界面，插入照片素材"蜘蛛.jpg"，如图5-41所示。单击"素材库导航栏"上的"滤镜"按钮，将素材库切换为"滤镜"素材库。然后单击"画廊"下拉列表，选择"三维纹理映射"滤镜库。打开滤镜库后，将"往内挤压"滤镜添加至照片素材上。单击素材库上的"选项"按钮，选项面板切换为"属性"面板，然后单击"预设滤镜效果"列表框上的小三角按钮，如图5-42所

示。在弹出的预设滤镜效果下拉列表中，选中需
要使用的预设效果，如图5-43所示。最后单击导
览面板上的"播放"按钮，即可看到最终的效
果，如图5-44所示。

图5-41　插入照片素材

图5-42　单击"预设滤镜效果"列表框

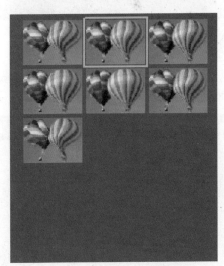

图5-43　选择预设滤镜效果

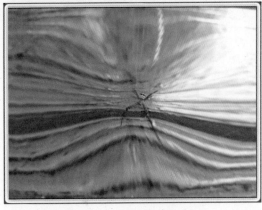

图5-44　显示滤镜效果

2. 往外扩张

"往外扩张"滤镜和"往内挤压"滤镜的设
置操作类似，步骤如下。

插入照片素材"蜘蛛.jpg"，并添加"往外
扩张"滤镜后，单击"属性"面板上的"预设滤
镜效果"列表框，弹出下拉列表，选中要使用
的效果，如图5-45所示。接着再单击"属性"面
板上"自定义滤镜"按钮，如图5-46所示。弹出
"往外扩张"对话框，滑动"因子"标尺上的滑
块，将数值设为90，接着单击"确定"按钮，如
图5-47所示。返回"高级编辑"界面，单击导览
面板上的"播放"按钮，即可看到最终的效果，
如图5-48所示。

图5-45　选择预设效果

图5-46 单击"自定义滤镜"按钮

图5-47 设置"往外扩张"滤镜参数

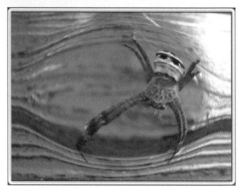

图5-48 显示滤镜效果

5.2.3 调整滤镜

调整滤镜库包括抵消摇动、去除马赛克、降噪、去除雪花、改善光线以及视频摇动和缩放6种滤镜效果。本节以"改善光线"、"降噪"与"视频摇动和缩放"3种滤镜效果为例,介绍对一些在拍摄时出现问题的素材,用户怎样通过这些滤镜做好弥补和改善工作。

1. 改善光线和降噪

"改善光线"和"降噪"两种滤镜效果可以配合起来使用,从而有利于实现在昏暗光线下场景的还原。

【实例5-2】让夜晚下的体育场明亮清晰。

(1) 进入"高级编辑"界面,插入照片素材"体育场.jpg",如图5-49所示。

(2) 单击"素材库导航栏"上的"滤镜"按钮,将素材库切换为"滤镜"素材库。然后单击"画廊"下拉列表,选择"调整"滤镜库,如图5-50所示。

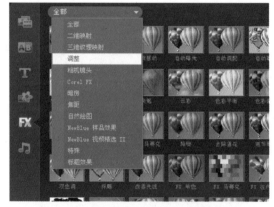

图5-50 选择"调整"滤镜库

(3) 打开"调整"滤镜库后,选中"改善光线"滤镜,并将其拖动至素材上,完成滤镜的添加,如图5-51所示。

图5-49 插入照片素材

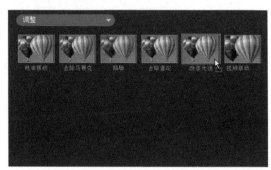

图5-51 添加"改善光线"滤镜

图5-51 (续)

图5-52 单击"自定义滤镜"按钮

(4) 单击素材库上的"选项"按钮,选项面板切换为"属性"面板,然后在滤镜设置界面中单击"自定义滤镜"按钮,如图5-52所示。

(5) 弹出"改善光线"对话框,滑动"填充闪光"标尺上的滑块,将数值设为100;滑动"改善阴影"标尺上的滑块,将数值设为-47,然后单击"确定"按钮,如图5-53所示。

图5-53 设置"改善光线"滤镜参数

(6) 返回"高级编辑"界面,预览窗口显示应用"改善光线"滤镜后的素材效果。与原始素材相比,现在的素材已经比较明亮,层次分明,但是噪点比较多,如图5-54所示。

(7) 在"属性"面板中,取消"替换上一个滤镜"复选框的选中状态,然后将"调整"滤镜库中的"降噪"滤镜添加至素材上,最后单击"自定义滤镜"按钮,如图5-55所示。

图5-54 应用"改善光线"后的素材效果

图5-55 单击"自定义滤镜"按钮

(8) 弹出"降噪"对话框,滑动"程度"标尺上的滑块,将数值设为95;选中"锐化"复选框,并滑动标尺,数值设为"35";保持"来源图像阻光度"数值为0,最后单击"确定"按钮,如图5-56所示。

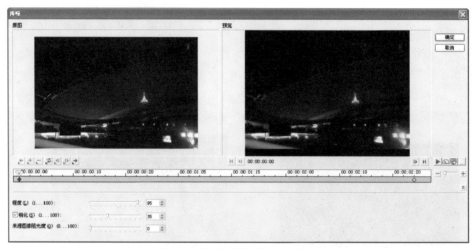

图5-56 设置"降噪"滤镜参数

(9) 再次返回"高级编辑"界面,预览窗口显示降噪之后的素材效果,此时素材上的噪点已减少很多,素材画面也已经比较清晰,如图5-57所示。

图5-57 显示滤镜效果

2. 视频摇动和缩放

"视频摇动和缩放"滤镜可以让静止的视频画面或者图片产生移动与改变大小的动态效果。

【实例5-3】让洗脸小猫动起来。

(1) 进入"高级编辑"界面,插入照片素材

"小猫洗脸.jpg",如图5-58所示。

(2) 单击"素材库导航栏"上的"滤镜"按钮,将素材库切换为"滤镜"素材库。然后单击"画廊"下拉列表,选择"调整"滤镜库。打开滤镜库后,将"视频摇动和缩放"滤镜拖动至照片素材上。

(3) 滤镜添加后,单击素材库上的"选项"按钮,选项面板切换为"属性"面板,然后在滤镜设置界面中单击"自定义滤镜"按钮,如图5-59所示。

图5-58 插入照片素材

图5-59　单击"自定义滤镜"按钮

(4) 弹出"视频摇动和缩放"对话框，在"原图"区域内，有两个十字形点和连接两点的一条直线，拖动红色十字形点至目标位置，设定摇动缩放的起始画面，如图5-60所示。

(5) 鼠标移至"原图"内虚线框右上角黄色交点处，指针变为 ↗ 形状后，调整虚线框大小，使起始画面满屏显示，如图5-61所示。

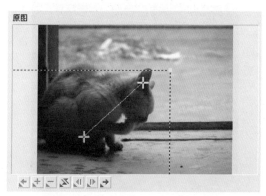

图5-60　设定摇动缩放起始画面位置

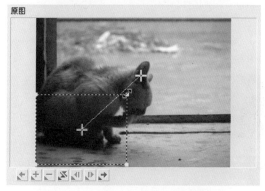

图5-61　设定摇动缩放起始画面大小

(6) 鼠标选中第二个十字形点后，第二个十字形点变为红色。按第一个十字形点同样的方法，

对第二个十字形点的位置与虚线框大小进行按需调整，设定完成摇动缩放的结束画面，如图5-62所示，最后单击对话框的"确定"按钮。

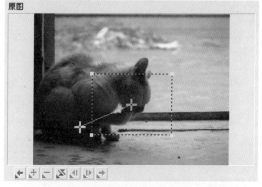

图5-62　设定摇动缩放结束画面位置与大小

(7) 返回"高级编辑"界面，单击导览面板上的"播放"按钮，显示设定滤镜后的效果，如图5-63所示。

图5-63　显示滤镜效果

5.2.4 相机镜头滤镜

相机镜头滤镜库包括色彩偏移、光芒、发散光晕、双色调、万花筒、镜头闪光、镜像、单色、马赛克、老电影、旋转、星形以及缩放动作13种滤镜效果。本节以"发散光晕"、"镜头闪光"、"单色"和"老电影"4种滤镜效果为例，介绍相机镜头滤镜库的使用和设置。

1. 发散光晕

"发散光晕"滤镜可以实现素材上的物体四周都能散发出光晕的效果，对其进行使用和设置的具体操作步骤如下。

进入"高级编辑"界面，插入视频素材"碑.mpg"，如图5-64所示。单击"素材库导航栏"上的"滤镜"按钮，将素材库切换为"滤镜"素材库。然后打开"画廊"下拉列表，选择"相机镜头"滤镜库。打开滤镜库后，将"发散光晕"滤镜拖动至照片素材上。滤镜添加后，单击素材库上的"选项"按钮，选项面板切换为"属性"面板，然后在滤镜设置界面中单击"自定义滤镜"按钮，如图5-65所示。弹出"发散光晕"对话框，滑动"阀值"标尺上的滑块，将数值设为18；滑动"光晕角度"标尺上的滑块，将数值设为5；保持"变化"为2，如图5-66所示。将"飞梭"拖动

至中间标尺的最后位置，然后按上一步骤的方法设置相同的参数，最后单击对话框的"确定"按钮。返回"高级编辑"界面，预览窗口显示添加滤镜后的最终效果，如图5-67所示。

图5-64　插入视频素材

图5-65　单击"自定义滤镜"按钮

图5-66　设置"发散光晕"滤镜参数

图5-67 显示滤镜效果

2. 镜头闪光

"镜头闪光"滤镜模拟了多种由于太阳光摄入镜头后产生的特殊光线效果。使用和设置该滤镜的具体操作步骤如下。

进入"高级编辑"界面，插入照片素材"水塘.jpg"，如图5-68所示。单击"素材库导航栏"上的"滤镜"按钮，将素材库切换为"滤镜"素材库。然后打开"画廊"下拉列表，选择"相机镜头"滤镜库。打开滤镜库后，将"镜头闪光"滤镜拖动至照片素材上。滤镜添加后，单击素材库上的"选项"按钮，选项面板切换为"属性"面板，然后单击"预设滤镜效果"列表框右侧的小三角按钮，在弹出的下拉列表中，选择要使用的效果，如图5-69所示。最后单击导览面板上的"播放"按钮，显示应用滤镜后的效果，如图5-70所示。

图5-68 插入照片素材

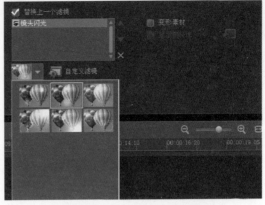

图5-69 选择预设滤镜效果

图5-70 显示滤镜效果

【实例5-4】结合"发散光晕"与"镜头闪光"滤镜，制作奇异天象效果。

(1) 进入"高级编辑"界面，插入照片素材"日出.jpg"，如图5-71所示。

(2) 单击"素材库导航栏"上的"滤镜"按钮，将素材库切换为"滤镜"素材库。然后打开"画廊"下拉列表，选择"相机镜头"滤镜库，如图5-72所示。

图5-71 插入图像素材

图5-72 选择"相机镜头"滤镜库

(3) 打开"相机镜头"滤镜库后，选中要使用的"发散光晕"滤镜拖动至照片素材上，完成滤镜的添加，如图5-73所示。

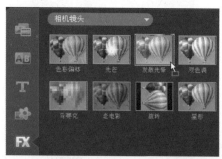

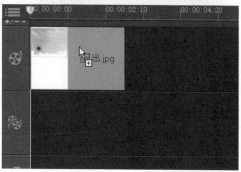

图5-73 添加"发散光晕"滤镜

(4) 滤镜添加后，单击素材库上的"选项"按钮，选项面板切换至"属性"面板，然后在滤镜设置界面中，单击"自定义滤镜"按钮，如图5-74所示。

(5) 弹出"发散光晕"对话框，滑动"阀值"标尺上的滑块，将数值设为12；滑动"光晕角度"标尺上的滑块，将数值设为6；保持"变化"为2，如图5-75所示。

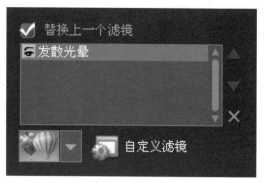

图5-74 单击"自定义滤镜"按钮

阀值(T): (0..20)		12
光晕角度(G): (0..20)		6
变化(V): (0..10)		2

图5-75 设置"发散光晕"滤镜参数

(6) 单击对话框的"确定"按钮后，返回"高级编辑"界面，在"属性"面板上取消"替换上一个滤镜"复选框的选中状态，如图5-76所示。

(7) 接着在"相机镜头"滤镜库中，添加"镜头闪光"滤镜至照片素材上。然后单击"属性"面板上的"自定义滤镜"按钮，如图5-77所示。

图5-76 取消"替换上一个滤镜"复选框的选中状态

图5-77 自定义"镜头闪光"滤镜

(8) 弹出"镜头闪光"对话框,单击"镜头类型"下拉列表,选择"50~300mm缩放"选项;滑动"亮度"标尺上的滑块,将数值设为56;滑动"大小"标尺上的滑块,将数值设为69;滑动"额外强度"标尺上的滑块,将数值设为231,如图5-78所示。

镜头类型(L): 50~300mm 缩放
光线色彩: □
□静止(M)

亮度(I) (0..500): 56
大小(S) (0..100): 69
额外强度(E) (0..500): 231

图5-78 设置"镜头闪光"滤镜参数

(9) 单击对话框的"确定"按钮后,再次返回"高级编辑"界面,最后单击导览面板上的"播放"按钮,显示应用两种滤镜后的最终效果,如图5-79所示。

图5-79 显示滤镜效果

3. 单色

"单色"滤镜可以让视频或照片素材呈现出黑白效果或者其他某种单一颜色的效果,具体操作步骤如下。

进入"高级编辑",插入照片素材"林荫路.jpg",如图5-80所示。单击"素材库导航栏"上的"滤镜"按钮,将素材库切换为"滤镜"素材库。然后打开"画廊"下拉列表,选择"相机镜头"滤镜库,打开滤镜库后,将"单色"滤镜拖动至照片素材上。滤镜添加后,单击素材库上的"选项"按钮,选项面板切换至"属性"面板,单击"预设滤镜效果"列表框右侧的小三角按钮,在弹出的下拉列表中,选择需要使用的效果,如图5-81所示。单击导览面板上的"播放"按钮,预览窗口显示应用滤镜后的最终效果,如图5-82所示为黑白效果,如图5-83所示为品红色效果。

图5-80 插入照片素材

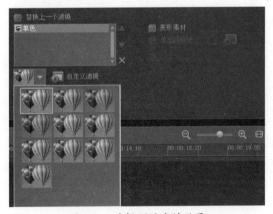

图5-81 选择预设滤镜效果

图5-82 黑白效果

图5-83 品红色效果

4. 老电影

"老电影"滤镜可以让视频素材呈现出旧版的老电影胶片的视觉效果，使用和设置该滤镜效果的操作步骤如下。

进入"高级编辑"界面，插入视频素材"碑.mpg"，如图5-84所示。单击"素材库导航栏"上的"滤镜"按钮，将素材库切换为"滤镜"素材库。然后打开"画廊"下拉列表，选择"相机镜头"滤镜库，打开滤镜库后，将"老电影"滤镜拖动至视频素材上。滤镜添加后，单击素材库上的"选项"按钮，选项面板切换至"属性"面板，然后在滤镜设置界面中，单击"自定义滤镜"按钮，如图5-85所示。弹出"老电影"对话框，滑动"斑点"标尺上的滑块，将数值设为70；滑动"刮痕"标尺上的滑块，将数值设为70；滑动"震动"标尺上的滑块，将数值设为6；滑动"光线变化"标尺上的滑块，将数值设为23，如图5-86所示。单击对话框上的"确定"

按钮，返回"高级编辑"界面，单击导览面板上的"播放"按钮，即可看到应用滤镜后的最终效果，如图5-87所示。

图5-84 插入视频素材

图5-85 单击"自定义滤镜"按钮

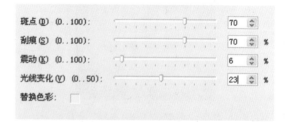

图5-86 设置"老电影"滤镜参数

图5-87 显示滤镜效果

5.2.5 Corel FX滤镜

Corel FX滤镜库包括FX单色、FX 马赛克、FX 往内挤压、FX 往外扩张、FX 涟漪、FX 速写及FX 漩涡7种滤镜效果。本节以"FX 速写"滤镜效果为例，介绍Corel FX滤镜库的使用和设置。

【实例5-5】使用"FX 速写"滤镜，将素材变成一部素描画。

(1) 进入"高级编辑"，插入照片素材"落日.jpg"，如图5-88所示。

(2) 单击"素材库导航栏"上的"滤镜"按钮，将素材库切换为"滤镜"素材库。然后打开"画廊"下拉列表，选择Corel FX滤镜库，如图5-89所示。

(3) 打开Corel FX滤镜库后，选中要使用的"FX 速写"滤镜，将其拖动至时间轴的照片素材上，完成滤镜的添加，如图5-90所示。

(4) 单击素材库上的"选项"按钮，选项面板切换为"属性"面板，然后在滤镜设置界面中单击"自定义滤镜"按钮，如图5-91所示。

(5) 弹出"FX 速写"对话框，滑动"像素"标尺上的滑块，将数值设为1；其他参数全部保持不变，然后单击"确定"按钮，如图5-92所示。

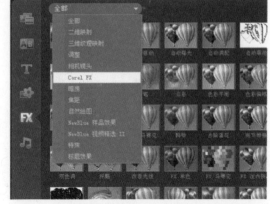

图5-89 选择Corel FX滤镜库

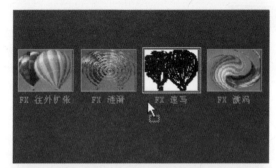

图5-90 添加"FX 速写"滤镜

图5-91 单击"自定义滤镜"按钮

图5-88 插入照片素材

图5-92 设置"FX 速写"滤镜参数

(6) 返回"高级编辑"界面,单击导览面板上的"播放"按钮,显示最终效果,如图5-93所示。

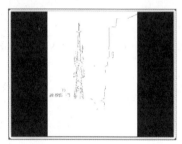

图5-93 显示滤镜效果

图5-93 (续)

5.2.6 暗房滤镜

暗房滤镜库提供了多种实用工具用于后期对影片色彩与光线的处理,包括自动曝光、自动调配、亮度和对比度、色彩平衡、浮雕、色调和饱和度、反转、光线以及肖像画9种滤镜效果。

1. 自动曝光、自动调配

"自动曝光"滤镜主要是针对素材的曝光度进行自动调整,而"自动调配"滤镜主要针对素材的对比度进行自动调整。

插入素材原图,如图5-94所示;添加"自动曝光"滤镜后的效果,如图5-95所示;添加"自动调配"滤镜后的效果,如图5-96所示。

图5-94 素材原图   图5-95 "自动曝光"效果

图5-96 "自动调配"效果

2. 浮雕、反转、光线、肖像画

这4种滤镜效果,都是为了实现某种特殊艺术效果为目的。

插入素材原图,如图5-97所示;添加"浮雕"滤镜后的效果,如图5-98所示;添加"反转"滤镜后的效果,如图5-99所示;添加"光线"滤镜后的效果,如图5-100所示;添加"肖像画"滤镜后的效果,如图5-101所示。

图5-97 素材原图

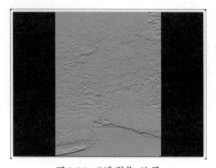

图5-98 "浮雕"效果

图5-99 "反转"效果

图5-100 "光线"效果

图5-101 "肖像画"效果

3. 亮度和对比度

"亮度和对比度"滤镜不但可以调整素材整体的亮度和对比度，也可以对每种颜色通道的亮度和对比度进行调整。使用和设置该滤镜的具体操作步骤如下。

进入"高级编辑"，插入视频素材"舞台.mpg"，如图5-102所示。单击"素材库导航栏"上的"滤镜"按钮，将素材库切换为"滤镜"素材库。然后打开"画廊"下拉列表，选择"暗房"滤镜库。打开滤镜库后，将"亮度和对比度"滤镜拖动至视频素材上。滤镜添加后，单击素材库上的"选项"按钮，选项面板切换为"属性"面板，然后在滤镜设置界面中单击"自定义滤镜"按钮，如图5-103所示。

图5-102 插入视频素材

图5-103 单击"自定义滤镜"按钮

弹出"亮度和对比度"对话框，保持"通道"为"主要"；滑动"亮度"标尺上的滑块，将数值设为10；滑动"对比度"标尺上的滑块，将数值设为20；Gamma值保持"1"不变，如图5-104所示。单击"通道"下拉列表框，在弹出的下拉列表中，选择"蓝色"；滑动"亮度"标尺上的滑块，将数值设为-20；滑动"对比度"标尺上的滑块，将数值设为-15；Gamma值保持1不变，如图5-105所示。

图5-104 整体参数设置

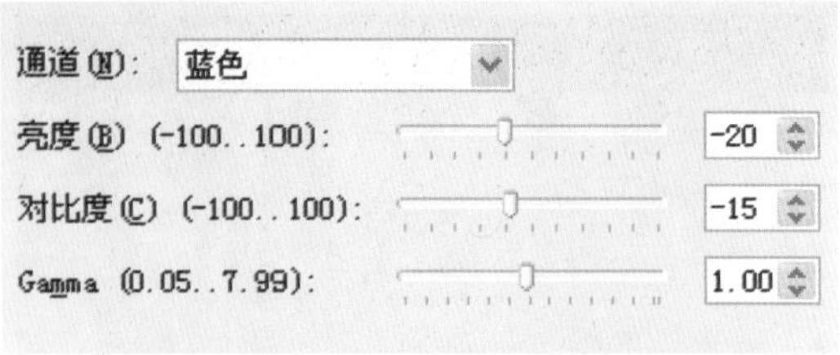

图5-105 "蓝色"通道参数设置

将飞梭拖动至飞梭栏标尺的最后一个关键帧位置，然后按上两个步骤的方法设置相同的参数。最后单击对话框上的"确定"按钮，返回"高级编辑"界面，单击导览面板上的"播放"按钮，即可看到应用滤镜后的最终效果，如图5-106所示。

图5-107 插入照片素材

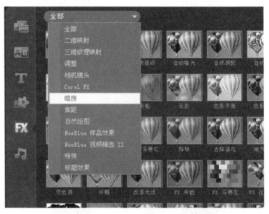

图5-106 最终显示效果

4. 色彩平衡

"色彩平衡"滤镜可以对视频或照片素材的颜色做全面调整，从而制作出符合影片意境需求的色调。本小节结合实例介绍该滤镜的使用和设置。

【实例5-6】利用"色彩平衡"滤镜，制作怀旧气息的棕色调风格。

(1) 进入"高级编辑"，插入照片素材"古迹.jpg"，如图5-107所示。

(2) 单击"素材库导航栏"上的"滤镜"按钮，将素材库切换为"滤镜"素材库。然后打开"画廊"下拉列表，选择"暗房"滤镜库，如图5-108所示。

图5-108 选择"暗房"滤镜库

(3) 打开"暗房"滤镜库后，选中要使用的"色彩平衡"滤镜，拖动至照片素材上，完成滤镜的添加，如图5-109所示。

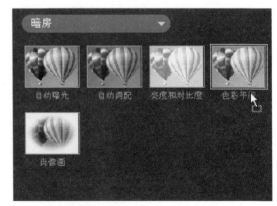

图5-109 添加"色彩平衡"滤镜

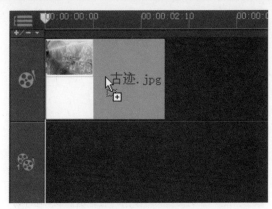

图5-109 （续）

（4）滤镜添加后，单击素材库上的"选项"按钮，选项面板切换至"属性"面板，然后在滤镜设置界面中，单击"自定义滤镜"按钮，如图5-110所示。

（5）弹出"色彩平衡"对话框，滑动"红"标尺上的滑块，将数值设为-31；滑动"绿"标尺上的滑块，将数值设为-63；滑动"蓝"标尺上的滑块，将数值设为-98，如图5-111所示。

图5-110 单击"自定义滤镜"按钮

红 (R) (-128..127)：		-31
绿 (G) (-128..127)：		-63
蓝 (B) (-128..127)：		-98

图5-111 滤镜参数设置

（6）将飞梭拖动至飞梭栏标尺的最后位置，然后按上一步骤的方法设置相同的参数，最后单击对话框的"确定"按钮。

（7）返回"高级编辑"界面，单击导览面板上的"播放"按钮，即可看到应用滤镜后的最终效果，如图5-112所示。

图5-112 最终显示效果

5. 色调和饱和度

"色调和饱和度"是一种可以对素材的色调和颜色的纯度进行改变的滤镜，使用和设置该滤镜的具体步骤如下：

进入"高级编辑"，插入视频素材"舞台.mpg"，如图5-113所示。单击"素材库导航栏"上的"滤镜"按钮，将素材库切换为"滤镜"素材库。然后打开"画廊"下拉列表，选择"暗房"滤镜库。打开滤镜库后，将"色调和饱和度"滤镜拖动至视频素材上。滤镜添加后，单击素材库上的"选项"按钮，选项面板切换为"属性"面板，然后单击"预设滤镜效果"列表框，在弹出下拉列表中，选择要使用的效果，如图5-114所示。最后单击导览面板上的"播放"按钮，显示应用滤镜后的效果，如图5-115所示。

图5-113 插入视频素材

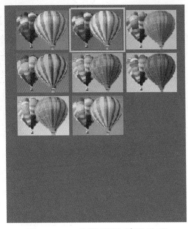

图5-114 选择预设滤镜效果

图5-115 最终显示效果

5.2.7 焦距滤镜

焦距滤镜库包括了平均、模糊、锐化3种滤镜效果。其中"模糊"与"锐化"是一对作用效果相反的滤镜。

插入素材原图，如图5-116所示；添加"模糊"滤镜后的效果，如图5-117所示；添加"锐化"滤镜后的效果，如图5-118所示。

图5-117 "模糊"效果

图5-116 素材原图

图5-118 "锐化"效果

5.2.8 自然绘图滤镜

自然绘图滤镜库包括自动草绘、炭笔、彩色笔、漫画、油画、旋转草绘、水彩7种滤镜效果，模拟了美术上的不同绘画形式。本小节以"彩色笔"滤镜为例，介绍自然绘图滤镜的使用和设置。

"彩色笔"滤镜使用后可以使素材看上去象彩色钢笔或铅笔勾勒出来的画面，具体的操作步骤如下。

进入"高级编辑"，插入照片素材"挑山工.jpg"，如图5-119所示。单击"素材库导航栏"上的

"滤镜"按钮，将素材库切换为"滤镜"素材库。然后打开"画廊"下拉列表，选择"自然绘图"滤镜库。打开滤镜库后，将"彩色笔"滤镜拖动至视频素材上。滤镜添加后，单击素材库上的"选项"按钮，选项面板切换为"属性"面板，然后在滤镜设置界面中单击"自定义滤镜"按钮，如图5-120所示。弹出"彩色笔"对话框，滑动"程度"标尺上的滑块，将数值设为60。将飞梭拖动至飞梭栏标尺最后一帧处，同样设置"程度"数值为60，如图5-121所示。最后单击对话框中的"确定"按钮，返回"高级编辑"界面，单击导览面板上的"播放"按钮，显示最终效果，如图5-122所示。

图5-120 单击"自定义滤镜"按钮

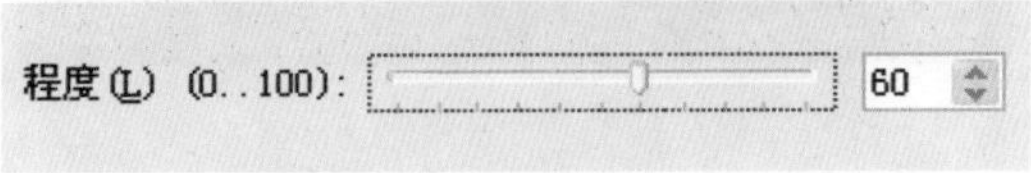

图5-119 插入照片素材

程度(L) (0..100)： 60

图5-121 设置滤镜参数

图5-122 显示最终效果

5.2.9 NewBlue样品效果

NewBlue样品效果滤镜库是会声会影X3新添加的滤镜库之一，包括活动摄影机、喷枪、修剪边界、细节增强以及水彩5种滤镜效果。本小节以"活动摄影机"滤镜为例，介绍NewBlue样品效果滤镜的使用和设置。

"活动摄影机"模拟了手持、醉汉、乘火车等多种条件下的晃动和闪烁的视频效果，具体的操作步骤如下：

进入"高级编辑"界面，插入视频素材"花絮.mpg"，如图5-123所示。单击"素材库导航栏"上的"滤镜"按钮，将素材库切换为"滤镜"素材库。然后打开"画廊"下拉列表，选择

"NewBlue 样品效果"滤镜库。打开滤镜库后，将"活动摄影机"滤镜拖动至视频素材上。滤镜添加后，单击素材库上的"选项"按钮，选项面板切换为"属性"面板，然后在滤镜设置界面中单击"自定义滤镜"按钮，如图5-124所示。弹出"NewBlue 活动摄影机"对话框，在下方的预设效果列表框内选择"火箭飞行器"效果，然后单击"确定"按钮，如图5-125所示。最后返回"高级编辑"界面，单击导览面板上的"播放"按钮，显示最终效果，如图5-126所示。

图5-123　插入视频素材

图5-124　单击"自定义滤镜"按钮

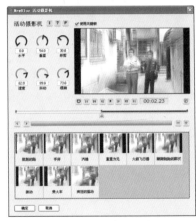

图5-125　选择预设滤镜效果

图5-126　最终显示效果

5.2.10　特殊滤镜

　　特殊滤镜库包括气泡、云彩、幻影动作、闪电、雨点、频闪动作、微风7种滤镜效果。本节结合实例，综合"闪电"、"雨点"和"微风"3种滤镜，介绍特殊滤镜库的使用和设置。

　　【实例5-7】制作风雨交加、电闪雷鸣的雨天效果。

　　(1) 进入"高级编辑"界面，插入照片素材"阴天.jpg"，如图5-127所示。

　　(2) 单击"素材库导航栏"上的"滤镜"按钮，将素材库切换为"滤镜"素材库。然后单击"画廊"下拉列表，选择"特殊"滤镜库，如图5-128所示。

图5-127　插入照片素材

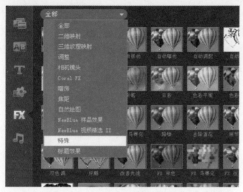

图5-128 选择"特殊"滤镜库

(3) 打开"特殊"滤镜库后，选中要使用的"闪电"滤镜拖动至照片素材上，完成滤镜的添加，如图5-129所示。

图5-129 添加"闪电"滤镜

(4) 滤镜添加后，单击素材库上的"选项"按钮，选项面板切换为"属性"面板，取消"替换上一个滤镜复选框"的选中状态，如图5-130所示。

(5) 接着依次添加"雨点"和"微风"滤镜，选中"微风"滤镜，单击"上移滤镜"按钮，将"微风"滤镜移至滤镜最上层，如图5-131所示。

图5-130 取消"替换上一个滤镜"复选框的选中状态

图5-131 将"微风"滤镜移至最上层

(6) 单击"自定义滤镜"按钮，弹出"微风"对话框，"方向"保持选择"向右"不变；"模式"选择"强烈"单选按钮；滑动"程度"标尺上的滑块，数值设为20，如图5-132所示。

(7) 单击"微风"对话框上的"确定"按钮之后，返回"高级编辑"界面。在"属性"面板中的滤镜列表框内，选中"闪电"滤镜，单击"自定义滤镜"按钮，如图5-133所示。

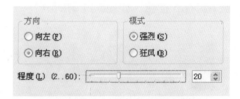

图5-132 "微风"滤镜参数

图5-133 单击"自定义滤镜"按钮

(8) 弹出"闪电"对话框，在"原图"区域内，向十字形点的位置拉动绿色方块，缩短绿色方块与蓝色方块之间的距离，接着拖动十字形点移动至目标位置，如图5-134所示。

图5-134 十字形点位置

(9) 选中"随机闪电"复选框，之后滑动"区间"标尺上的滑块设置数值为12，滑动"间隔"标尺上的滑块设置数值为1，其他参数全部保持不变，如图5-135所示。

图5-135 "闪电"滤镜参数

(10) 将飞梭拖至飞梭栏的最后一帧位置，然后拖动十字形点移动至目标位置，如图5-136所示。

(11) 单击"闪电"对话框上的"确定"按钮之后，返回"高级编辑"界面，在"属性"面板上的滤镜列表框内，选中"雨点"滤镜后，单击"自定义滤镜"按钮，如图5-137所示。

图5-136 十字形点位置

图5-137 单击"自定义滤镜"按钮

(12) 弹出"雨点"对话框，打开"高级"选项卡，滑动"风向"标尺上的滑块设置数值为62；接着将飞梭拖至飞梭栏最后一帧位置，"风向"数值也设为62；其他参数全部保持不变，如图5-138所示。

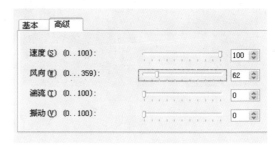

图5-138 "雨点"滤镜参数

(13) 单击"雨点"对话框的"确定"按钮，返回"高级编辑"界面，单击导览面板上的"播放"按钮，显示最终效果，如图5-139所示。

图5-139 最终显示效果

5.2.11 NewBlue 视频精选II

　　NewBlue视频精选II滤镜库是也是会声会影X3新添加的滤镜库，包括"画中画"滤镜效果，提供了多种预设效果和强大的自定义功能。具体使用和设置的操作步骤如下。

　　进入"高级编辑"界面，插入照片素材"小新.jpg"，如图5-140所示。单击"素材库导航栏"上的"滤镜"按钮，将素材库切换为"滤镜"素材库。然后单击"画廊"下拉列表，选择"NewBlue视频精选II"滤镜库。打开滤镜库后，将"画中画"滤镜拖动至视频素材上。滤镜添加后，单击素材库上的"选项"按钮，选项面板切换为"属性"面板，然后在滤镜设置界面中单击"自定义滤镜"按钮，如图5-141所示。弹出"NewBlue 画中画"对话框，在下方的预设效果列表框内选择"倒置"效果，然后单击"确定"按钮，如图5-142所示。最后返回"高级编辑"界面，单击导览面板上的"播放"按钮，显示最终效果，如图5-143所示。

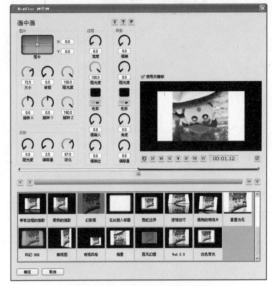

图5-142 选择预设滤镜效果

图5-140 插入照片素材

图5-141 单击"自定义滤镜"按钮

图5-143 最终显示效果

第6章　影片编辑之覆叠效果

在影片中使用画中画的形式，不但可以让观众获取更多的信息、更好地理解影片的内容，在视觉效果上也能比单一画面带来更多的新鲜感与新奇感。会声会影X3提供了覆叠的功能来实现这种多画面的影片效果。覆叠，即是将一段素材覆盖叠加到另一段素材之上形成的视觉效果。通过本章的学习，了解怎样在影片中使用和设置覆叠效果。

本章重点掌握内容：

- 掌握怎样添加覆叠素材
- 掌握覆叠素材的基本操作
- 掌握遮罩和色度键
- 掌握使用预定义矢量图形

6.1 添加覆叠素材

在会声会影X3中，可以通过在"覆叠轨"上添加覆叠素材，实现影片的多画面效果。既可以在一条覆叠轨上添加素材，实现双画面效果，也可以在多条覆叠轨上添加素材，实现更多画面效果。

6.1.1 在一条覆叠轨中插入素材

当会声会影X3编辑器打开时间轴视图时，默认情况下只有一条覆叠轨，可以向这条覆叠轨插入一个或多个素材。插入素材的具体操作步骤如下。

进入"高级编辑"界面，在时间轴视图下，插入视频素材"挂钟.mpg"，如图6-1所示。打开"媒体"素材库中的"画廊"下拉列表，选择"照片"素材库，如图6-2所示。然后右击"照片"素材库的空白处，在弹出菜单中，选择"插入照片"命令，如图6-3所示。弹出"浏览照片"对话框，选中要插入的照片素材后，单击"打开"按钮，如图6-4所示。返回"高级编辑"界面，"照片"素材库中新增了刚才插入的素材，然后选中要使用的照片素材"鸟.jpg"，将其拖动至时间轴上的"覆叠轨 #1"上，完成覆叠文件的添加，如图6-5所示。添加覆叠素材之后，预览窗口中显示出覆叠的效果，如图6-6所示。当需要在这一条覆叠轨上，再次插入其他素材时，只需在素材库中将所要插入的素材再次拖动至覆叠轨上即可。

图6-2 选择"照片"素材库

图6-3 选择"插入照片"命令

图6-1 插入视频素材

图6-4 选中要插入的照片素材

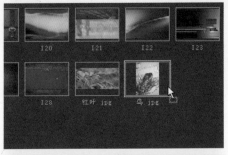

图6-5 添加覆叠文件

图6-6 显示覆叠效果

6.1.2 在多条覆叠轨中插入素材

在一条覆叠轨中插入的多个素材，只有在前一个素材播放完毕之后，才可以播放后一个素材，严格按照添加的先后顺序进行播放。如果想同时播放多个覆叠素材，则需要先添加多条覆叠轨，然后在这些覆叠轨中都添加素材。

会声会影X3可以提供支持最多6条覆叠轨。在多条覆叠轨中插入素材的具体操作步骤如下。

进入"高级编辑"界面，在时间轴视图下，插入视频素材"三节棍.mpg"，如图6-7所示。右击时间轴的空白处，在弹出的菜单中选择"轨道管理器"命令，如图6-8所示。弹出"轨道管理器"对话框，选择"覆叠轨 #2"、"覆叠轨 #3"复选框，接着单击"确定"按钮，如图6-9所示。添加覆叠轨后，单击"媒体"素材库中的"画廊"下拉列表，选择"照片"素材库，如图6-10所示。打开"照片"素材库后，右击"照片"素材库的空白处，在弹出菜单中，选择"插入照片"命令，如图6-11所示。弹出"浏览照片"对话框，选中要插入的照片素材后，单击"打开"按钮，如图6-12所示。返回"高级编辑"界面，"照片"素材库中新增了刚才插入的素材，然后选中要使用的照片素材"花.jpg"，将其拖动至时间轴上的"覆叠轨 #1"上，完成覆叠文件的添加，如图6-13所示。按同样的方法，将其他两个素材依次拖动到"覆叠轨 #2"和"覆叠轨 #3"上，完成在3条覆叠轨中插入素材，最终显示效果如图6-14所示。

图6-7 插入视频素材

图6-8 选择"轨道管理器"命令

图6-9 设置覆叠轨数量

图6-10 选择"照片"素材库

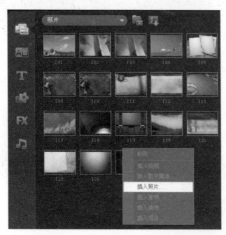

图6-11 选择"插入照片"命令

图6-12 选中要插入的照片素材

图6-13 添加覆叠文件

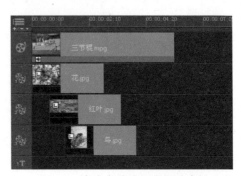

图6-14 在多条覆叠轨中插入素材

6.2 对覆叠素材的基本操作

插入覆叠素材以后，覆叠素材根据会声会影X3程序的默认设定进行显示，为了符合影片的整体要求，需要对覆叠素材的位置、大小形状、回放时间、旋转动画效果、添加滤镜等基本属性进行设置。

6.2.1 调整覆叠素材的位置

在覆叠轨中添加覆叠素材之后，覆叠素材根据软件的默认设定，自动显示于预览窗口的中心位置，用户可以根据影片的需要，对覆叠素材的位置进行调整。具体的调整方法有两种：一是用"对齐选项"按钮进行自动调整，二是用鼠标进行自由调整。

1. 使用"对齐选项"按钮调整覆叠素材的位置

添加覆叠素材之后，可以通过设置覆叠素材的属性面板上的"对齐选项"，对覆叠素材的位置进行调整，具体的操作步骤如下。

进入"高级编辑"界面，插入视频素材"杯塔.mpg"，在"覆叠轨 #1"上插入照片素材"草.jpg"，在"覆叠轨 #2"上插入照片素材"花.jpg"，如图6-15所示。在时间轴中选中覆叠素材"草.jpg"，单击素材库上的"选项"按钮，选项面板切换为"属性"面板。然后单击"对齐选项"按钮，在弹出的下拉列表中选择"停靠在顶部"选项，接着弹出子列表，选择"居左"命令，如图6-16所示。然后回到时间轴选中覆叠素材"花.jpg"，在"属性"面板中单击"对齐选项"按钮，在弹出的下拉列表中选择"停靠在底部"选项，接着弹出子列表，选择"居右"，如图6-17所示。经过以上操作，即完成了使用"对齐选项"按钮对覆叠素材位置的调整，最终效果如图6-18所示。

图6-15 插入覆叠素材

图6-16 设置"对齐选项"

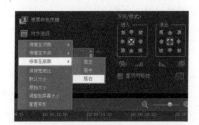

图6-17 设置"对齐选项"

图6-18 最终显示效果

2. 通过鼠标自由调整覆叠素材的位置

通过鼠标对覆叠素材的位置进行调整，可以做到更加自由、快速与便捷，具体的操作步骤如下。

进入"高级编辑"界面，插入视频素材"独轮车.mpg"，在"覆叠轨 #1"上插入照片素材"小草.jpg"，在"覆叠轨 #2"上插入照片素材"猴子.jpg"，如图6-19所示。在时间轴中选中覆叠素材"猴子.jpg"，接着将鼠标指向预览窗口中选中的覆叠素材，当指针变为✛形状时，拖动鼠标，将覆叠素材移至目标位置，如图6-20所示。按照相同的操作，可以将覆叠素材"小草.jpg"移至需要的位置，如图6-21所示。经过以上步骤，即完成了使用鼠标对覆叠素材位置的自由调整。

图6-20　移动覆叠素材"猴子.jpg"

图6-19　插入覆叠素材

图6-21　移动覆叠素材"小草.jpg"

6.2.2 **调整覆叠素材画面的大小和形状**

与覆叠素材的位置调整方法相同，覆叠素材画面的大小和形状的调整方法也分为两种：一、使用"对齐选项"按钮调整覆叠素材画面的大小；二、通过鼠标自由调整覆叠素材画面大小和形状。

1. 使用"对齐选项"按钮调整覆叠素材画面的大小

"对齐选项"共有保持宽高比、默认大小、原始大小、调整到屏幕大小4个控制命令来调整覆叠素材画面的大小，用户可根据实际需要执行合适的命令。具体的操作步骤如下。

进入"高级编辑"界面，在"覆叠轨 #1"上插入照片素材"挑山工.jpg"，如图6-22所示。在时间轴中选中覆叠素材"挑山工.jpg"，单击素材库上的"选项"按钮，选项面板切换为"属性"面板，然后单击"对齐选项"按钮，在弹出的下拉列表中选择"原始大小"命令，如图6-23所示。执行"原始大小"命令之后，覆叠素材画面在预览窗口中显示，如图6-24所示。再次单击"对齐选项"按钮，在弹出的下拉列表中选择"调整到屏幕大小"命令，则覆叠素材画面大小自动调整符合预览窗口屏幕的比例，如图6-25所示。

图6-22　插入覆叠素材

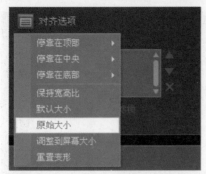

图6-23 选择"原始大小"命令

图6-24 "原始大小"画面

图6-25 "调整到屏幕大小"画面

2. 通过鼠标自由调整覆叠素材画面的大小和
形状

　　鼠标不但可以自由地调整覆叠素材画面的大
小，还可以对素材的形状做一些变化。具体操作
步骤如下。

　　进入"高级编辑"界面，插入视频素材"气
球.mpg"，在"覆叠轨 #1"上插入照片素材"凝
视.jpg"，如图6-26所示。在时间轴选中覆叠素材

　　后，预览窗口中的覆叠素材画面四周会出现8个黄
色的方块，将鼠标移动至右上角黄色方块处，当
指针变为 ↗ 形状时，拖动鼠标。当覆叠素材画面
大小达到用户需求时，释放鼠标。即可完成对覆
叠素材画面大小的调整，如图6-27所示。将鼠标
指向左下角黄色方块中的绿色部分，当指针变为
↕ 形状时，拖动鼠标，当画面的变化达到用户需
求时，释放鼠标，即可改变覆叠素材的形状，如
图6-28所示。

图6-26 插入覆叠素材

图6-27 调整覆叠素材画面的大小

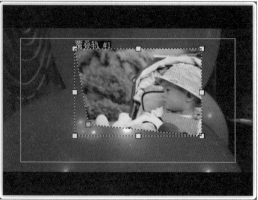

图6-28　调整覆叠素材画面的形状

6.2.3　调整覆叠素材的回放时间

插入覆叠素材后，当用户需要制作主画面正常播放，而覆叠画面或快动作或慢动作播放效果时，就需要调整覆叠素材的回放时间。具体的操作步骤如下。

进入"高级编辑"界面，插入视频素材"餐桌.mpg"，在"覆叠轨 #1"上插入视频素材"店小二.mpg"，如图6-29所示。在时间轴中，右击覆叠素材，在弹出的右键菜单中选择"回放速度"命令，如图6-30所示。弹出"回放速度"对话框，在"速度"右侧的数值框中输入50后，单击"确定"按钮，如图6-31所示。返回"高级编辑"界面，在时间轴中，可以看到覆叠素材被延长了播放时间，实现慢动作播放的效果，如图6-32所示。

图6-30　选择"回放速度"命令

图6-31　设置回放速度

图6-29　插入覆叠素材

图6-32　调整回放时间

6.2.4 覆叠素材的进入和退出方向

添加覆叠素材之后，可以对覆叠素材的进入和退出方向进行设置。具体的操作步骤如下。

进入"高级编辑"界面，插入照片素材"体育场.jpg"，在"覆叠轨 #1"上插入照片素材"小桥.jpg"，如图6-33所示。在时间轴中选中覆叠素材后，单击素材库上的"选项"按钮，选项面板切换为"属性"面板，然后单击"进入"分组框内的"从左边进入"按钮，接着单击"退出"分组框内的"从右上方退出"按钮，如图6-34所示。完成设置覆叠素材的进入和退出方向后，单击预览窗口下的"播放"按钮，可以看到设置后的效果，如图6-35所示。

图6-35　显示进入和退出效果

图6-33　插入覆叠素材

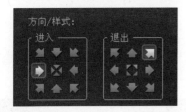

图6-34　设置进入和退出

6.2.5 覆叠素材的淡入淡出与旋转动画效果

在设置好覆叠素材的进入和退出方向后，还可以对覆叠素材的淡入淡出与旋转动画效果进行设置。具体的操作步骤如下。

进入"高级编辑"界面，插入照片素材"古迹.jpg"，在"覆叠轨 #1"上插入照片素材"蝶恋花.jpg"，如图6-36所示。在时间轴中选中覆叠素材后，单击素材库上的"选项"按钮，选项面板切换为"属性"面板，然后单击"进入"分组框内的"从左下方进入"按钮，单击"退出"分组框内的"从右上方退出"按钮，如图6-37所示。分别单击"进入"、"退出"两个分组框下方的"暂停区间前旋转"、"淡入动画效果"、"淡出动画效果"、"暂停区间后旋转"4个按钮，如图6-38所示。然后还可以用鼠标拖动预览窗口下方进度条的调整滑块，设置合适的"暂停区间"大小，如图6-39所示。完成以上操作后，单击预览窗口下方的"播放"按钮，可以看到覆叠素材的淡入淡出与旋转动画效果，如图6-40所示。

图6-36　插入覆叠素材

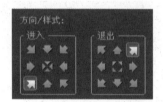

图6-37　设置进入和退出方向

图6-38　设定淡入淡出与旋转动画效果

图6-39　调整素材的暂停区间

图6-40　显示淡入淡出与旋转动画效果

6.2.6　为覆叠素材添加滤镜

添加了覆叠素材之后，用户也可以像为普通素材添加滤镜效果一样，为覆叠素材添加滤镜效果。具体的操作步骤如下。

进入"高级编辑"界面，插入照片素材"林荫路.jpg"，在"覆叠轨 #1"上插入照片素材"离去.jpg"，如图6-41所示。在时间轴中选中覆叠素材后，单击"素材库导航栏"上的"滤镜"按钮 FX，将素材库切换为"滤镜"素材库。然后单击"画廊"下拉列表，选择"相机镜头"滤镜库，如图6-42所示。打开"相机镜头"滤镜库后，选中要使用的"镜头闪光"滤镜，拖动至覆叠素材上，完成滤镜的添加，如图6-43所示。滤镜添加后，单击素材库上的"选项"按钮，选项面板切换为"属性"面板，然后单击"预设滤镜效果"列表框，在弹出的下拉列表中，选择要使用的效果，如图6-44所示。最后单击导览面板上

的"播放"按钮，显示覆叠素材添加滤镜后的最终效果，如图6-45所示。

图6-41　添加覆叠素材

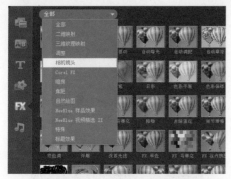

图6-42 打开"相机镜头"滤镜库

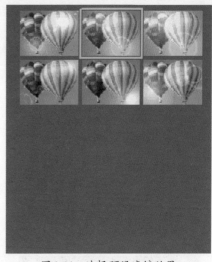

图6-44 选择预设滤镜效果

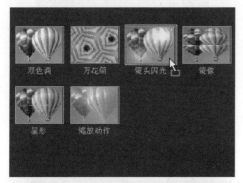

图6-43 添加滤镜至覆叠素材上

图6-45 覆叠素材添加滤镜后的最终显示效果

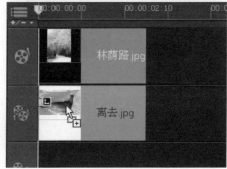

6.2.7 复制覆叠素材属性

当影片中需要多个覆叠素材的大小、形状、位置、回放时间、动画特效等属性一致时,可以通过复制覆叠素材的属性来实现。具体的操作步骤如下。

进入"高级编辑"界面,插入照片素材"猴子.jpg",在"覆叠轨 #1"上插入照片素材"蜜蜂.jpg",在"覆叠轨 #2"上插入照片素材"小猫.jpg",如图6-46所示。在时间轴上选中覆叠素材"蜜蜂.jpg"后,单击素材库上的"选项"按钮,选项面板切换为"属性"面板。然后单击

"对齐选项"按钮,在弹出的下拉列表中选择"停靠在底部",弹出子列表,选择"居右",如图6-47所示。单击"进入"分组框内的"从左上方进入"按钮;单击"退出"分组框内的"从右下方退出"按钮;单击"淡入动画效果"按钮;单击"暂停区间后旋转"按钮,如图6-48所示。设置属性完毕,右击覆叠素材"蜜蜂.jpg",在弹出的右键菜单中选择"复制属性"命令,如图6-49所示。右击需要进行同样设置的覆叠素材"小猫.jpg",在弹出的右键菜单中选择"粘贴属

性"命令,如图6-50所示。完成以上操作后,覆叠素材"小猫.jpg"就与覆叠素材"蜜蜂.jpg"的位置、进入和退出、淡入淡出、旋转动画等属性保持一致了。

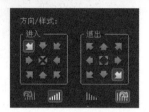

图6-48　设置"方向与样式"

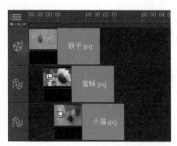

图6-46　插入覆叠素材

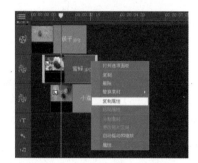

图6-49　复制覆叠素材属性

图6-47　设置"对齐选项"属性

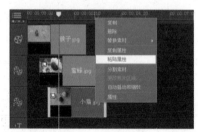

图6-50　粘贴覆叠素材属性

6.3　遮罩和色度键

　　在影片添加了覆叠素材之后,除了基本的位置、大小形状等属性之外,为了使覆叠素材更符合影片的需要,还可以对覆叠素材的透明度、边框、色彩相似度,以及为覆叠素材添加遮罩效果等进行设置。

6.3.1　设置覆叠素材的透明度

　　覆叠素材的透明度,可以在"遮罩与色度键"面板中进行设置。具体的操作步骤如下。

　　进入"高级编辑"界面,插入照片素材"古迹.jpg",在"覆叠轨 #1"上插入视频素材"顶花.mpg",如图6-51所示。在时间轴上选中覆叠素材"顶花.mpg"后,单击素材库上的"选项"按钮,选项面板切换为"属性"面板,然后单击"属性"面板上的"遮罩和色度键"按钮,如

图6-52所示。"属性"面板切换为"遮罩和色度键"面板,单击"透明度"数值框右侧◢按钮,弹出标尺,向右滑动标尺上的滑块,将数值设为50,如图6-53所示。经过以上操作,在预览窗口中即可看到设置透明度后,覆叠素材的透明效果,如图6-54所示。

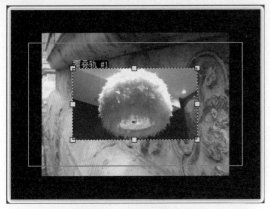

图6-51　插入覆叠素材

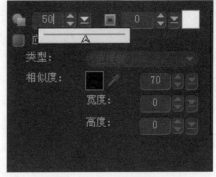

图6-53　设置"透明度"参数

图6-52　单击"遮罩和色度键"按钮

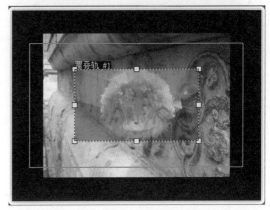

图6-54　显示透明效果

6.3.2　设置覆叠素材的边框

　　和设置覆叠素材透明度方法类似，覆叠素材边框也需要通过"遮罩和色度键"面板进行设置，还可以设置边框的颜色。具体操作步骤如下。

　　进入"高级编辑"界面，插入照片素材"背景.jpg"，在"覆叠轨 #1"上插入照片素材"瞟一眼.jpg"，如图6-55所示。在时间轴上选中覆叠素材"瞟一眼.jpg"后，单击素材库上的"选项"按钮，选项面板切换为"属性"面板，然后单击"属性"面板上的"遮罩和色度键"按钮，"属性"面板切换为"遮罩和色度键"面板。单击"边框"数值框右侧 按钮，弹出标尺，向右滑动标尺上的滑块，将数值设为3，如图6-56所示。接着单击"边框色彩"，弹出颜色列表，选择"Corel 色彩选取器"，如图6-57所示。弹出

"Corel 色彩选取器"对话框，设置颜色RGB值为R：145、G：29、B：0，最后单击"确定"按钮，如图6-58所示。返回"高级编辑"界面，即可在预览窗口看到设置边框后的覆叠素材效果，如图6-59所示。

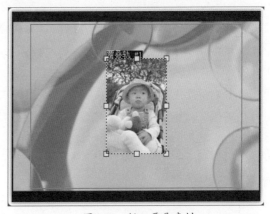

图6-55　插入覆叠素材

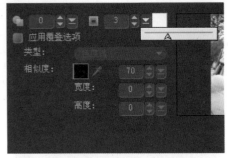

图6-56　设置"边框"参数

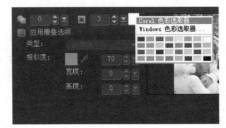

图6-57　弹出颜色列表

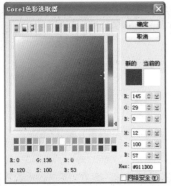

图6-58　设置颜色值

图6-59　显示边框效果

6.3.3　设置色度键

通过设置色度键,可以使素材中的某一特定颜色透明,以便于显示位于该颜色下面的素材或者对象。色度键是一种常用技巧,经常用于针对单色(绿、蓝等)背景进行抠像操作。本小节结合实例为用户介绍该技巧。

【实例6-1】利用色度键,实现蓝屏抠像功能。

(1) 进入"高级编辑"界面,插入照片素材"海底.jpg",在"覆叠轨 #1"上插入照片素材"白猫.jpg",如图6-60所示。

(2) 在时间轴上选中覆叠素材"白猫.jpg"后,单击素材库上的"选项"按钮,选项面板切换为"属性"面板,然后单击"属性"面板上的"遮罩和色度键"按钮,如图6-61所示。

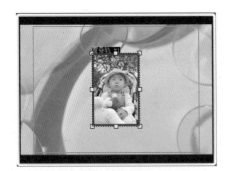

图6-60　插入覆叠素材

图6-61　单击"遮罩和色度键"按钮

（3）切换为"遮罩和色度键"面板，选中"应用覆叠选项"复选框后，"类型"下拉列表默认选择为"色度键"。然后单击"相似度"颜色框右侧的吸管 按钮，吸取覆叠素材中的蓝色部分，设置需要透明的颜色，如图6-62所示。

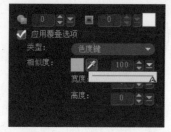

图6-63　调整色彩相似度

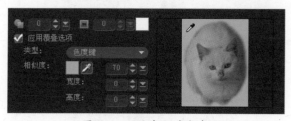

图6-62　吸取相似度颜色

（4）接着单击"相似度"文本框右侧的 按钮，向右滑动滑块，将数值设为100，如图6-63所示。

（5）经过以上操作，覆叠素材不需要的部分就被抠掉，使需要的部分和背景融为一体，实现了抠像的功能，如图6-64所示。

图6-64　显示抠像效果

6.3.4　设置遮罩帧

遮罩是一种控制素材透明度的方法。遮罩帧是一种黑白图像，用于设置覆叠素材画面的部分区域变为透明，部分区域保持不透明，常用来改变覆叠素材画面的形状。使用遮罩帧时，可以使用会声会影X3的默认样式，也可以为遮罩帧素材库添加自定义的遮罩效果。

1. 应用默认遮罩帧样式

会声会影X3提供了30多种预定义的遮罩帧样式。本小节结合实例，介绍应用默认的遮罩帧样式。

【实例6-2】利用遮罩帧，改变覆叠素材显示画面的形状，制作画册效果。

（1）进入"高级编辑"界面，在时间轴视图下，右击时间轴的空白处，然后在弹出的菜单中选择"轨道管理器"命令，如图6-65所示。

（2）弹出"轨道管理器"对话框，选中"覆叠轨 #2"复选框，之后单击"确定"按钮，如图6-66所示。

图6-65　选择"轨道管理器"命令

图6-66　设置覆叠轨数量

(3) 返回"高级编辑"界面，插入照片素材"画册.jpg"，在"覆叠轨 #1"上插入照片素材"照片1.jpg"，在"覆叠轨 #2"上插入照片素材"照片2.jpg"，如图6-67所示。

（4）在时间轴中选择覆叠素材"照片1.jpg"，然后将鼠标指向预览窗口中选中的覆叠素材，指针变为✛形状，拖动鼠标，将覆叠素材移至目标位置，如图6-68所示。

图6-67 插入覆叠素材

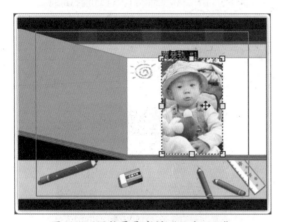

图6-68 调整覆叠素材"照片1.jpg"

（5）接着在时间轴中选择覆叠素材"照片2.jpg"，将鼠标指向预览窗口中左上角的黄色控制块中的绿色部分，当指针变为▷形状时，拖动鼠标，将覆叠素材一角移至目标位置。之后，分别对左下角、右下角和右上角进行相同的操作，最后效果如图6-69所示。

(6) 调整好两个覆叠素材的位置以后，再次选中覆叠素材"照片1.jpg"，单击"属性"面板上的"遮罩和色度键"按钮，如图6-70所示。

图6-69 调整覆叠素材"照片2.jpg"

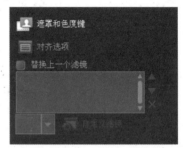

图6-70 单击"遮罩和色度键"按钮

(7) 打开"遮罩和色度键"面板，选中"应用覆叠选项"复选框，在"类型"下拉列表中选择"遮罩帧"，接着在右侧打开的遮罩列表框中选择要使用的默认遮罩帧样式，如图6-71所示。

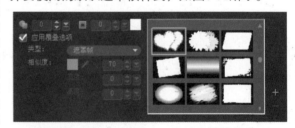

图6-71 设置"照片1.jpg"的遮罩帧样式

(8) 按照与步骤(6)和步骤(7)相同的方法，对覆叠素材"照片2.jpg"选择其他默认的遮罩帧样式，如图6-72所示。

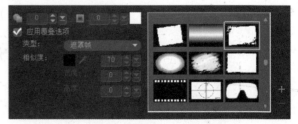

图6-72 设置"照片2.jpg"的遮罩帧样式

(9) 经过以上操作，完成通过遮罩帧改变覆叠素材画面的显示，制作画册的最终效果如图6-73所示。

图6-73 最终显示效果

2. 为遮罩帧素材库添加自定义遮罩帧样式

除了使用会声会影X3默认的遮罩帧样式以外，用户也可以为遮罩帧素材库添加自定义的遮罩帧样式。

【实例6-3】添加并使用自定义遮罩帧。

(1) 进入"高级编辑"界面，插入照片素材"纽扣.jpg"，在"覆叠轨 #1"上插入照片素材"小新.jpg"，如图6-74所示。

(2) 在时间轴上选中覆叠素材"小新.jpg"后，单击素材库上的"选项"按钮，选项面板切换为"属性"面板，然后单击"属性"面板上的"遮罩和色度键"按钮，如图6-75所示。

图6-74 插入覆叠素材

图6-75 单击"遮罩和色度键"按钮

(3) 打开"遮罩和色度键"面板，选中"应用覆叠选项"复选框，在"类型"下拉列表中选择"遮罩帧"，如图6-76所示。

(4) 然后在遮罩帧列表框的右侧，单击"添加遮罩帧"按钮，如图6-77所示。

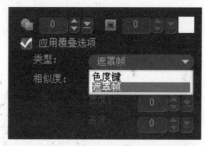

图6-76 选中"应用覆叠选项"复选框

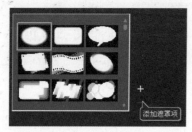

图6-77 单击"添加遮罩帧"按钮

(5) 弹出"浏览照片"对话框，选中需要添加的自定义遮罩帧样式文件后，单击"打开"按钮，如图6-78所示。

(6) 弹出Corel VideoStudio Pro对话框，提示插入的文件应是8位位图，单击"确定"按钮进行转换，如图6-79所示。

图6-78　打开自定义遮罩帧样式

图6-79　Corel VideoStudio Pro对话框

（7）转换之后，在遮罩帧列表框中可以看到新添加的自定义遮罩帧样式，如图6-80所示。

（8）经过以上操作，在预览窗口中显示出应用自定义遮罩帧后的覆叠素材的最终效果，如图6-81所示。

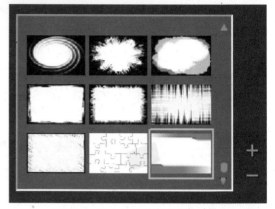

图6-80　显示添加的自定义遮罩帧

图6-81　显示最终效果

6.4　添加预定义图形

会声会影X3专门为用户提供了4类图形素材库，包括"色彩"、"对象"、"边框"和"Flash 动画"。这4类预定义图形，可以作为覆叠素材直接添加到影片中，为影片编辑增加更多效果。

6.4.1　添加"色彩"

"色彩"库一共包括了15种预定义的颜色，所有颜色用户都可以直接拿来使用。具体的操作步骤如下。

进入"高级编辑"界面，单击"素材库导航栏"的"图形"按钮，默认打开的即为"色彩"图形库，如图6-82所示。在时间轴视图下，插入视频素材"敲鼓.mpg"，如图6-83所示。接着在"色彩"图形库中，选中要使用的颜色，将其拖动至时间轴的视频素材上，如图6-84所示。然后该颜色将自动被添加至视频素材的前端，如

图6-85所示。

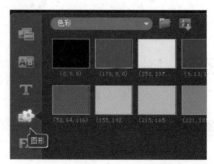

图6-82　打开"色彩"图形库

图6-83 插入视频素材

图6-84 添加所需颜色

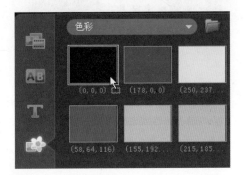

图6-85 完成"色彩"的添加

6.4.2 添加"对象"

"对象"库一共包括了34种预定义对象，本小节结合实例，介绍在后期制作中，通过添加合适的"对象"从而让影片显得更加生动与有趣。

【实例6-4】使用"对象"素材，为影片制作人物对话效果。

(1) 进入"高级编辑"界面，插入照片素材"我要玩具.jpg"，如图6-86所示。

(2) 单击"素材库导航栏"的"图形"按钮，然后单击"画廊"下拉列表，选择"对象"图形库，如图6-87所示。

图6-87 打开"对象"图形库

(3) 打开"对象"图形库后，选中需要的对象素材，将其拖动到时间轴的"覆叠轨 #1"上，如图6-88所示。

图6-86 插入照片素材

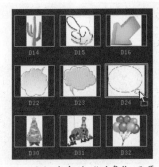

图6-88 添加选中的"对象"至覆叠轨

图6-88　(续)

图6-89　调整"对象"素材

（4）"对象"素材添加至覆叠轨后，将其调整为合适大小，并移动至需要的位置，如图6-89所示。

（5）然后单击"素材库导航栏"中的"标题"■按钮，在覆叠素材位置处输入需要的文字，并调整好位置大小，如图6-90所示。经过以上操作，即完成利用"对象"素材制作人物对话的效果。（在第7章中将介绍文字标题的具体使用方法。）

图6-90　显示最终效果

6.4.3　添加"边框"

"边框"素材库中提供了43种边框效果，用户在制作相册时，可以为照片提供多种边框改善照片的显示效果。

【实例6-5】使用"边框"素材，制作精美的电子相册。

（1）进入"高级编辑"界面，插入照片素材"红叶.jpg"、"蜜蜂.jpg"、"日出.jpg"，如图6-91所示。

（2）单击"素材库导航栏"的"图形"按钮，然后单击"画廊"下拉列表，选择"边框"图形库，如图6-92所示。

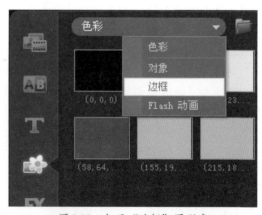

图6-92　打开"边框"图形库

（3）打开"边框"图形库后，选中需要的边框素材，将其拖动到时间轴的"覆叠轨 #1"上，如图6-93所示。

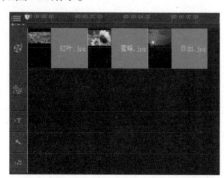

图6-91　插入照片素材

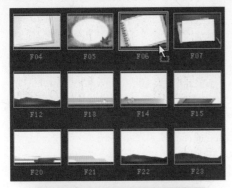

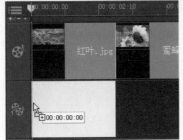

图6-93　添加"边框"素材至覆叠轨

(4) 按照相同的方法，依次再添加两个"边框"素材至覆叠轨上，如图6-94所示。

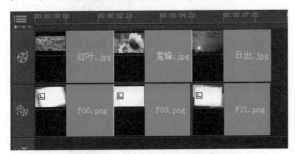

图6-94　添加其他"边框"素材

(5) 完成"边框"素材的添加后，单击导览面板的"播放"按钮，即可看到相册的显示效果，如图6-95所示。

图6-95　显示相册效果

6.4.4　添加"Flash 动画"

"Flash动画"素材库中预置了52种flash动画效果，使用这些动画，可以对原本单调的画面进行更好的点缀。在覆叠轨中添加Flash动画的具体操作步骤如下。

进入"高级编辑"界面，插入照片素材"笑对镜头.jpg"，如图6-96所示。单击"素材库导航栏"的"图形"按钮，然后打开"画廊"下拉列表，选择"Flash 动画"图形库，如图6-97所示。打开"Flash 动画"图形库后，选中需要的Flash素材，将其拖动到时间轴的"覆叠轨 #1"上，如图6-98所示。完成"Flash 动画"素材的添加后，单击导览面板的"播放"按钮，即可看到最终的显示效果，如图6-99所示。

图6-96 插入照片素材

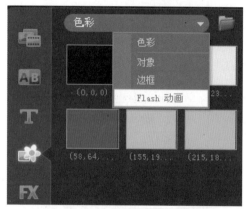

图6-97 打开"Flash动画"图形库

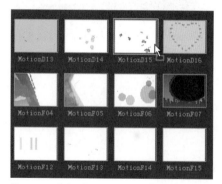

图6-98 添加"Flash动画"素材至覆叠轨

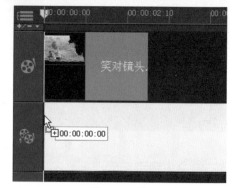

图6-98 (续)

图6-99 最终显示效果

第7章 影片编辑之标题文字

一帧好的画面可以有多重含义,表达千言万语。而在完成一部影片编辑的过程中,恰当与必要的文字,不但可用作点名主题之用,也可用作辅助叙述发生的事件,还可以用作开场与结束时的演职员表,从而使观众更好地了解整部影片。在会声会影X3中,用户可以通过软件提供的标题与文字的功能,在短时间内就创建出带有特殊效果的专业化外观的标题文字。

本章重点掌握内容:
- 掌握添加多种标题的方法
- 掌握标题文字格式的基本编辑
- 掌握调整标题文字的边框、阴影和透明度
- 掌握使用标题文字的预设格式
- 掌握使用标题文字的预设动画
- 掌握字幕文件的编辑和使用

7.1 为素材添加标题

在会声会影X3软件中有两条标题轨，影片的素材编辑完成之后，根据影片的需求，既可以在一条标题轨上添加单一标题或者多个标题，也可以在两条标题轨上添加单一或者多个标题，还可以根据软件预设的标题样式快速完成标题的制作并添加至影片中。

7.1.1 在一条标题轨上添加标题文字

在一条标题轨上添加标题文字时，软件默认情况是自动添加多个标题，用户也可以将其设置为添加单个标题。

1. 在一条标题轨上添加多个标题

在会声会影X3软件默认的添加多个标题的情况下，用户每次只需要双击预览窗口中具体添加标题的位置，接着直接输入文字内容即可。具体的操作步骤如下。

进入"高级编辑"界面，插入视频素材"雨天.mpg"，如图7-1所示。单击"素材库"导航栏上的"标题" T 按钮，将素材库切换为"标题"素材库，预览窗口出现"双击这里可以添加标题"的文字提示，如图7-2所示。在预览窗口上，双击需要添加标题的位置，之后在该位置出现一个虚线框，如图7-3所示。与此同时，"标题"界面中的"编辑"面板自动打开，并默认选中"多个标题"单选按钮。如图7-4所示。然后，在虚线框内直接输入文字内容，即可完成标题的添加，如图7-5所示。当需要添加其他标题时，再次双击需要添加标题的其他位置，并在虚线框内输入文字即可，如图7-6所示。

图7-2　添加标题的文字提示

图7-3　双击需要添加标题的位置

图7-1　插入视频素材

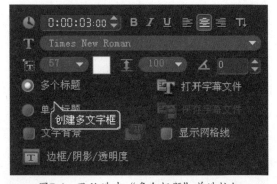

图7-4　默认选中"多个标题"单选按钮

图7-5　输入第一个标题内容

图7-6　输入第二个标题内容

2. 在一条标题轨上添加单个标题

用户可以在"标题"属性面板上进行设置，使得在一条标题轨上只能添加单个标题，具体操作步骤如下。

进入"高级编辑"界面，插入视频素材"马.mpg"，如图7-7所示。单击"素材库导航栏"上的"标题"按钮，将素材库切换为"标题"素材库，预览窗口出现"双击这里可以添加标题"的文字提示，双击需要添加标题的位置，在虚线框内输入文字内容"马"。然后单击"编辑"面板上的"单个标题"单选按钮，弹出Corel VideoStudio提示框，如图7-8所示。单击"是"按钮以后，则"编辑"面板上的"单个标题"单选

按钮被选中，如图7-9所示。预览窗口上标题文字出现在素材的正中位置，即完成了添加单个标题，如图7-10所示。

图7-7　插入视频素材

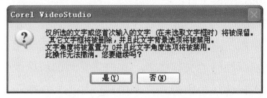

图7-8　Corel VideoStudio提示框

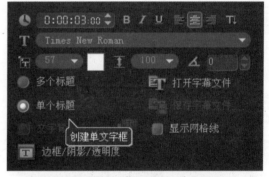

图7-9　选中"单个标题"单选按钮

图7-10　显示单个标题

7.1.2 在两条标题轨上添加标题文字

当需要在影片素材上使用两条标题轨，并添加单个或多个标题时，可以先添加第二条标题轨，然后再在两条标题轨上添加单个或多个标题。具体的操作步骤如下。

进入"高级编辑"界面，右击时间轴的空白处，在弹出的菜单中选择"轨道管理器"命令，如图7-11所示。弹出"轨道管理器"对话框，选中"标题轨 #2"复选框，单击"确定"按钮，如图7-12所示。返回"高级编辑"界面，添加照片素材"挑山工.jpg"，如图7-13所示。单击"素材库导航栏"上的"标题"按钮，将素材库切换为"标题"素材库，预览窗口出现"双击这里可以添加标题"的文字提示。双击需要添加标题的位置，在虚线框内输入文字内容，如图7-14所示。完成第一条标题轨的文字添加后，在时间轴中单击第二条标题轨的空白处，预览窗口再次出现"双击这里可以添加标题"的文字提示，接着再用鼠标双击想要添加标题文字的位置，输入文字内容即可，预览窗口如图7-15所示，此时的时间轴标题轨如图7-16所示。经过以上步骤，就完成了在两条标题轨上都添加标题文字的操作。

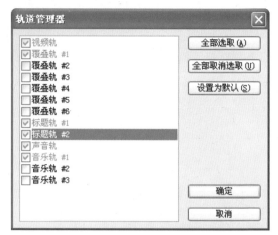

图7-12　选中"标题轨 #2"复选框

图7-13　插入照片素材

图7-14　在第一条标题轨上插入文字

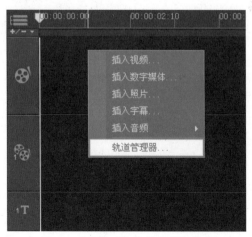

图7-11　选择"轨道管理器"命令

图7-15 预览窗口显示

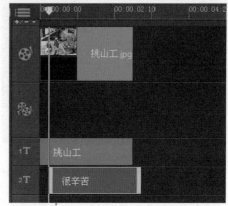

图7-16 时间轴显示两条标题轨内容

7.1.3 根据预设样式添加标题文字

会声会影X3的"标题"素材库，提供了14种预设的标题样式，对标题文字的大小、字体、颜色、动画效果都做了预先设定，用户可以直接使用这些预设样式，完成标题的快速制作，具体的操作步骤如下：

进入"高级编辑"界面，插入照片素材"红花绿叶.jpg"，如图7-17所示。单击"素材库导航栏"上的"标题"按钮，将素材库切换为"标题"素材库，然后在"标题"素材库中，选中需要使用的预设样式，将其拖动至时间轴的标题轨上，如图7-18所示。添加预设样式后，双击时间轴中标题轨上的预设样式，预览窗口即显示用户添加的预设样式，如图7-19所示。然后在预览窗口中双击该预设样式的标题框，拖动并选中标题文本，如图7-20所示。接着输入需要的文本内容，如图7-21所示。经过以上步骤，即完成了根据程序预设样式添加标题文字的操作，单击导览面板的"播放"按钮，可以看到最终的显示效果，如图7-22所示。

图7-17 插入照片素材

图7-18 拖动预设样式至标题轨

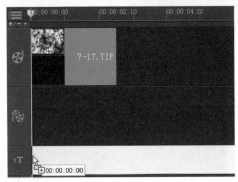

图7-18 （续）

图7-21 输入文本内容

图7-19 显示预设样式标题框

图7-20 选中标题文本

图7-22 显示最终效果

7.2 对标题文字的基本操作

与应用覆叠素材相类似，当用户为影片素材添加标题文字或者字幕以后，不能千篇一律地使用一种文字形式，而是常常需要根据影片的要求，对标题文字的位置、字体字形、对齐方式、大小颜色、文字方向、边框、阴影等基本属性进行相应的设置。本节主要介绍针对标题文字的一些基本操作。

7.2.1 调整标题文字的位置

一般情况下，用户可以直接在需要的位置上添加标题文字。但是，如果根据影片的要求，而必须调整文字位置时，则可以通过拖动鼠标的方式，以及使用"编辑"面板上的"对齐"按钮进行调整。

1. 使用鼠标调整文字位置

通过鼠标调整标题文字的位置非常简单与直观，具体的操作步骤如下。

进入"高级编辑"界面，插入照片素材"小草.jpg"，如图7-23所示。单击"素材库导航栏"上的"标题"按钮，将素材库切换为"标题"素材库，在预览窗口上双击并添加文字，如图7-24所示。将鼠标光标移动至预览窗口，指向标题框，当鼠标指针变为"手指"🖐形状时，单击鼠标左键不放，拖动鼠标即可移动标题的位置，如图7-25所示。将标题移动至需要的位置后，释放鼠标，即可完成移动标题位置，如图7-26所示。

图7-23　添加照片素材

图7-24　添加文字

图7-25　选中标题后拖动鼠标

图7-26　移动至需要的位置

2. 通过"对齐"按钮调整标题文字的位置

在"编辑"面板上的"对齐"分组框内，分别有"对齐到左上方"、"对齐到上方中央"、"对齐到右上方"、"对齐到左边中央"、"居中"、"对齐到右边中央"、"对齐到左下方"、"对齐到下方中央"和"对齐到右下方"9个按钮，通过这些对齐按钮也可以调整标题文字的位置。具体的操作步骤如下。

进入"高级编辑"界面，插入照片素材"体育场.jpg"，如图7-27所示。单击"素材库导航栏"上的"标题"按钮，将素材库切换为"标题"素材库，在预览窗口上双击并添加文字，如图7-28所示。选中标题框后，单击"编辑"面板中"对齐"分组框内的"对齐到左边中央"按钮，如图7-29所示。经过以上步骤，即完成通过"对齐"按钮调整标题文字位置的操作，最终效果如图7-30所示。

图7-27　插入照片素材

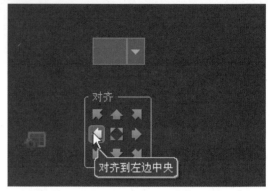

图7-29　单击"对齐到左边中央"按钮

图7-28　添加文字

图7-30　显示调整后位置

7.2.2　设置标题文字的格式

　　标题文字的格式包括了文字的字形、段落对齐、文字的方向、文字的字体、字体大小、文字的颜色、文字行间距，还有文字的角度等多个方面。其中文字的字形是指粗体、斜体、下划线3种形式；文字的段落对齐方式包括左对齐、居中、右对齐3种方式；文字的方向是指垂直或者水平方向。用户在对文字进行设置时，可以针对每段文字的字体、大小和颜色，进行不同的设置。

　　具体设置标题文字格式的步骤如下。

　　进入"高级编辑"界面，插入照片素材"猴子.jpg"，如图7-31所示。单击"素材库导航栏"上的"标题"按钮，将素材库切换为"标题"素材库，在预览窗口上双击并添加文字，如图7-32所示。在预览窗口选中标题框，将光标指向"猴

妈妈"3个字后，光标变为"手指"形状，双击然后按下回车键，则变为上下两段文字，如图7-33所示。

图7-31　添加照片素材

图7-32 添加文字

图7-33 文字分段

图7-34 （续）

图7-35 选中文字段落

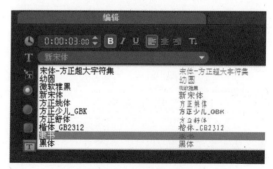

图7-36 选择字体

选中"猴妈妈"3个字，依次单击"编辑"面板上的"粗体"、"斜体"、"左对齐"3个按钮，如图7-34所示。然后选中"抱着猴宝宝"5个字，如图7-35所示。单击"编辑"面板上的"字体"下拉列表，选择"隶书"，如图7-36所示。打开"字体大小"下拉列表，选择合适的大小数值，如图7-37所示。单击"色彩"框，弹出颜色列表，选择"Corel 色彩选取器"，如图7-38所示。

图7-34 设置字形与段落对齐

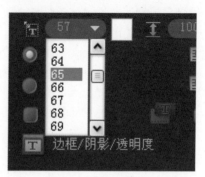

图7-37 设置字体大小

图7-38 选择"Corel色彩选取器"

弹出"Corel 色彩选取器"对话框,设置RGB颜色为R:225、G:68、B:0,单击"确定"按钮,如图7-39所示。返回"高级编辑"界面,"编辑"面板上的"行间距"和"角度"数值保持不变。经过以上设置,文字格式最后效果如图7-40所示。

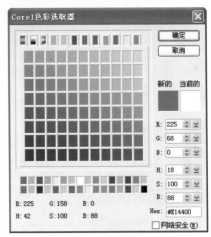

图7-39 设置颜色

图7-40 显示最终文字格式

7.2.3 设置标题文字背景

文字背景可以从"背景类型"、"色彩设置"和"透明度"3个方面进行设置。"背景类型"包括"单色背景栏"和"与文本相符"两个选项,"色彩设置"包括"单色"与"渐变"两种形式。具体的设置背景的操作步骤如下。

进入"高级编辑"界面,插入照片素材"折扇.jpg",如图7-41所示。单击"素材库导航栏"上的"标题"按钮,将素材库切换为"标题"素材库,在预览窗口上双击并添加文字,如图7-42所示。选中"编辑"面板上的"文字背景"复选框,然后单击"自定义文字背景的属性"按钮,如图7-43所示。弹出"文字背景"对话框,在"背景类型"选项组中选择"单色背景栏"单选按钮,在"色彩设置"选项组中选择"渐变"单选按钮,如图7-44所示。

图7-41 插入照片素材

图7-42 添加文字

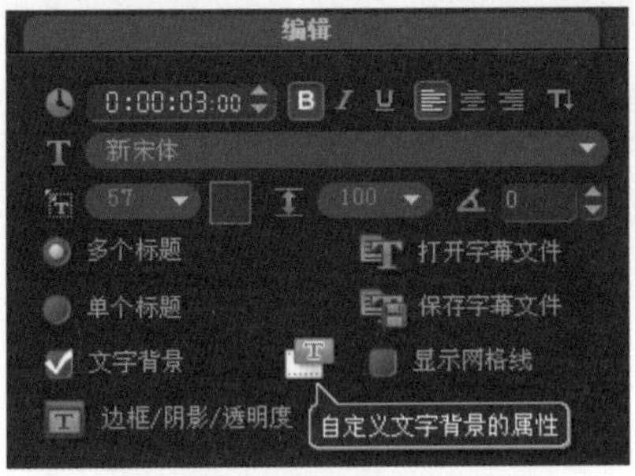

图7-45 选择"Corel 色彩选取器"命令

图7-43 选中"文字背景"复选框

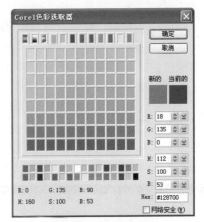

图7-46 设置颜色

图7-44 选择背景类型与色彩模式

图7-47 设置"透明度"

在"色彩设置"选项组中选择"渐变"模式之后，单击右侧颜色框，弹出颜色列表，选择"Corel 色彩选取器"命令，如图7-45所示。弹出"Corel 色彩选取器"对话框，设置RGB颜色为R：18、G：135、B：0，单击"确定"按钮，如图7-46所示。返回"文字背景"对话框，在"透明度"数值框内输入60之后，单击"确定"按钮，如图7-47所示。最后返回"高级编辑"界面，文字背景设置完成，效果如图7-48所示。

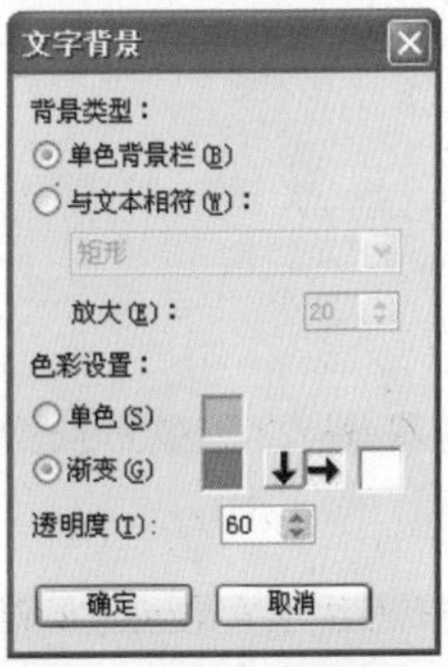

图7-48 显示文字背景

7.2.4 设置标题文字的边框、阴影和透明度

当需要制作与众不同的标题文字样式时，用户可以对文字的边框和透明度以及文字的阴影和透明度这两个部分进行设置。

1. 设置标题文字的边框与透明度

标题文字的边框包括透明文字、外部边界、边框宽度、线条色彩、文字透明度和柔化边缘6个选项，通过这6个选项设置标题文字的边框与透明度。具体设置的操作步骤如下。

进入"高级编辑"界面，插入照片素材"积木.jpg"，如图7-49所示。单击"素材库导航栏"上的"标题"按钮，将素材库切换为"标题"素材库，在预览窗口上双击并添加文字，如图7-50所示。单击"编辑"面板上的"边框/阴影/透明度"按钮，如图7-51所示。弹出"边框/阴影/透明度"对话框，在"边框"选项卡中，选中"外部边界"复选框，在"边框宽度"数值框中输入数值5.0，如图7-52所示。

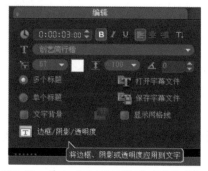

图7-51 单击"边框/阴影/透明度"按钮

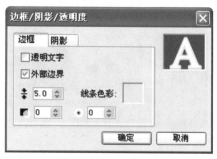

图7-52 设置边框宽度

单击"线条色彩"颜色框，弹出颜色列表，选择"Corel 色彩选取器"，如图7-53所示。弹出"Corel 色彩选取器"对话框，设置RGB颜色为R：165、G：0、B：33，单击"确定"按钮，如图7-54所示。返回"边框/阴影/透明度"对话框，在"文字透明度"数值框内输入"20"，在"柔化边缘"数值框内输入10，接着单击"确定"按钮，如图7-55所示。返回"高级编辑"界面，文字的边框与透明度最终效果如图7-56所示。

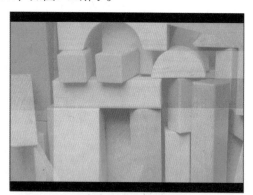

图7-49 插入照片素材

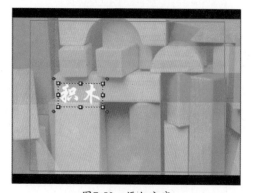

图7-50 添加文字

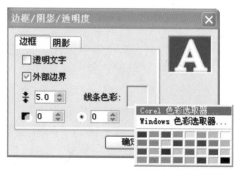

图7-53 选择"Corel 色彩选取器"

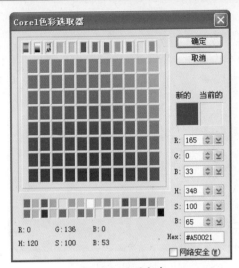

图7-54 设置颜色

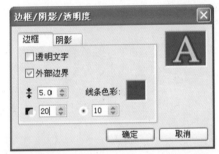

图7-55 设置文字透明度与柔化边缘

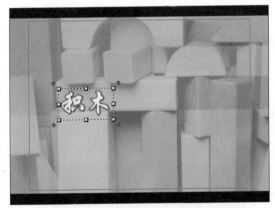

图7-56 显示文字边框与透明度

2. 设置标题文字的阴影与透明度

标题文字的阴影设置包括下垂阴影、光晕阴影和突起阴影3种阴影选项的设置，下垂阴影和光晕阴影又可以对阴影的透明度进行设置。本小节以下垂阴影为例介绍对标题文字的阴影与透明度的设置，具体的操作步骤如下。

进入"高级编辑"界面，插入照片素材"南瓜.jpg"，如图7-57所示。单击"素材库导航栏"上的"标题"按钮，将素材库切换为"标题"素材库，在预览窗口上双击并添加文字，如图7-58所示。单击"编辑"面板上的"边框/阴影/透明度"按钮，如图7-59所示。弹出"边框/阴影/透明度"对话框，切换至"阴影"选项卡，单击"下垂阴影"按钮，在"水平阴影偏移量"数值框中输入10.0，在"垂直阴影偏移量"数值框中输入10.0，接着在"下垂阴影透明度"数值框中输入20，在"下垂阴影柔化边缘"数值框中输入15，最后单击"确定"按钮，如图7-60所示。返回"高级编辑"界面，完成设置标题文字的阴影与透明度，如图7-61所示。

图7-57 插入照片素材

图7-58 添加文字

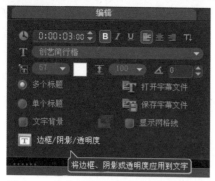

图7-59 单击"边框/阴影/透明度"按钮

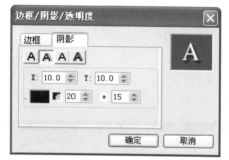

图7-60 设置下垂阴影属性

图7-61 显示文字阴影与透明度

3. 制作特殊艺术字体

通过设置标题文字的边框、阴影与透明度，可以为影片素材制作与众不同的艺术字效果，本小节结合实例说明制作特殊艺术字体的方法。

【实例7-1】结合标题文字的边框、阴影与透明度选项，制作镂空艺术字体，并将其添加至"标题"素材库中，便于以后用户直接使用该艺术字效果。

（1）进入"高级编辑"界面，插入照片素材"海底.jpg"，如图7-62所示。

（2）单击"素材库导航栏"上的"标题"按钮，将素材库切换为"标题"素材库，在预览窗口上双击添加标题文字，如图7-63所示。

图7-62 插入照片素材

图7-63 添加文字

（3）单击"编辑"面板上的"边框/阴影/透明度"按钮，如图7-64所示。

（4）弹出"边框/阴影/透明度"对话框，在"边框"选项卡中，选中"透明文字"复选框，在"边框宽度"数值框中输入2.0，接着单击"线条色彩"颜色框，在弹出的颜色列表中，选择需要的颜色，如图7-65所示。

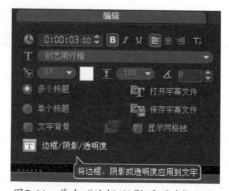

图7-64 单击"边框/阴影/透明度"按钮

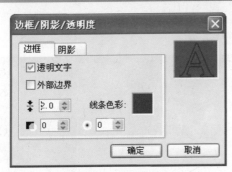

图7-65 设置边框属性

(5) 切换至"阴影"选项卡，单击"光晕阴影"按钮，在"强度"数值框中输入2.0，单击"光晕阴影色彩"颜色框，在弹出的颜色列表中，选择需要的颜色，最后单击"确定"按钮，如图7-66所示。

(6) 返回"高级编辑"界面，预览窗口显示最终设置完成后的镂空艺术字效果，如图7-67所示。

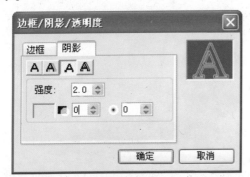

图7-66 设置阴影属性

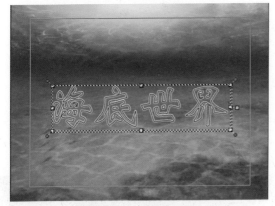

图7-67 显示字体效果

(7) 字体样式设置完成后，右击在时间轴"标题轨 #1"上的文字图标，在弹出的右键菜单中，执行"复制"命令，如图7-68所示。

(8) 接着右击"标题"素材库中的空白区域，在弹出的右键菜单中，执行"粘贴"命令，如图7-69所示。

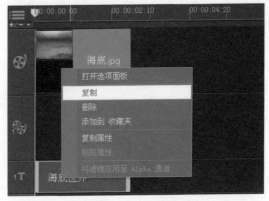

图7-68 复制标题文字

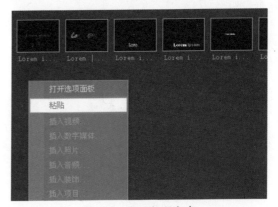

图7-69 粘贴标题文字

(9) 粘贴之后，制作的镂空艺术字就已经添加至"标题"素材库中了，如图7-70所示。

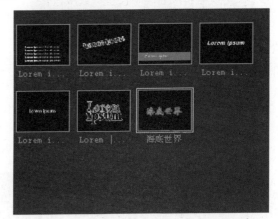

图7-70 完成文字添加至"标题"素材库

7.2.5 使用标题文字的预设样式

在添加标题文字时，用户可以直接使用会声会影X3软件中预先提供好的各类样式，套用这些样式可以方便快速地完成对标题文字样式的设置。具体使用预设样式的操作步骤如下。

进入"高级编辑"界面，插入照片素材"跨越.jpg"，如图7-71所示。单击"素材库导航栏"上的"标题"按钮，将素材库切换为"标题"素材库，在预览窗口上双击添加标题文字，如图7-72所示。单击"编辑"面板上的"选取标题样式预设值"下拉列表，弹出列表框，在列表框中选择需要的预设样式，如图7-73所示。选择预设样式之后，预览窗口上的即显示套用之后的文字效果，如图7-74所示。

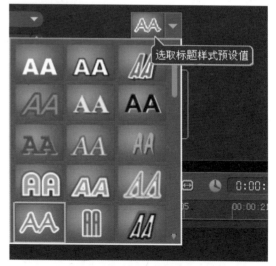

图7-73　选择预设样式

图7-71　插入照片素材

图7-74　显示文字效果

图7-72　添加文字

7.3　设置标题文字的预设动画

在会声会影X3中，为用户预设了淡化、弹出、翻转、飞行、缩放、下降、摇摆、移动路径8种标题文字的动画效果，用户可以根据影片文字的实际需要，选择不同的预设动画效果。

7.3.1 淡化

"淡化"动画效果可以使标题文字在进入与退出时，表现为淡入、淡出或者交叉淡化的效果。具体设置的操作步骤如下。

进入"高级编辑"界面，插入照片素材"光盘.jpg"，如图7-75所示。单击"素材库导航栏"上的"标题"按钮，将素材库切换为"标题"素材库，在预览窗口上双击添加标题文字，如图7-76所示。选择"属性"面板上的"动画"单选按钮，然后选中"应用"复选框，在"动画类型"下拉列表框中，默认选择为"淡化"动画效果库。接着单击"动画类型"下拉列表框右侧的"自定义动画属性"按钮，如图7-77所示。弹出"淡化动画"对话框，在"单位"下拉列表中选择"单词"；在"暂停"下拉列表中选择"长"；在"淡化样式"分组框中选择"淡入"单选按钮，最后单击"确定"按钮，如图7-78所示，返回"高级编辑"界面，单击导览面板上的"播放"按钮，即可看到"淡化"动画效果，如图7-79所示。

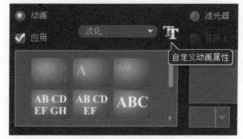

图7-77 单击"自定义动画属性"按钮

图7-78 设置"淡化动画"属性

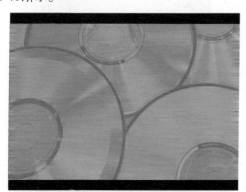

图7-75 插入照片素材

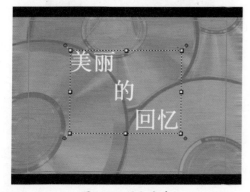

图7-76 添加文字

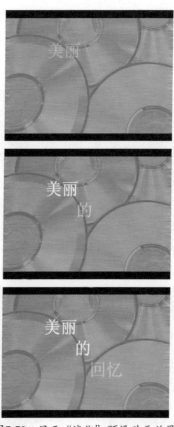

图7-79 显示"淡化"预设动画效果

7.3.2 弹出

"弹出"动画效果主要运用于标题文字的进入，可以控制标题文字从上、下、左、右、左上、左下、右上、右下8个方向进入。具体设置的操作步骤如下。

进入"高级编辑"界面，插入照片素材"林荫路.jpg"，如图7-80所示。单击"素材库导航栏"上的"标题"按钮，将素材库切换为"标题"素材库，在预览窗口上双击并添加标题文字，如图7-81所示。选择"属性"面板上的"动画"单选按钮，然后选中"应用"复选框，打开"动画类型"下拉列表框，选择"弹出"动画库。接着单击"动画类型"下拉列表框右侧的"自定义动画属性"按钮，如图7-82所示。打开"弹出动画"对话框，选中"基于字符"复选框；在"单位"下拉列表中选择"行"；在"暂停"下拉列表中选择"中等"；在"方向"分组框中，单击"右下"方向按钮，最后单击"确定"按钮，如图7-83所示。返回"高级编辑"界面，单击导览面板上的"播放"按钮，即可看到"弹出"动画效果，如图7-84所示。

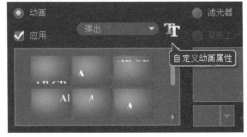

图7-82 单击"自定义动画属性"按钮

图7-83 设置"弹出动画"属性

图7-80 插入照片素材

图7-81 添加文字

图7-84 显示"弹出"预设动画效果

7.3.3　翻转

"翻转"动画效果以翻转标题为主要表现形式，同时可以对标题文字的进入与退出的方向进行设置。具体设置的操作步骤如下。

进入"高级编辑"界面，插入照片素材"红叶.jpg"，如图7-85所示。单击"素材库导航栏"上的"标题"按钮，将素材库切换为"标题"素材库，在预览窗口上双击并添加标题文字，如图7-86所示。选择"属性"面板上的"动画"单选按钮，然后选中"应用"复选框，打开"动画类型"下拉列表框，选择"翻转"动画库。接着单击"动画类型"下拉列表框右侧的"自定义动画属性"按钮，如图7-87所示。弹出"翻转动画"对话框，在"进入"下拉列表中选择"左"；在"离开"下拉列表中选择"上"；在"暂停"下拉列表中选择"短"，最后单击"确定"按钮，如图7-88所示。返回"高级编辑"界面，单击导览面板上的"播放"按钮，即可看到"翻转"动画效果，如图7-89所示。

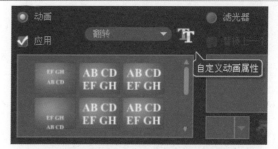

图7-87　单击"自定义动画属性"按钮

图7-88　设置"翻转动画"属性

图7-85　插入照片素材

图7-89　显示"翻转"预设动画效果

图7-86　添加文字

图7-89　（续）

图7-89　（续）

7.3.4　飞行

　　"飞行"动画效果可以对标题文字的起始单位、终止单位、暂停时间3项属性与标题文字的进入和离开方向进行设置。具体设置的操作步骤如下。

　　进入"高级编辑"界面，插入照片素材"花.jpg"，如图7-90所示。单击"素材库导航栏"上的"标题"按钮，将素材库切换为"标题"素材库，在预览窗口上双击并添加标题文字，如图7-91所示。选择"属性"面板上的"动画"单选按钮，然后选中"应用"复选框，单击"动画类型"下拉列表框，选择"飞行"动画库。接着单击"动画类型"下拉列表框右侧的"自定义动画属性"按钮，如图7-92所示。弹出"飞行动画"对话框，选中"加速"复选框；在"起始单位"下拉列表中选择"文本"；在"终止单位"下拉列表中选择"字符"；在"暂停"下拉列表中选择"无暂停"；在"进入"分组框中单击"从右侧进入"按钮；在"离开"分组框中单击"从左侧离开"按钮；最后单击"确定"按钮，如图7-93所示。返回"高级编辑"界面，单击导览面板上的"播放"按钮，即可看到"飞行"动画效果，如图7-94所示。

图7-90　插入照片素材

图7-91　添加文字

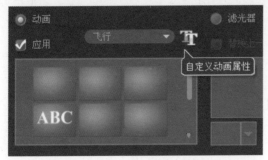

图7-92　单击"自定义动画属性"按钮

图7-93　设置"飞行动画"属性

图7-94　显示"飞行"预设动画效果

7.3.5　缩放

"缩放"动画效果可以让标题文字的字体大小按从小到大或者从大到小进行变化，可以对文字的缩放起始和缩放终止两项属性设置缩放倍率。具体的操作步骤如下。

进入"高级编辑"界面，插入照片素材"凝视.jpg"，如图7-95所示。单击"素材库导航栏"上的"标题"按钮，将素材库切换为"标题"素材库，在预览窗口上双击并添加标题文字，如图7-96所示。选择"属性"面板上的"动画"单选按钮，然后选中"应用"复选框，单击"动画类

型"下拉列表框，选择"缩放"动画库。接着单击"动画类型"下拉列表框右侧的"自定义动画属性"按钮，如图7-97所示。弹出"缩放动画"对话框，选中"显示标题"复选框；在"单位"下拉列表中选择"文本"；在"缩放起始"下拉列表中选择1.0；在"缩放终止"下拉列表中选择3.0；最后单击"确定"按钮，如图7-98所示。返回"高级编辑"界面，单击导览面板上的"播放"按钮，即可看到"缩放"动画效果，如图7-99所示。

图7-95　插入照片素材

图7-98　设置"缩放动画"属性

图7-96　添加文字

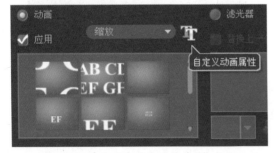

图7-97　单击"自定义动画属性"按钮

图7-99　显示"缩放"预设动画效果

7.3.6　下降

"下降"动画效果是一种让标题文字从高处落至低处的动画效果。具体设置的操作步骤如下。

进入"高级编辑"界面，插入照片素材"蜜蜂.jpg"，如图7-100所示。单击"素材库导航栏"上的"标题"按钮，将素材库切换为"标题"素材库，在预览窗口上双击并添加标题文字，如图7-101所示。选择"属性"面板上的"动画"单选按钮，然后选中"应用"复选框，单击"动画类型"下拉列表框，选择"下降"动画库，在打开的预设样式框中选中需要的样式，如图7-102所示。选择预设样式后，单击导览面板上的"播放"按钮，即可看到"下降"动画效果，如图7-103所示。

图7-100　插入照片素材

图7-101　添加文字

图7-102　选择"下降"预设样式

图7-103　显示"下降"预设动画效果

7.3.7　摇摆

"摇摆"动画效果可以设置标题文字在进入和离开时，有着不同的摇摆角度与方向。具体设置的操作步骤如下。

进入"高级编辑"界面，插入照片素材"小草.jpg"，如图7-104所示。单击"素材库导航栏"上的"标题"按钮，将素材库切换为"标题"素材库，在预览窗口上双击并添加标题文字，如图7-105所示。选择"属性"面板上的"动画"单选按钮，然后选中"应用"复选框，打开"动画类型"下拉列表框，选择"摇摆"动画库。接着单击"动画类型"下拉列表框右侧的"自定义动画属性"按钮，如图7-106所示。弹出"摇摆动画"对话框，在"暂停"下拉列表中选择"无暂停"；在"摇摆角度"下拉列表中选择2；在"进入"下拉列表中选择"上"，选中"顺时针"复选框；在"离开"下拉列表中选择"左"，取消"顺时针"复选框的选中状态；最后单击"确定"按钮，如图7-107所示。返回"高级编辑"界面，单击导览面板上的"播放"按钮，即可看到"摇摆"动画效果，如图7-108所示。

图7-107　设置"摇摆动画"属性

图7-104　插入照片素材

图7-105　添加文字

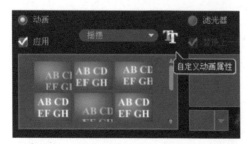

图7-106　单击"自定义动画属性"按钮

图7-108　显示"摇摆"预设动画效果

7.3.8　移动路径

在"移动路径"动画类型中，共有26种预设样式，用户可以根据需要直接使用这些预设样式。具体的操作步骤如下。

进入"高级编辑"界面，插入照片素材"日出.jpg"，如图7-109所示。单击"素材库导航栏"上的"标题"按钮，将素材库切换为"标题"素材库，在预览窗口上双击并添加标题文字，如图7-110所示。选择"属性"面板上的"动画"单选按钮，然后选中"应用"复选框，打开"动画类型"下拉列表框，选择"移动路径"动画库，在打开的预设样式框中选中需要的样式，如图7-111所示。选择预设样式后，单击导览面板上的"播放"按钮，即可看到"移动路径"动画效果，如图7-112所示。

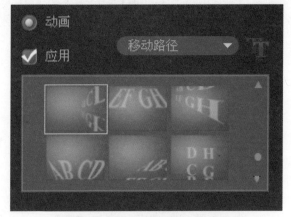

图7-111　选择"移动路径"预设样式

图7-109　插入照片素材

图7-110　添加文字

图7-112　显示"移动路径"预设动画效果

7.4 为标题文字添加滤镜效果

作为新增加的功能之一，会声会影X3支持在标题文字上添加滤镜效果。"标题效果"滤镜库提供了气泡、光线、波纹、缩放动作等27种滤镜效果，再配合预设动画，则可以制作出更多的标题特效。

本节介绍在标题文字上添加滤镜的操作过程，具体的步骤如下。

进入"高级编辑"界面，插入照片素材"小新.jpg"，如图7-113所示。单击"素材库导航栏"上的"标题"按钮，将素材库切换为"标题"素材库，在预览窗口上双击并添加标题文字，如图7-114所示。首先选择"属性"面板上的"动画"单选按钮，然后选中"应用"复选框，打开"动画类型"下拉列表框，这里选择"飞行"动画库，在打开的预设样式框中选中需要的样式，如图7-115所示。接着选择"属性"面板上的"滤光器"单选按钮，素材库自动切换为"滤镜"素材库的"标题效果"滤镜库，如图7-116所示。在"标题效果"滤镜库选中需要的滤镜效果，将其拖动至时间轴的标题轨上，如图7-117所示。标题效果滤镜添加完成之后，单击导览面板上的"播放"按钮，即可看到预设动画配合标题滤镜后的最终效果，如图7-118所示。

图7-114 添加文字

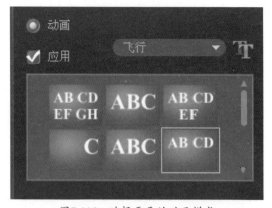

图7-115 选择需要的动画样式

图7-113 插入照片素材

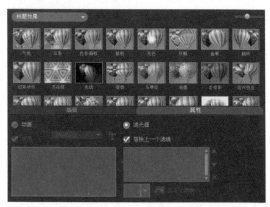

图7-116 选择"滤光器"单选按钮

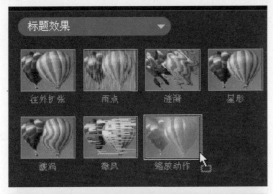

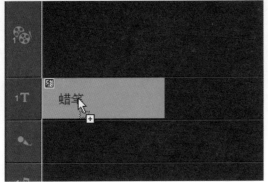

图7-117　为标题文字添加滤镜效果

图7-118　显示预设动画配合标题滤镜的效果

7.5　编辑和使用字幕文件

除了最常用的标题之外，会声会影X3还可以为影片中的人物对白、场景描述加上字幕，让观众更好地了解影片内容和故事情节等。在应用字幕文件时，通常情况下，需要先制作字幕，然后将制作好的字幕插入影片或者素材中。

7.5.1　制作字幕文件

在制作字幕文件时，不需要设置文字的具体格式、字体、样式、动画等属性，只需要输入具体的内容即可。具体制作字幕文件的操作步骤如下。

进入"高级编辑"界面，单击"素材库导航栏"上的"标题"按钮，将素材库切换为"标题"素材库，预览窗口出现"双击这里可以添加标题"的文字提示，然后在预览窗口的任意位置上双击，如图7-119所示。然后在虚线框内，输入需要的文字内容，如图7-120所示。输入文字内容以后，单击"编辑"面板上的"保存字幕文件"按钮，如图7-121所示。弹出"另存为"对话框，选择要存放的位置后，在"文件名"文本框中输入要保存的文件名称，最后单击"保存"按钮，完成字幕文件的制作，如图7-122所示。

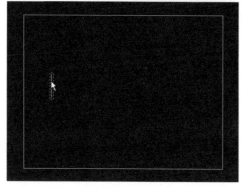

图7-119　确定文字输入位置

图7-120　输入文字内容

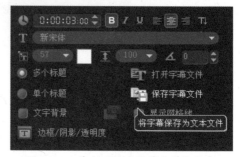

图7-121　单击"保存字幕文件"按钮

图7-122　保存字幕文件

7.5.2　使用字幕文件

在制作字幕文件时用户不需要设置文字的字体等各类属性，而在打开字幕文件时，可以设置这些属性。具体使用字幕文件的操作步骤如下。

进入"高级编辑"界面，插入视频素材"骑大狗.mpg"，如图7-123所示。单击"素材库导航栏"上的"标题"按钮，将素材库切换为"标题"素材库，然后单击素材库上的"选项"按钮，打开"编辑"面板。接着单击"编辑"面板上的"打开字幕文件"按钮，如图7-124所示。弹出"打开"对话框，进入字幕文件所在的文件夹，选中要打开的字幕文件，如图7-125所示。单击"字体"列表框，在弹出的下拉列表中，选择需要的字体，如图7-126所示。单击"字体大小"列表框，在弹出的下拉列表中，选择24，如图7-127所示。单击"字体颜色"颜色框，弹出颜色列表，选择需要的颜色。同样的，也为"光晕阴影"选择好合适的颜色，最后单击"打开"按

钮，如图7-128所示。弹出Corel VideoStudio Pro提示框，单击"确定"按钮，如图7-129所示。返回"高级编辑"界面，预览窗口显示打开字幕文件后的视频素材，如图7-130所示。

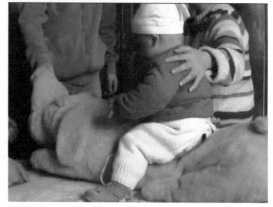

图7-123　插入视频素材

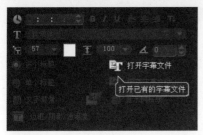

图7-124 单击"打开字幕文件"按钮

图7-125 选中字幕文件

图7-126 选择字体

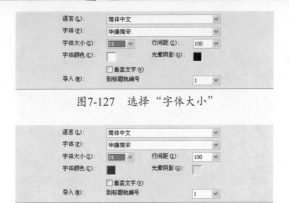

图7-127 选择"字体大小"

图7-128 设置字体颜色与光晕阴影

图7-129 显示Corel VideoStudio Pro提示框

图7-130 显示字幕效果

7.5.3 制作演职员表

【实例7-2】结合字幕文件的编辑与使用,为影片制作演职员名单。

(1) 进入"高级编辑"界面,单击"素材库导航栏"上的"标题"按钮,将素材库切换为"标题"素材库。预览窗口出现"双击这里可以添加标题"的文字提示,然后在预览窗口的需要位置上双击,如图7-131所示。

(2) 接着在虚线框内,输入影片的演职员名单,如图7-132所示。

图7-131　确定文字输入位置

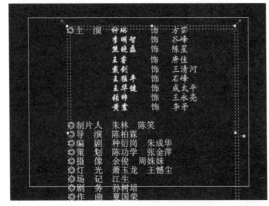

图7-132　输入演职员名单

(3) 输入演职员名单后，单击"编辑"面板上的"保存字幕文件"按钮，如图7-133所示。

(4) 弹出"另存为"对话框，选择要存放的位置后，在"文件名"文本框中输入要保存的文件名称，最后单击"保存"按钮，如图7-134所示。

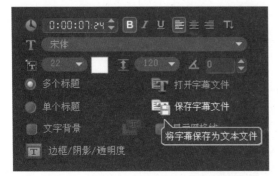

图7-133　单击"保存字幕文件"按钮

图7-134　保存字幕文件

(5) 经过以上步骤完成演职员表字幕文件的制作。之后选择"新建项目"命令，并插入影片素材"碑.mpg"。

(6) 单击"素材库导航栏"上的"标题"按钮，将素材库切换为"标题"素材库，然后单击素材库上的"选项"按钮，打开"编辑"面板。接着单击"编辑"面板上的"打开字幕文件"按钮，如图7-135所示。

(7) 弹出"打开"对话框，进入字幕文件所在的文件夹，选中要打开的字幕文件。接着单击"字体"列表框，在弹出的下拉列表中，选择"宋体"；单击"字体大小"列表框，在弹出的下拉列表中，选择22；单击"行间距"列表框，在弹出的下拉列表中，选择120；其他参数采用默认设置，最后单击"打开"按钮，如图7-136所示。

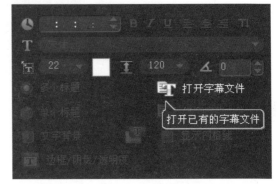

图7-135　单击"打开字幕文件"按钮

图7-136 设置打开时文字属性

(8) 弹出Corel VideoStudio Pro提示框，单击"确定"按钮，如图7-137所示。

图7-137 显示Corel VideoStudio Pro提示框

(9) 打开字幕文件后，还需对文字的格式、属性、样式等，做进一步设置。

(10) 在时间轴中，双击字幕图标，将其移至影片的最末端，如图7-138所示。

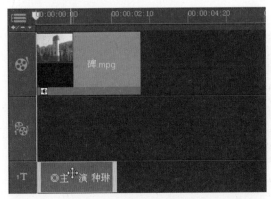

图7-138 在时间轴中将字幕文件移至影片的最末端

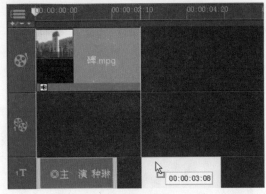

图7-138 （续）

(11) 接着将鼠标移至预览窗口，单击字幕部分，将字幕移至预览窗口的合适位置，如图7-139所示。

(12) 单击"编辑"面板上的"右对齐"█按钮，调整字幕文件的段落对齐方式，如图7-140所示。

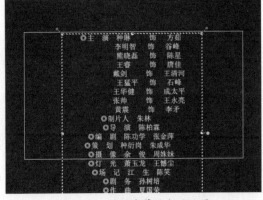

图7-139 移动字幕至合适位置

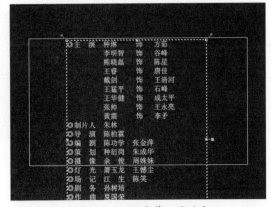

图7-140 调整字幕段落对齐

(13) 然后选择"属性"面板上的"动画"单

选按钮，选中"应用"复选框，单击"动画类型"下拉列表框，选择"飞行"动画库。接着单击"动画类型"下拉列表框右侧的"自定义动画属性"按钮，如图7-141所示。

(14) 弹出"飞行动画"对话框，在"起始单位"下拉列表中选择"文本"；在"终止单位"下拉列表中选择"文本"；在"暂停"下拉列表中选择"无暂停"；在"进入"分组框中选择"从下方进入"；在"离开"分组框中选择"从上方离开"；最后单击"确定"按钮，如图7-142所示。

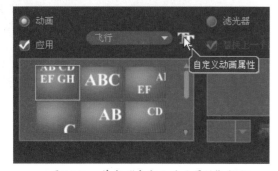

图7-141　单击"自定义动画属性"按钮

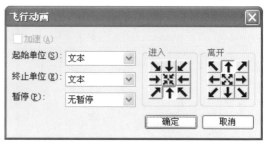

图7-142　设置"飞行动画"属性

(15) 返回"高级编辑"界面，在时间轴中选中字幕图标，将鼠标移至字幕图标的末尾，当鼠标出现↔形状时，向右拖动鼠标，延长字幕的播放时间，如图7-143所示。

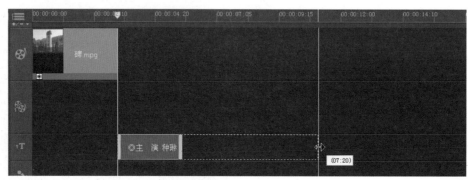

图7-143　延长字幕的播放时间

(16) 最后单击导览面板上的"播放"按钮，即可看到演职员表字幕的最终显示效果，如图7-144所示。

图7-144　显示演职员表字幕

第8章 影片编辑之音频音效

优秀的音乐与音效是一部现代成功影视作品中不可或缺的组成部分，在给观众带来视觉盛宴的同时，听觉上的享受也同等重要。会声会影X3的音频编辑功能非常强大：支持5.1环绕音效，可以在音频轨上通过控制音量调节线增减音量，可以控制左右声道的音量，可以通过音频滤镜制作特殊音效，还可以直接录制声音为影片人物重新配音等。

本章重点掌握内容：

- 掌握将音频素材添加到影片中的各种方法
- 掌握直接录制音频素材的方法
- 掌握添加与设置SmartSound音乐文件
- 掌握编辑音频素材的方法
- 掌握开启与关闭5.1环绕声效果的方法

8.1　将音频素材添加到影片中

在编辑影片时，会声会影X3可以直接从素材库中获得预先提供的音频素材，也可以从计算机硬盘或者CD中获得音频素材，甚至用户可以将自己喜欢的视频中的声音截取下来作为素材，并将这些音频素材添加至影片中。

8.1.1　使用音频素材库中的文件

会声会影X3的音频素材库中为用户预先准备了39种音乐或音效素材，在编辑影片时，用户可以通过右键菜单，将这些素添加到影片中，从而直接使用这些素材文件，具体的操作步骤如下。

进入"高级编辑"界面，插入视频素材"店小二.mpg"，如图8-1所示。单击"素材库导航栏"上的"音频"  按钮，打开"音频"素材库，如图8-2所示。右击素材库中需要添加的音频素材，在弹出的右键菜单中，选择"插入到"命令，然后弹出子菜单，选择"音乐轨 #1"，如图8-3所示。经过以上操作，完成将该音频素材插入到时间轴的"音乐轨 #1"上，如图8-4所示。

图8-2　打开"音频"素材库

图8-3　插入"音频"素材库中的素材

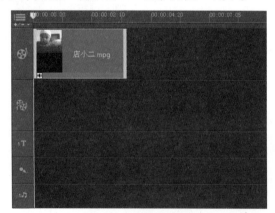

图8-1　插入视频素材

图8-4　显示插入的音频素材

8.1.2　使用硬盘中的音频文件

通过会声会影X3，可以直接将计算机硬盘中保存的音乐或者音效文件添加至正在编辑的影片中。具体的操作步骤如下。

进入"高级编辑"界面，插入视频素材"独轮车.mpg"，如图8-5所示。右击时间轴中的空白处，在弹出菜单中选择"插入音频",然后弹出子菜单,选择"到音乐轨 #1"选项,如图8-6所示。弹出"打开音频文件"对话框,选中需要插入的音频文件,然后单击"打开"按钮,如图8-7所示。最后返回"高级编辑"界面,完成将计算机硬盘中的音频文件添加至影片中,时间轴显示插入的音频文件,如图8-8所示。

图8-7 选择音频素材

图8-5 插入视频素材

图8-6 插入音频素材至音乐轨

图8-8 显示插入的音频素材

8.1.3 从CD导入音频文件

会声会影X3还可以从音乐CD中获取音频素材文件,并压缩为其他格式文件,供影片编辑所用。具体的操作步骤如下。

进入"高级编辑"界面,插入视频素材"餐桌.mpg",如图8-9所示。单击"素材库导航栏"上的"音频"按钮,打开"音频"素材库,然后单击素材库上的"选项"按钮,打开"音乐和声音"面板,接着单击"从音频CD导入"按钮,如图8-10所示。弹出"转存CD音频"对话框,在CD歌曲列表框中选中需要的歌曲,接着单击"输出文件夹"文本框右侧的"浏览"按钮,如

图8-11所示。弹出"浏览文件夹"对话框,选择输出文件夹后,单击"确定"按钮,如图8-12所示。返回"转存CD音频"对话框,打开"质量"下拉列表,选择"自定义"选项,接着单击右侧的"选项"按钮,如图8-13所示。弹出"音频保存选项"对话框,单击"格式"下拉列表,选择MPEG Audio Layer3,然后单击"确定"按钮,如图8-14所示。

图8-9　插入视频素材

图8-10　单击"从音频CD导入"按钮

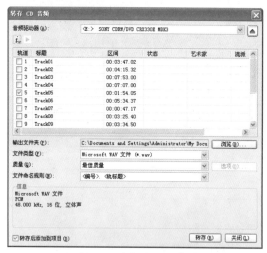

图8-11　选择需要的素材

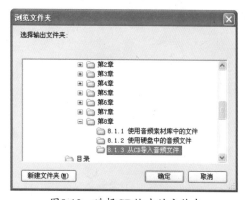

图8-12　选择CD输出的文件夹

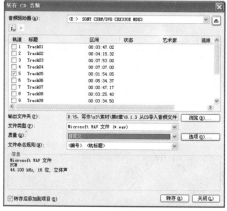

图8-13　选择自定义质量

图8-14　设置压缩编码

再次返回"转存CD音频"对话框，完成设置"输出文件夹"和"质量"，单击"转存"按钮，如图8-15所示。然后在被选择的CD音乐素材的"状态列"上，出现转存进度条，如图8-16所示。转存完毕之后，"状态"栏显示"完成"，最后单击"关闭"按钮，如图8-17所示。返回"高级编辑"界面，CD音乐素材被自动添加至"音频"素材库和时间轴的"音乐轨 #1"上，完成从CD导入音乐素材，如图8-18所示。

图8-15　单击"转存"按钮

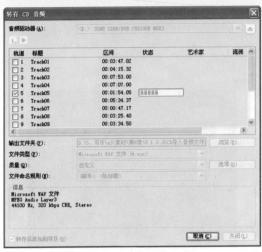

图8-16 显示转存进度

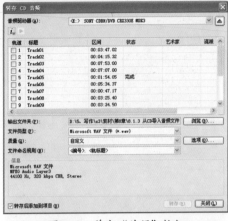

图8-17 单击"关闭"按钮

图8-18 显示导入的CD音频素材

8.1.4 从视频文件中分离出音频素材

用户可以从一部视频素材中获取其音频部分，并保存至素材库，以便于其他项目使用。实现该功能的具体操作步骤如下。

进入"高级编辑"界面，插入视频素材"三节棍.mpg"，如图8-19所示。插入视频素材之后，默认打开"媒体"素材库中的"视频"库，单击素材库上的"选项"按钮，打开"视频"面板，然后单击"分割音频"按钮，如图8-20所示。此时，该素材的视频与音频部分被分割开，分割开的音频部分默认在时间轴的"声音轨"上，如图8-21所示。右击"声音轨"上的音频部分，在弹出的菜单中选择"复制"命令，如图8-22所示。然后右击"音频"素材库的空白处，在弹出的菜单中，选择"粘贴"命令，如图8-23所示。经过以上操作，即将视频素材中的音频部分保存至"音频"素材库，如图8-24所示。

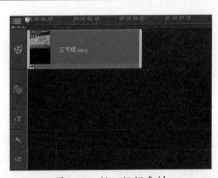

图8-19 插入视频素材

图8-20 单击"分割音频"按钮

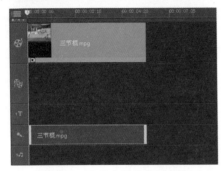

图8-21　显示分割的音频部分

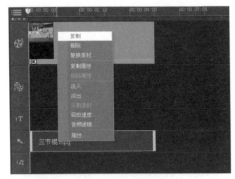

图8-22　复制音频素材

图8-23　粘贴音频素材

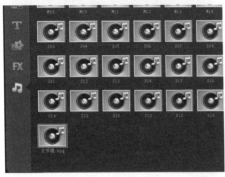

图8-24　保存音频部分

【实例8-1】为MTV文件更换背景音乐。

(1) 进入"高级编辑"界面，插入MTV文件，如图8-25所示。

(2) 右击"视频轨"上的MTV文件图标，在弹出菜单中，选择"分割音频"命令，如图8-26所示。

图8-25　插入MTV文件

图8-26　选择"分割音频"命令

(3) 然后MTV文件的视频与音频部分被分开，形成两个独立素材。右击"声音轨"上的音频素材图标，在弹出菜单中，执行"删除"命令，如图8-27所示。

(4) MTV文件的音频部分被删除之后，右击时间轴的空白处，在弹出的菜单中，选择"插入音频"命令，接着弹出子菜单，选择"到音乐轨#1"命令，如图8-28所示。

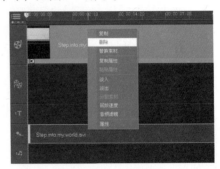

图8-27　删除音频部分

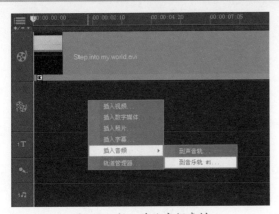

图8-28 插入其他音频素材

(5) 弹出"打开音频文件"对话框,选择需要的音频素材后,单击"打开"按钮,如图8-29所示。

(6) 经过以上操作,新的背景音乐就被插入"音乐轨 #1",完成对MTV文件背景音乐的更换,如图8-30所示。

图8-29 选择插入的音频素材

图8-30 完成更换背景音乐

8.2 使用麦克风录制音频素材

在会声会影X3中,用户可以通过麦克风等外部录音设备对影片进行录音,以获得影片所需的音乐或者音效。而在使用外录设备录音之前,需要先对计算机的录音控制进行设置。具体使用麦克风录制音频素材的操作步骤如下。

将外录音频设备与计算机正确连接之后,进入计算机操作系统的桌面,右击右下角任务栏"通知区域"中的"音量"图标,在弹出右键菜单中选择"打开音量控制"选项,如图8-31所示。弹出"音量控制"对话框,选择"选项"|"属性"命令,如图8-32所示。弹出"属性"对话框,在"调节音量"选项区域,选择

"录音"单选按钮,在"显示下列音量控制"列表框中,选中所有的复选框,单击"确定"按钮,如图8-33所示。弹出"录音控制"对话框,在所有录音设备中,选择"麦克风",并调节好合适的录音音量,最后单击对话框右上角的"关闭"按钮,完成录音控制设备的设置,如图8-34所示。

图8-31 打开音量控制

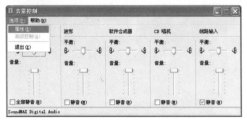

图8-32 选择"选项"|"属性"命令

图8-33 选择"录音"单选按钮

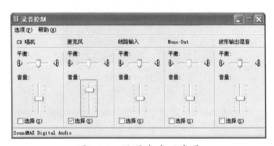

图8-34 设置麦克风音量

进入"高级编辑"界面，插入视频素材"焰火.mpg"，如图8-35所示。单击"素材库导航栏"上的"音频"按钮，打开"音频"素材库，然后单击素材库上的"选项"按钮，打开"音乐和声音"面板，最后单击"录制画外音"按钮，如图8-36所示。弹出"调整音量"对话框，此时可以使用麦克风测试录音的音量：如果无录音效果或者音量不合适，则按"取消"按钮，用户需重新对计算机音量中的"录音控制"进行设置；如果音量合适，则按"开始"按钮，软件开始录音，如图8-37所示。外部录音结束之后，单击"音乐和声音"面板中的"停止"按钮，如图8-38所示。经过以上操作，在时间轴的"声音轨"中，可以看到刚录制好的声音文件，如图

8-39所示。

图8-35 插入视频素材

图8-36 单击"录制画外音"按钮

图8-37 调整音量并开始录音

图8-38 单击"停止"按钮

图8-39 显示录制的音频素材

8.3 使用第三方音乐素材

会声会影X3软件还提供了第三方音乐素材，即SmartSound音乐素材。该素材库使用SmartSound Quicktracks专利技术，包括特有的多种SmartSound无版税音乐。用户也可以通过互联网在"SmartSound 商店"购买多种多样的第三方音乐，然后创作出专业级水平的影片配乐。

在会声会影X3"音频"属性面板的"自动音乐"中，可以使用和设置这些第三方的音乐素材，具体的操作步骤如下：

进入"高级编辑"界面，插入视频素材"三节棍.mpg"，如图8-40所示单击"素材库导航栏"上的"音频"按钮，打开"音频"素材库。然后单击素材库上的"选项"按钮，打开"音乐和声音"面板。切换至"自动音乐"面板，单击"范围"列表框，在弹出的下拉列表中选择"拥有的音乐"，确定第三方音乐素材的来源范围，如图8-41所示。单击"滤镜"列表框，在弹出的下拉列表中选择"作曲者"选项，如图8-42所示。接着"滤镜"列表框右侧的"子滤镜"列表中将自动列出所有作曲者，如图8-43所示。单击"音乐"列表框，在弹出的下拉列表中选择American Sunrise。单击"变化"列表框，选择Monument 5。单击"播放所选的音乐"按钮，可以回放当前所选的音乐。然后选中"自动修整"复选框，最后单击"添加到时间轴"按钮，如图8-44所示。经过以上操作，则将所选的第三方音乐添加至正在编辑的项目中，同时自动和视频素材长度保持一致，如图8-45所示。

图8-41 选择自动音乐的来源

图8-42 选择"作曲者" 图8-43 列出所有作曲者

图8-44 单击"添加到时间轴"按钮

图8-45 显示添加的第三方音乐素材

图8-40 插入视频素材

8.4 编辑音频素材

在会声会影X3中，将音乐或音频素材添加至项目文件以后，用户可以对这些音乐或音频素材的长度进行剪切，或者对其回放时间、音量大小、淡入淡出效果进行设置，还可以添加音频滤镜，产生更多的音频特效。

8.4.1 分割音频素材

当音频素材的长度过长，不符合影片需要时，可以通过高级编辑的不同视图模式或者预览窗口进行分割操作。

1. 通过时间轴分割音频素材

会声会影X3的3种视图模式，只有在时间轴视图和音频视图两种模式下可以对音频素材的长度进行分割，分割的操作方法一样，具体步骤如下。

进入"高级编辑"界面，在时间轴视图模式下，插入视频素材"独轮车.mpg"，插入音频素材overthere.mp3，如图8-46所示。为了让视频素材与音频素材在播放上能保持一致，需要对过长的音频素材进行分割操作。选中时间轴中的音频素材后，将鼠标光标移至时间轴上方的时间标尺，在需要分割的位置处单击，如图8-47所示。确定位置以后，右击时间轴中的音频素材，在弹出的右键菜单中选择"分割素材"命令，如图8-48所示。执行分割命令之后，原音频素材被分割为两个音乐文件，右击后面一个不需要的音乐片段，在弹出的右键菜单中选择"删除"命令，如图8-49所示。执行删除命令之后，音频素材的长度和视频素材长度保持一致，如图8-50所示。

图8-47 确定分割位置

图8-48 执行"分割素材"命令

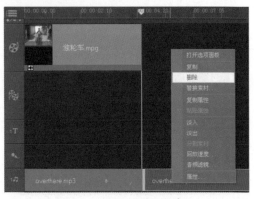

图8-49 执行"删除"命令

图8-46 插入视频和音频素材

图8-50 显示剪切后的效果

2. 通过预览窗口分割音频素材

会声会影X3也可以直接通过预览窗口将音频素材分割为多个段落，或者删除不需要的音频部分，重新制作符合要求的音乐文件。具体的操作步骤如下。

进入"高级编辑"界面，插入视频素材"旋转木马.mpg"和音频素材SweetDream.mpa，如图8-51所示。选中时间轴中的音频素材后，调整导览面板的"时间码"数值，设为"00:00:04:23"，接着单击"按照飞梭栏的位置分割素材"按钮 ✂，如图8-52所示。时间轴中音频素材被分割为两个音乐文件，右击后一个不需要的音乐文件，在弹出的右键菜单中选择"删除"命令，如图8-53所示。执行删除命令之后，音频素材的长度和视频素材长度保持一致，如图8-54所示。

图8-52 单击"按照飞梭栏分割素材"按钮

图8-53 执行"删除"命令

图8-51 插入视频和音频素材

图8-54 显示分割后效果

8.4.2 设置音频素材的回放速度

当音频的播放速度不符合影片需求而要更改时，可以通过调整音频素材的回放速度来实现，具体的操作步骤如下。

进入"高级编辑"界面，插入音频素材FarAwayFromHome.mpa，如图8-55所示。同时打开"音频"素材库，单击素材库上的"选项"按钮，打开"音乐和声音"面板，然后单击"回放速度"按钮，如图8-56所示。弹出"回放速度"对话框，可以直接在"速度"数值框中输入150，也可以通过滑动"速度"标尺上的滑块设置数值。单击"预览"按钮，可以对设置后的回放效果进行试听，最后单击"确定"按钮，如图8-57所示。返回"高级编辑"界面，可以看到时间轴的"音乐轨 #1"中的音频素材因"回放速度"变快，而使素材的长度被缩短了，如图8-58所示。

图8-56　单击"回放速度"按钮

图8-57　设置"速度"数值

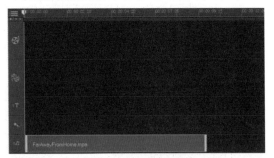

图8-55　插入音频素材

图8-58　显示回放速度加快后效果

8.4.3　设置音频素材的音量和淡入淡出效果

设置音频素材的音量和淡出淡出效果的操作方法基本一致，既可以在"时间轴视图"的"音乐和声音"面板上设置，也可以在"混音器视图"的"属性"面板上设置，具体的操作步骤如下。

进入"高级编辑"的"时间轴视图"界面，插入音频素材"蓝色夏威夷.wma"，如图8-59所示。同时打开"音频"素材库，单击素材库上的"选项"按钮，打开"音乐和声音"面板，单击"素材音量"数值框右侧的音量控制按钮，如图8-60所示。弹出音量控制指示器，可以上下滑动滑块，设置合适的音量，如图8-61所示。音量设置完毕，接着依次单击音量控制按钮右侧的

"淡入"与"淡出"按钮，即可实现音频素材的淡入淡出效果，再次单击按钮则取消效果，如图8-62所示。同样的，单击"工具栏"上的"混音器"按钮，如图8-63所示。打开"混音器视图"界面，同时打开选项面板，然后切换至"属性"面板，单击"素材音量"数值框右侧的音量控制按钮，在音量控制指示器上滑动滑块，设置音频素材的音量。单击"淡入"、"淡出"按钮设置音频素材的淡入淡出效果，如图8-64所示。

图8-59 插入音频素材

图8-60 单击素材音量控制按钮

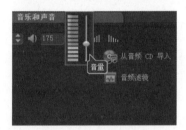

图8-61 设置音量

图8-62 设置淡入淡出效果

图8-63 单击"混音器"按钮

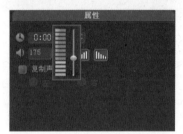

图8-64 设置音量和淡入淡出效果

8.4.4 添加和删除音频滤镜

音频滤镜包括NewBlue 干扰去除器、NewBlue减噪器、长回音、嗒声去除、等量化、放大、混响、删除噪音、声音降低、嘶声降低、体育场、音调偏移、音量级别等20种滤镜效果，用户可以为音频素材添加和设置一种或多种滤镜效果，也可以删除不需要的音频滤镜。具体的操作步骤如下。

进入"高级编辑"界面，插入音频素材TheMass.wma，如图8-65所示。同时打开"音频"素材库，然后单击素材库上的"选项"按钮，打开"音乐和声音"面板，单击"音频滤镜"按钮，如图8-66所示。弹出"音频滤镜"对话框，在"可用滤镜"列表框中，选择"声音降

低"滤镜，单击"添加"按钮，如图8-67所示。接着继续在"可用滤镜"列表框中，选择"体育场"滤镜，单击"添加"按钮，如图8-68所示。

图8-65 插入音频素材

图8-66　单击"音频滤镜"按钮

图8-67　添加"声音降低"滤镜

图8-68　添加"体育场"滤镜

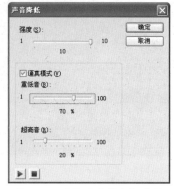

图8-70　设置"重低音"参数

图8-71　设置"超高音"参数

图8-72　单击"确定"按钮

添加完所需滤镜后，在"已用滤镜"列表框中，选择"声音降低"滤镜，单击"选项"按钮，如图8-69所示。弹出"声音降低"对话框，"强度"保持默认的10，选中"逼真模式"复选框，滑动"重低音"标尺上的滑块，使滑块处于70%的位置，如图8-70所示。接着滑动"超高音"标尺上的滑块，使滑块处于30%的位置。然后可以单击下方的播放按钮，预听滤镜效果，如效果不满意可以继续调整，最后单击"确定"按钮，如图8-71所示。返回"音频滤镜"对话框，单击"确定"按钮，如图8-72所示。

返回"高级编辑"界面，在"音乐轨 #1"的音频素材图标的左上角，有一滤镜标志，表示该音频素材应用了音频滤镜效果。如图8-73所示。最后单击导览面板上的"播放"按钮，即可播放设置滤镜效果后的音频素材。如需删除音频素材中某一种不需要的滤镜，则在"音乐和声音"面板中，单击"音频滤镜"按钮，在弹出的"音频滤镜"对话框中的"已用滤镜"列表框中，选择需要删除的滤镜，单击"删除"按钮即可，如图8-74所示。如需删除所有滤镜效果，则在"音频滤镜"对话框中，直接单击"全部删除"按钮即可，如图8-75所示。

图8-69　单击"选项"按钮

图8-73 音频素材上的滤镜标志

图8-74 删除"体育场"一种滤镜效果

图8-75 删除所有滤镜效果

【实例8-2】改变音频素材的发声,制作特殊人声效果。

(1) 进入"高级编辑"界面,插入视频素材"马.mpg",如图8-76所示。

(2) 在时间轴中,右击视频素材的图标,在弹出的右键菜单中选择"分割音频"命令,如图8-77所示。

(3) 然后该素材的视频与音频分成两部分,如

图8-78所示。

(4) 选中音频部分,单击素材库上的"选项"按钮,打开"音乐和声音"面板,接着单击"音频滤镜"按钮,如图8-79所示。

图8-76 插入视频素材

图8-77 分割音频

图8-78 素材分为视频与音频两部分

图8-79 单击"音频滤镜"对话框

(5) 弹出"音频滤镜"对话框,在"可用滤镜"列表框中,选择"音调偏移"滤镜,单击

"添加"按钮,如图8-80所示。

(6) 添加完滤镜后,在"已用滤镜"列表框中,选择"音调偏移"滤镜,单击"选项"按钮,如图8-81所示。

图8-80 添加音频滤镜

图8-81 单击"选项"按钮

(7) 弹出"音调偏移"对话框,滑动"半音调"标尺上的滑块,将值设为8,单击"确定"按钮,如图8-82所示。

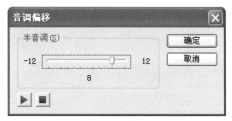

图8-82 设置"音调偏移"滤镜

(8) 返回"音频滤镜"对话框,接着单击"确定"按钮,返回"高级编辑"界面,单击导览面板上的"播放"按钮,即可听到特殊的人声效果。

8.5 启用与禁用5.1环绕声

在影片编辑时,会声会影X3可以为影片开启5.1环绕声,以模拟最真实的现场声音效果,给观众带来听觉上最强烈的震撼与冲击。具体的操作步骤如下。

进入"高级编辑"界面,插入音频素材Don'tGoAway.wma,如图8-83所示。选择"菜单栏"中的"设置"|"启用5.1 环绕声"命令,如图8-84所示。弹出Corel VideoStudio Pro提示框,单击"确定"按钮,如图8-85所示。返回"高级编辑"界面,单击工具栏上的"混音器"按钮,如图8-86所示。切换到"混音器"视图下,在"环绕混音"面板中,可以设置"中央"音量与"副低音"音量,如图8-87所示。也可以在播放音频素材时,通过移动 图标,实时设置环绕声效果,如图8-88所示。如需禁止环绕声时,可以再次选择"菜单栏"上的"设置"|"启用5.1环绕声"按钮,从而关闭5.1环绕声效果。

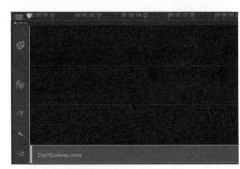

图8-83 插入音频素材

图8-84 执行"启用5.1环绕声"命令

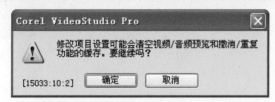

图8-85 Corel VideoStudio Pro提示框

图8-86 单击"混音器"按钮

图8-87 设置"中央"与"副低音"音量

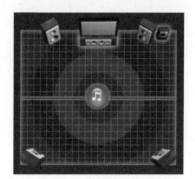

图8-88 设置环绕声效果

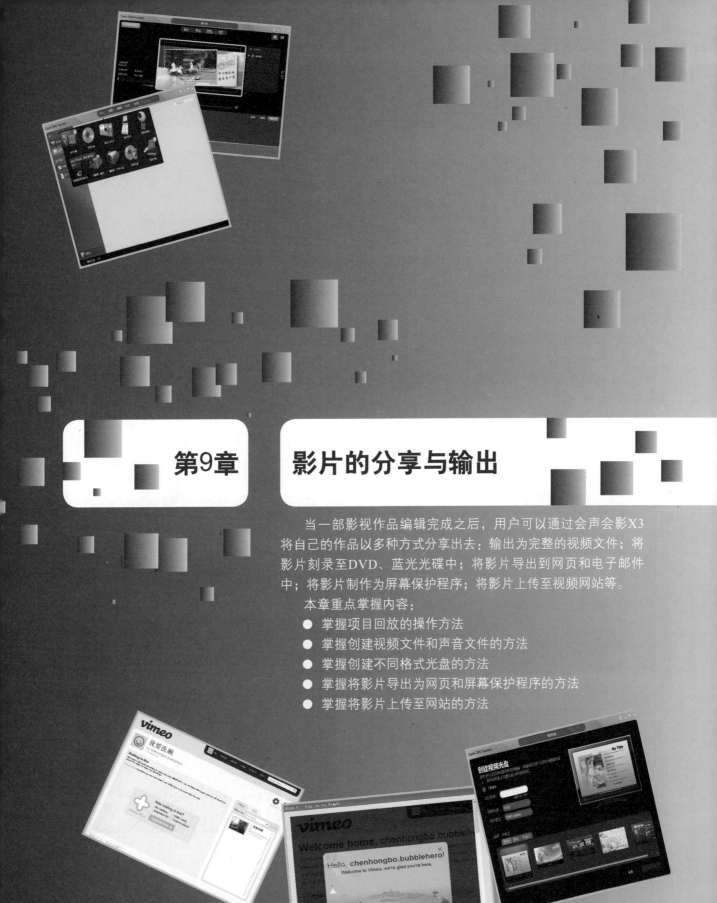

第9章　影片的分享与输出

当一部影视作品编辑完成之后，用户可以通过会声会影X3
将自己的作品以多种方式分享出去：输出为完整的视频文件；将
影片刻录至DVD、蓝光光碟中；将影片导出到网页和电子邮件
中；将影片制作为屏幕保护程序；将影片上传至视频网站等。

本章重点掌握内容：

- 掌握项目回放的操作方法
- 掌握创建视频文件和声音文件的方法
- 掌握创建不同格式光盘的方法
- 掌握将影片导出为网页和屏幕保护程序的方法
- 掌握将影片上传至网站的方法

9.1 项目回放

项目回放是以全屏幕的形式播放影片或视频素材，显示影片或视频素材的实际分辨率大小。同时，项目回放既可以回放整个项目，也可以回放所选片段。具体回放影片或视频素材的操作步骤如下。

进入"高级编辑"界面，插入视频素材"店小二.mpg"，如图9-1所示。单击"步骤栏"上的"3分享"选项卡，拖动导览面板上的"擦洗器"至需要回放部分的开始位置，单击"开始标记"按钮。接着继续拖动飞梭至回放部分的结束位置，单击"结束标记"按钮，如图9-2所示。设置需回放的部分之后，单击选项面板上的"项目回放"按钮，如图9-3所示。弹出"项目回放-选项"对话框，在"选取范围"分组框内，单击"预览范围"单选按钮，单击"完成"按钮，如图9-4所示。之后自动进入全屏幕模式，会声会影X3开始回放视频素材，如图9-5所示。

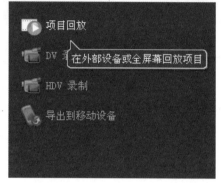

图9-3 单击"项目回放"按钮

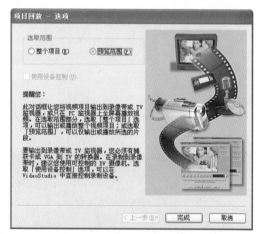

图9-4 单击"预览范围"单选按钮

图9-1 插入视频素材

图9-2 设置需回放的部分

图9-5 全屏幕回放模式

9.2 创建视频文件

影片编辑完毕，并且通过项目回放预览之后，用户可以将影片创建为视频文件保存。会声会影X3可以把影片保存为多种视频格式的文件，在创建这些格式的视频文件时，可以根据用户的需要采用不同的方法。

9.2.1 创建与项目设置相同的视频文件

"创建与项目设置相同的视频文件"是会声会影X3最基本的创建视频文件的方法，该功能创建的视频文件的基本属性和原始视频文件保持一致。

具体的操作步骤如下。

进入"高级编辑"界面，插入视频素材"焰火.mpg"，如图9-6所示。在导览面板上拖动"擦洗器"至需要的位置以后，单击"按照飞梭栏的位置分割素材" 按钮，如图9-7所示。视频素材被分割为两段，在时间轴中，右击后一视频片段，在弹出的右键菜单中，选择"删除"命令，对视频素材进行剪辑，如图9-8所示。单击"步骤栏"的"3 分享"选项卡，切换至"分享"界面。然后单击选项面板区域的"创建视频文件"按钮，如图9-9所示。在弹出菜单中，选择"与项目设置相同"命令，如图9-10所示。弹出"创建视频文件"对话框，进入保存视频文件的文件夹，在"文件名"文本框中输入要保存的文件名称，最后单击"保存"按钮，如图9-11所示。接着对程序进行渲染操作，并弹出渲染文件进度条，如图9-12所示。文件渲染完成后，进度条关闭，创建的视频文件自动保存至"视频"素材库，如图9-13所示。在进入保存视频文件的文件夹后，也可以找到创建后的视频文件，如图9-14所示。

图9-6 插入视频素材

图9-7 单击"按照飞梭栏的位置分割素材"按钮

图9-8 选择"删除"命令

图9-9　单击"创建视频文件"按钮

图9-10　选择"与项目设置相同"

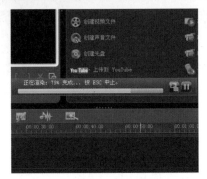

图9-12　渲染进度条

图9-13　保存至"视频"素材库

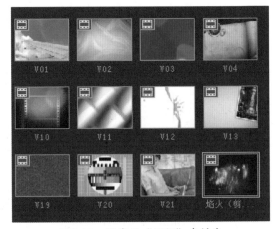

图9-11　创建视频文件

图9-14　保存至文件夹中

9.2.2　创建与第一个视频素材相同的视频文件

编辑影片过程中，当需要将多个不同属性的视频素材放在一个项目里编辑并最后生成视频文件时，使用该方法将自动按第一个视频素材的属性进行创建。具体的操作步骤如下。

进入"高级编辑"界面，先插入视频素材"顶花.mpg"，然后再插入视频素材"店小二.mpg"，如图9-15所示。单击"步骤栏"的"3 分享"选项卡，切换至"分享"界面。然后单击选项面板区域的"创建视频文件"按钮，如图9-16所示。在弹出的菜单中，选择"与第一个视频素材相同"命令，如图9-17所示。弹出"创建视频文件"对话框，进入保存视频文件的文件夹，在"文件名"文本框中输入要保存的文件名称，最后单击"保存"按钮，如图9-18所示。对程序进行渲染操作，并弹出渲染文件进度条。渲染完毕，创建的视频文件自动保存至"视频"素材库。进入保存视频的文件夹，用播放软件打开创建的视频文件后，可以看到创建的视频文件属性自动与第一个视频素材"顶花.mpg"的基本属性保持一致。

图9-17 选择"与第一个视频素材相同"

图9-15 插入视频素材

图9-16 单击"创建视频文件"按钮

图9-18 创建视频文件

9.2.3 使用MPEG优化器创建视频文件

　　MPEG优化器可以自动分析视频素材需要重新编码或重新渲染的片段，对视频素材用最合适的优化方式，创建体积最小而质量最高的视频文件，包括自动检测项目中更改的内容，并且仅渲染编辑过的片段，从而节省了时间。具体的使用步骤如下。

　　进入"高级编辑"界面，插入视频素材"餐桌.mpg"，如图9-19所示。单击"素材库导航栏"上的"标题"按钮，打开"标题"素材库，在预览窗口上双击并添加文字，如图9-20所示。单击"步骤栏"的"3 分享"选项卡，切换至"分享"界面。然后单击选项面板区域的"创建视频文件"按钮，在弹出的菜单中，选择"MPEG 优化器"命令，如图9-21所示。弹出"MPEG 优化器"对话框，显示原图和要重新编码的片段，单击"接受"按钮，如图9-22所示。然后弹出"创建视频文件"对话框，进入保存视频文件的文件夹，在"文件名"文本框中输入要保存的文件名称，最后单击"保存"按钮，如图9-23所示。单击"保存"按钮之后，弹出渲染文件进度条，进度条关闭，保存完成。返回"高级编辑"界面，创建的视频文件自动保存至"视频"素材库，进入保存视频文件的文件夹后，也可以找到创建后的视频文件，如图9-24所示。

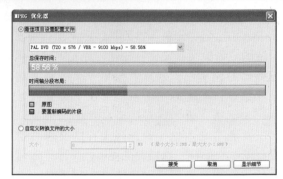

图9-22 弹出"MPEG优化器"对话框

图9-19 插入视频素材

图9-20 插入字幕

图9-23 创建视频文件

图9-21 选择"MPEG优化器"

图9-24 保存至文件夹中

9.2.4 创建预设格式的视频文件

在创建视频文件时，还可以使用会声会影X3预设的文件格式，包括DV、HDV、DVD、Blu-ray、AVCHD、WMV、MPEG-4、FLV几种格式，每种格式各有不同的参数设置。

本小节以创建MPEG-4格式的视频文件为例，具体说明创建预设格式视频文件的操作步骤。

进入"高级编辑"界面，插入视频素材"顶花.mpg"，如图9-25所示。单击"步骤栏"的"3 分享"选项卡，切换至"分享"界面。然后单击选项面板区域的"创建视频文件"按钮，在弹出的下拉菜单中，可以看到会声会影X3预设的多种格式，如图9-26所示。在预设格式中选择MPEG-4选项，弹出子菜单，选择PSP H.264选项，如图9-27所示。弹出"创建视频文件"对话框，进入保存视频文件的文件夹，在"文件名"文本框中输入要保存的文件名称。"属性"框显示当前预设格式的属性值。最后单击"保存"按钮，如图9-28所示。弹出渲染文件进度条，进度条结束则保存完成，如图9-29所示。返回"高级编辑"界面，创建的视频文件自动保存至"视频"素材库。进入保存视频文件的文件夹后，也可以找到创建后的视频文件，如图9-30所示。

图9-28 创建预设格式视频文件

图9-29 渲染进度条

图9-25 插入视频素材

图9-30 保存至文件夹中

图9-26 选择MPEG-4格式

图9-27 选择PSP H.264选项

9.2.5 创建自定义的视频文件

创建预设格式的视频文件时，软件已经预先定义好保存时的各项属性，用户只需直接使用即可。而创建自定义的视频文件，是指保存时候的各项属性不再由会声会影X3软件预先定义，而是交给用户自己去定义这些属性。

具体创建自定义视频文件的操作步骤如下。

进入"高级编辑"界面，插入视频素材"敲鼓.mpg"，如图9-31所示。单击"步骤栏"的"3 分享"选项卡，切换至"分享"界面。然后单击选项面板区域的"创建视频文件"按钮，在弹出的下拉菜单中，选择"自定义"命令，如图9-32所示。弹出"创建视频文件"对话框，进入保存视频文件的文件夹，单击"保存类型"下拉列表，选择"FLASH 文件 (*.flv)"格式，如图9-33所示。选择视频文件的保存类型后，单击"选项"按钮，如图9-34所示。弹出"视频保存选项"对话框，切换到"常规"选项卡，在"帧大小"分组框中，打开"标准"下拉列表，选择分辨率为640×480，然后单击"确定"按钮，如图9-35所示。返回"创建视频文件"对话框，在"文件名"文本框中输入要保存的文件名称，可以看到"保存选项"中自定义的属性值，最后单击"保存"按钮，如图9-36所示。弹出渲染文件进度条，进度条结束则保存完成，最后返回"高级编辑"界面，创建的视频文件自动保存至"视频"素材库，如图9-37所示。进入保存视频文件的文件夹后，也可以找到创建后的视频文件，如图9-38所示。

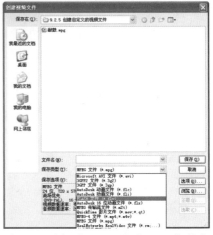

图9-33　选择"FLASH文件(*.flv)"格式

图9-31　插入视频素材

图9-34　单击"选项"按钮

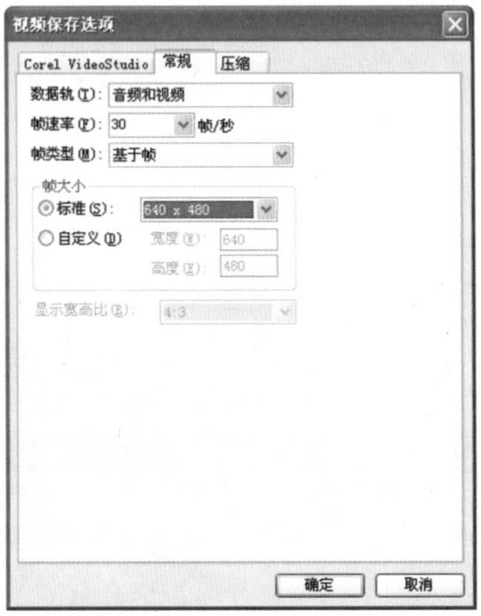

图9-32　选择"自定义"选项

图9-35　自定义分辨率

图9-36　保存自定义视频文件

图9-37　自动保存至视频素材库

图9-38　保存至文件夹中

9.3　创建声音文件

　　编辑完成的影片或者视频素材，除了可以创建为视频文件保存至计算机以外，会声会影X3还可以将这些影片或视频素材直接保存为声音文件，本节以一首MTV歌曲为例，说明如何通过会声会影X3将其转换为声音文件。

　　【实例9-1】将MTV歌曲转换为mp4音乐文件。

　　（1）进入"高级编辑"界面，插入MTV视频文件，如图9-39所示。

　　（2）单击"步骤栏"的"3 分享"选项卡，切换至"分享"界面。然后单击选项面板区域的"创建声音文件"按钮，如图9-40所示。

图9-39　插入MTV文件

图9-40　单击"创建声音文件"按钮

(3) 弹出"创建声音文件"对话框，单击"保存类型"下拉列表，选择"MPEG-4 音频文件(*.mp4)"类型，如图9-41所示。

(4) 在"保存选项"中显示"MPEG-4 音频文件"类型的预设属性，用户可以对该属性进行自定义设置，单击"选项"按钮，如图9-42所示。

图9-41 选择"MPEG-4 音频文件"类型

图9-42 单击"选项"按钮

(5) 弹出"音频保存选项"对话框，在Corel VideoStudio选项卡中，取消"创建后播放文件"复选框的选中状态，如图9-43所示。

(6) 切换至"压缩"选项卡，在"音频设置"分组框中，单击"音频频率"下拉列表，选择48000Hz。接着单击"音频位速率"下拉列表，选择256kbps，最后单击"确定"按钮，如图9-44所示。

图9-43 设置"Corel VideoStudio"选项卡

图9-44 设置"压缩"选项卡

(7) 自定义所需声音文件类型的属性后，返回"创建声音文件"对话框，在"文件名"文本框中输入要保存的文件名称，单击"保存"按钮，如图9-45所示。

(8) 弹出创建声音文件的渲染文件进度条，进度条关闭，创建音频文件完成，如图9-46所示。

图9-45 输入文件名

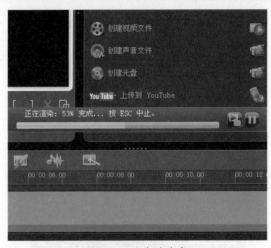

图9-46 渲染进度条

图9-47 自动保存至音频素材库

　　(9) 最后返回"高级编辑"界面，创建的音频文件自动保存至音频素材库，如图9-47所示。

　　(10) 单击预览面板上的"播放"按钮，或者用外部音频播放器，可以播放该音乐文件，如图9-48所示。

图9-48 外部播放器播放创建的声音文件

9.4 创建光盘

　　会声会影X3提供了最新的DVD Factory Pro 2010组件，用于将编辑好的影片或者视频素材刻录成多种格式的视频光盘，包括DVD、Blu-ray、AVCHD等。创建光盘不但可以起到备份影片及素材的作用，同时也是分享影片的一种好方法。

9.4.1 打开创建光盘页面

　　会声会影X3可以在"高级编辑"中的"分享"界面打开DVD Factory Pro 2010组件的"创建视频光盘"页面。具体的操作步骤如下。

　　进入"高级编辑"界面，插入已经编辑好的视频素材"游乐场.mpg"，如图9-49所示。单击"步骤栏"的"3 分享"选项卡，切换至"分享"界面，然后单击选项面板区域的"创建光盘"按钮，如图9-50所示。这时即可打开DVD Factory Pro 2010组件的"创建视频光盘"页面，如图9-51所示。

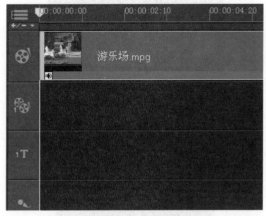

图9-49 插入视频素材

图9-50 单击"创建光盘"按钮

图9-51 打开"创建视频光盘"页面

9.4.2 选择格式与样式

打开"创建视频光盘"页面后，需要设置创建光盘的名称、刻录的格式与交互式菜单的样式。会声会影X3可以刻录的光盘种类分为DVD与Blu-ray光碟，每种光碟又能刻录不同的文件格式。然后可以选择"继承"或者"趣味"型的交互式菜单样式。

具体的操作步骤如下。

打开"创建视频光盘"页面，首先在"项目名称"文本框中输入名称"游乐场"，如图9-52所示。然后在"选取光盘"列表框中选择DVD，如图9-53所示。在"项目格式"中选择DVD-Video，如图9-54所示。在页面下方的"趣味"样式列表中，选择一个交互式菜单样式，如图9-55所示。最后单击"转到菜单编辑"按钮，进入下一步：自定义菜单，如图9-56所示。

图9-54 设置"项目格式"

图9-55 选择菜单样式

图9-52 输入"项目名称"

图9-53 设置"选取光盘"种类

图9-56 单击"转到菜单编辑"按钮

9.4.3　菜单编辑

进入"菜单编辑"界面后，用户可以根据需要，为DVD影片创建章节，为当前的菜单样式添加或修改文本、添加背景音乐、更改菜单风格、更改菜单转场、用图像装饰菜单、更改菜单背景，以及添加更多的视频图像素材等操作，完善影片的交互式菜单。

1. 创建章节

在创建光盘时，会声会影X3默认只为光盘设置了一个章节，此时用户可以通过"菜单编辑"中提供的功能，为光盘添加或者删除章节，具体的操作步骤如下：

进入"菜单编辑"主界面，单击页面上方的"创建章节"按钮，如图9-57所示。打开"创建章节"页面，单击"按场景或固定间隔自动添加章节"按钮，如图9-58所示。然后在页面右侧弹出"自动设置章节"对话框，选择"每个场景"单选按钮后，单击"确定"按钮，如图9-59所示。弹出设置章节进度条，然后添加章节完成，按场景分成了多个章节。最后单击"应用"按钮，如图9-60所示。返回"菜单编辑"主界面后，单击"未命名"文本框，可将其修改为需要的名称，如图9-61所示。

图9-58　单击"按场景或固定间隔自动添加章节"按钮

图9-59　"自动设置章节"对话框

图9-60　完成添加章节

图9-57　单击"创建章节"按钮

图9-61　修改章节名称

2. 设置文本

在"菜单编辑"界面中，用户可以修改当前菜单默认的文本内容，也可以添加新的文本内容，具体的操作步骤如下。

将鼠标移至需要修改的文本内容"游乐场"上时，出现一个虚线框，接着双击此虚线框，直接输入需要的文字，如图9-62所示。鼠标停留在文本内容上，会自动出现"字体设置"框，如图9-63所示。然后按需要对字体进行设置，设置后效果如图9-64所示。如果有需要，可以用同样的方法继续对其他文本进行设置。当需要添加新的文本时，可以单击"为当前菜单添加更多文本"按钮，如图9-65所示。接着在中间预览窗口中就会出现 "在此输入文字" 的新文本内容，如图9-66所示。用鼠标将其移动至合适位置，并双击修改为需要的文本内容和字体。当鼠标移至文本右上角红色圆环处，出现 $\circlearrowleft$ 形状的指针时，可以上下移动鼠标对文本内容的角度进行设置。完成以上设置后，新文本内容如图9-67所示。

图9-64　字体设置后效果

图9-65　单击"为当前菜单添加更多文本"按钮

图9-62　修改文本内容

图9-66　出现"在此输入文字"新文本内容

图9-63　"字体设置"框

图9-67　设置新文本内容

3. 更换背景音乐、菜单样式与菜单转场

如果用户对软件提供的背景音乐、菜单样

式、菜单转场并不满意时，可以自行更换其他的背景音乐、样式与转场效果。

● 更换背景音乐

在"菜单编辑"主界面的下方，切换至"配乐"选项卡，单击"更多音乐"按钮，如图9-68所示。打开"添加音乐"对话框，在音乐列表中，选择需要的音乐，然后单击"添加"按钮，如图9-69所示。返回"菜单编辑"的"配乐"选项卡，即可看到新添加的背景音乐，如图9-70所示。在背景音乐列表中，选中需要的音乐，然后单击"更改该音乐的声音轨"按钮，即可完成背景音乐的更换，如图9-71所示。

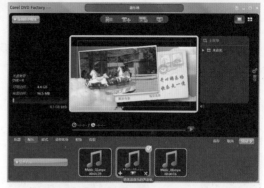

图9-71　更换新的背景音乐

图9-68　单击"更多音乐"按钮

● 更改菜单样式与转场

在"菜单编辑"主界面的下方，切换至"样式"选项卡，单击左侧的"样式"列表框，可以在弹出的下拉列表中选择"趣味"或者"继承"样式，如图9-72所示。然后在"样式"列表框的右侧，可以重新选择新的菜单样式。更改为新的菜单样式，则原先菜单样式的背景音乐、文字都将调整为新的菜单样式的默认设置，如图9-73所示。

图9-69　添加背景音乐

图9-72　样式列表框

图9-70　背景音乐列表

图9-73　选择其他菜单样式

● 更改菜单转场的操作步骤如下：

在"菜单编辑"主界面的下方，切换至"菜单转场"选项卡，单击左侧的"转场"列表框，在弹出的下拉列表中选择"进入效果"选项，保持"动画对象"复选框的选中状态，如图9-74所示。在"转场"列表框的右侧，可以重新选择新的菜单转场效果，如图9-75所示。

移至需要位置，如图9-79所示。

图9-76　单击"更多装饰"按钮

图9-74　转场列表框

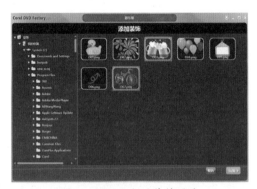

图9-77　添加新的装饰图片

图9-75　选择需要的菜单转场效果

4. 用图像装饰菜单

用户可以通过添加新的图像来装饰当前的菜单样式，使之更符合需要。具体的操作步骤如下。

在"菜单编辑"主界面的下方，切换至"装饰"选项卡，单击"更多装饰"按钮，如图9-76所示。打开"添加装饰"对话框，在图片列表中，选中需要的图片，然后单击"添加"按钮，如图9-77所示。返回"菜单编辑"的"装饰"选项卡，即可看到新添加的装饰图片。然后在装饰图片列表中，选中需要的图片，单击"应用媒体文件作为装饰"按钮，即可为菜单样式添加新的装饰图片，如图9-78所示。最后在"菜单编辑"主界面中间的预览窗口上，将新添加的装饰图片

图9-78　应用装饰图片

图9-79　调整装饰图片的位置

5. 更改菜单背景

每种预设的菜单样式，都有符合自己风格的背景图片，用户也可以根据自己的要求，重新添加或者更改这些菜单的背景图片。具体的操作步骤如下。

在"菜单编辑"主界面的下方，切换至"背景"选项卡，如图9-80所示。然后在"背景图片"列表中，选中其他图片即可完成更改当前菜单样式的背景。最后在"菜单编辑"主界面中间的预览窗口上显示出改变背景后的菜单样式，如图9-81所示。

图9-80　"背景"选项卡

图9-81　显示更改后的菜单背景

9.4.4　预览与刻录光盘

菜单样式设置完以后，可以先对菜单效果与光盘内容进行预览。预览结束后，在不需要修改的情况下，就可以直接刻录光盘。具体的操作步骤如下。

在"菜单编辑"主界面的上方，单击"在家庭播放器中预览光盘"按钮，如图9-82所示。然后进入预览界面，菜单样式自动进行预览，如图9-83所示。预览无误后，则可以单击"刻录"按钮，进行光盘的刻录，如图9-84所示。最后进入"刻录"界面，显示刻录进度，如图9-85所示。刻录完成以后，提示刻录成功。

图9-82　单击"在家庭播放器中预览光盘"按钮

图9-83　自动进行预览

图9-84 单击"刻录"按钮

图9-85 显示刻录进度

9.4.5 创建光盘镜像文件

用户在创建光盘时,除了刻录成各类格式的光碟以外,也可以先将编辑好的影片保存为一个光盘镜像文件,等以后需要时再刻录成光碟。

【实例9-2】使用DVD Factory Pro 2010组件,制作光盘镜像文件。

(1) 进入Windows系统桌面,双击桌面上的Corel VideoStudio Pro X3图标,打开会声会影X3的启动画面,然后单击"刻录"按钮,如图9-86所示。

(2) 打开Corel DVD Factory 2010组件的主界面,如图9-87所示。

(3) 将鼠标移至Corel DVD Factory 2010组件主界面上方的"导入"按钮,自动弹出可导入的设备列表,然后单击"我的电脑"按钮,如图9-88所示。

(4) 打开"我的电脑"对话框,找到需要制作成光盘镜像文件的影片位置,选中文件夹前的复选框,然后单击"开始"按钮,如图9-89所示。

图9-86 单击"刻录"按钮

图9-88 单击"我的电脑"按钮

图9-87 Corel DVD Factory 2010主界面

图9-89 单击"开始"按钮

(5) 返回Corel DVD Factory 2010主界面，可以看到影片素材已经被导入Corel DVD Factory 2010组件，如图9-90所示。

(6) 然后将鼠标移至Corel DVD Factory 2010组件主界面上方的"创建"按钮，在弹出的命令列表中，选择"备份光盘"命令，如图9-91所示。

图9-90　导入素材

图9-91　选择"备份光盘"命令

(7) 将影片素材拖至Corel DVD Factory 2010组件下方的空白列中，如果有多个素材只需依次拖入即可，然后单击"转到设置"按钮，如图9-92所示。

图9-92　单击"转到设置"按钮

(8) 进入"刻录"界面，将鼠标移至右侧中间的"设置"按钮上，弹出"设置"对话框，然后选中"创建光盘镜像"复选框，如图9-93所示。

图9-93　选中"创建光盘镜像"复选框

(9) 最后单击"刻录"按钮，即开始创建光盘镜像，如图9-94所示。

(10) 在创建光盘镜像的进度条结束之后，在默认保存镜像文件的文件夹中，可以找到创建好的镜像文件，如图9-95所示。

图9-94　单击"刻录"按钮

图9-95　创建完成的光盘镜像文件

9.5 导出影片

会声会影X3可以将制作好的各类素材导出到不同的媒体中去，其中包括将素材文件导出到网页、将素材文件导出到电子邮件、将素材文件制作成屏幕保护程序，用户可以根据实际需要选择合适的媒体导出影片。

9.5.1 导出到网页

通过会声会影X3的导出功能，可以将素材文件导出到网页中，实现在网页中观看影片。具体的操作步骤如下。

进入"高级编辑"界面，插入视频素材"独轮车.mpg"，如图9-96所示。选择"菜单栏"的"文件"|"导出"命令，在弹出的子列表中，选择"网页"命令，如图9-97所示。弹出"网页"提示框，提示是否使用"Microsoft's ActiveMovie控制设备"，单击"是"按钮，如图9-98所示。弹出"浏览"对话框，选择网页要保存的位置，然后在"文件名"文本框输入要保存的文件名称，单击"确定"按钮，如图9-99所示。这时自动弹出浏览器窗口，单击"为了有利于保护安全性……"的黄色区域，在弹出的菜单中选择"允许阻止的内容"选场，如图9-100所示。然后弹出"安全警告"提示框，提示是否允许此文件活动，单击"是"按钮，如图9-101所示。经过以上操作，网页内容被打开，在浏览器窗口中显示视频文件播放器，然后单击"播放"按钮，即可播放素材文件，如图9-102所示。在文件的保存文件夹中，可以找到同样名称的网页文件，如图9-103所示。

图9-97　选择导出到"网页"

图9-98　网页提示框

图9-99　设定保存位置与名称

图9-96　插入视频素材

图9-100　选择"允许阻止的内容"选项

图9-101 显示安全警告

图9-103 导出网页的保存位置

图9-102 显示导出的网页内容

9.5.2 导出到电子邮件

会声会影X3还可以使用Outlook Express软件将制作好的素材文件通过互联网发送给其他用户。具体的操作步骤如下。

进入"高级编辑"界面,插入视频素材后,选择"菜单栏"的"文件"|"导出"命令,在弹出的子列表中,选择"电子邮件"命令,如图9-104所示。用户如果没有设置好Outlook Express软件,则弹出"Internet 连接向导"对话框,在"显示名"文本框中输入在电子邮件中显示的名称,然后单击"下一步"按钮,如图9-105所示。进入"Internet 电子邮件地址"对话框,在"电子邮件地址"文本框中输入自己的邮件地址,然后单击"下一步"按钮,如图9-106所示。进入"电子邮件服务器名"对话框,分别在"接收邮件服务器"和"发送邮件服务器"文本框中输入相关内容,然后单击"下一步"按钮,如图9-107所示。进入"Internet Mail 登录"对话框,分别输入"账户名"和"密码",然后单击"下一步"按钮,如图9-108所示。进入"祝贺您"对话框,完成对Outlook Express软件的设置,如图9-109所示。弹出"新邮件"窗口,需要导出的素材文件已经作为附件被添加到电子邮件中。然后分别

输入"收件人"地址和邮件"主题",最后单击"发送"按钮,如图9-110所示。Outlook Express开始发送邮件,发送成功后,自动保存至"已发送邮件"文件夹中,如图9-111所示。

图9-104 选择导出到"电子邮件"

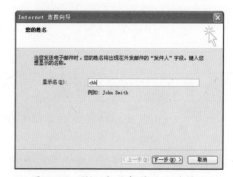

图9-105 输入电子邮件显示的姓名

213

图9-106　输入电子邮件地址

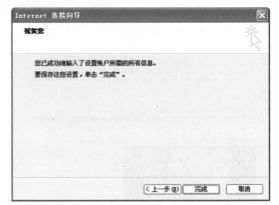

图9-109　完成电子邮件账户设置

图9-107　输入电子邮件服务器铭

图9-110　发送邮件

图9-108　输入账户名和密码

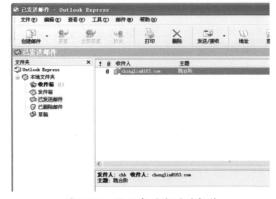

图9-111　显示成功发送的邮件

9.5.3　导出为屏幕保护程序

　　会声会影X3可以将编辑好的影片制作成为屏幕保护程序，但是在制作之前，必须将影片的格式转换为WMV格式。具体的操作步骤如下。

　　进入"高级编辑"界面，插入视频素材"小溪.mpg"，如图9-112所示。单击"步骤栏"的"3 分享"选项卡，切换至"分享"界面。然后单击选项面板区域的"创建视频文件"按钮，在弹出的下拉

菜单中，可以看到会声会影X3预设的多种格式，选择WMV选项，如图9-113所示。弹出子菜单，然后选择WMV HD 720 25p选项，如图9-114所示。弹出"创建视频文件"对话框，进入保存视频文件的文件夹，在"文件名"文本框中输入要保存的文件名称，单击"保存"按钮，如图9-115所示。然后对程序开始进行渲染，编辑器界面中显示渲染的进度，如图9-116所示。渲染完毕，则创建的视频文件自动保存至"视频"素材库，如图9-117所示。在素材库中选中"小溪.wmv"文件，然后选择"菜单栏"的"文件"|"导出"命令，在弹出的子列表中，选择"影片屏幕保护"命令，如图9-118所示。弹出"显示 属性"对话框，在"屏幕保护程序"选项卡的预览窗口中显示刚刚导出的视频文件，最后单击"确定"按钮，如图9-119所示。当等待时间到后，系统自动进入屏幕保护程序状态。

图9-115 保存视频文件

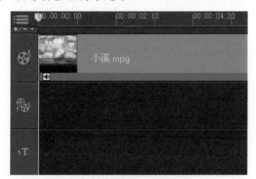

图9-112 插入视频素材

图9-116 渲染进度条

图9-113 选择WMV格式

图9-114 选择WMV HD 720 25p选项

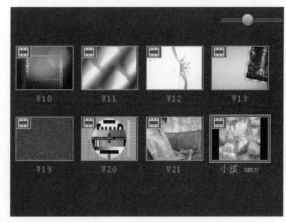

图9-117 转换为wmv格式文件

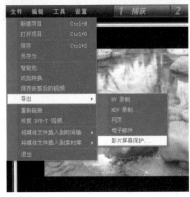

图9-118 选择导出到"影片屏幕保护"

图9-119 设置屏幕保护程序

9.6 上传影片

会声会影X3软件和互联网联系得更加紧密，提供了多种在线分享视频和照片的功能，其中包括在YouTube、Vimeo、Facebook、Flickr网站上分享视频或者照片，和通过Gmail邮件系统向亲朋好友发送视频或者照片的功能。

【实例9-3】使用会声会影X3向Vimeo网站上传视频文件。

(1) 进入"高级编辑"界面，单击"步骤栏"的"3 分享"选项卡，切换至"分享"界面，然后单击选项面板区域的"上传到Vimeo"按钮，如图9-120所示。

(2) 在弹出的菜单中，选择"浏览要上传的文件"命令，如图9-121所示。

 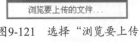

图9-120 单击"上传到 图9-121 选择"浏览要上传
Vimeo"按钮 的文件"

(3) 弹出"打开视频文件"对话框，选中需要上传的文件以后，单击"打开"按钮，如图9-122所示。

(4) 弹出Step 1- Log in to Vimeo对话框的Log In页面，如果用户并没有Vimeo的账户密码，则需要注册，单击Join Vimeo超链接，如图9-123

所示。

图9-122 打开需要上传的视频文件

图9-123 单击Join Vimeo超链接

(5) 弹出Join Vimeo页面，单击页面中间的Basic图片，如图9-124所示。

(6) 弹出注册页面，分别在First & Last Name(用户名)、Email(邮件地址)、Password(密码)3个文本框中输入相应的内容，然后选中I understand and agree with Vimeo Terms of Service复选框，最后单击Join Vimeo按钮，如图9-125所示。

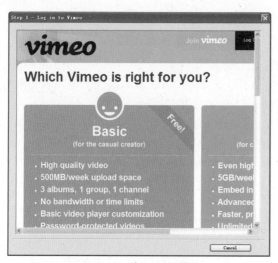

图9-124　单击Basic图片

图9-125　输入用户注册信息

(7) 经过短暂的等待之后，弹出欢迎提示，如图9-126所示。

(8) 关闭欢迎提示，单击upload a video超链接，如图9-127所示。

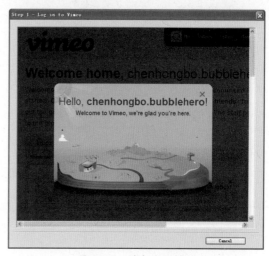

图9-126　弹出欢迎提示

图9-127　单击upload a video超链接

(9) 然后自动返回第(4)步骤的Log In页面，分别在E-mail和Password文本框中输入注册的邮件地址和密码后，单击Log In按钮，如图9-128所示。

(10) 弹出Authorization Requested页面，提示是否允许会声会影X3上传视频文件至用户的Vimeo账户，单击"Yes，authorize this app!"按钮，如图9-129所示。

图9-128　登录Vimeo

图9-131　显示上传进度

（13）进度条到底之后，文件上传完成，单击Done按钮，如图9-132所示。

（14）最后自动弹出Vimeo网页，在网页中可以看到刚刚上传的视频文件，如图9-133所示。

图9-129　允许会声会影X3上传文件

（11）弹出Step 2-Describe your video对话框，分别在Title(主题)、Description(描述)文本框中输入相应的内容，然后单击Upload按钮，如图9-130所示。

图9-132　上传完成

图9-130　描述上传的文件

（12）弹出Step 3-Uploading file对话框，显示上传的文件信息和上传进度，如图9-131所示。

图9-133　查看上传的视频

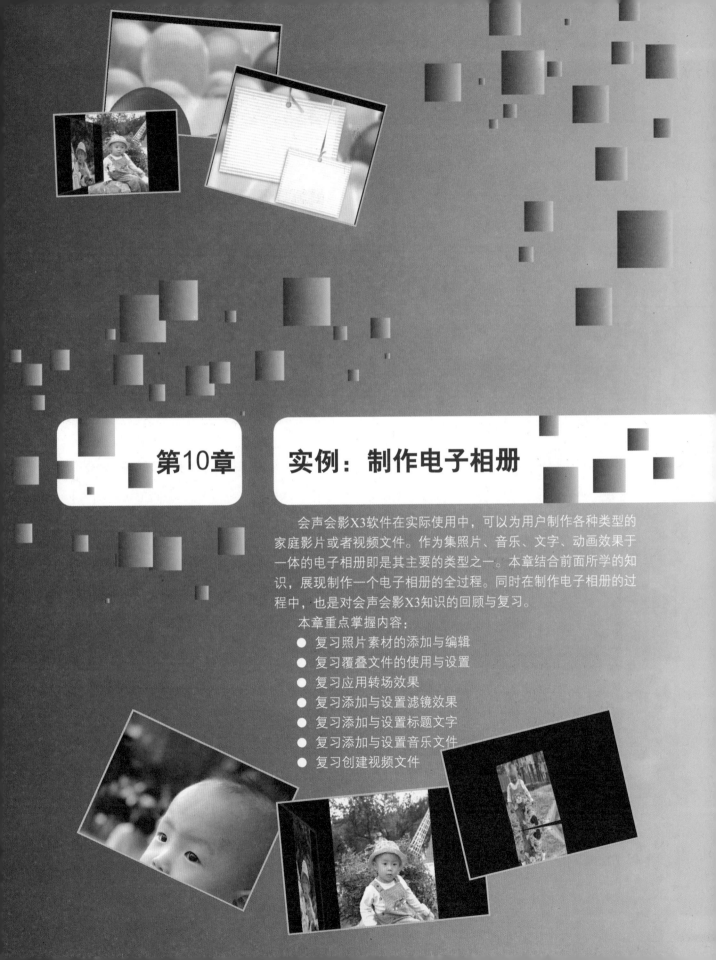

第10章 实例：制作电子相册

会声会影X3软件在实际使用中，可以为用户制作各种类型的家庭影片或者视频文件。作为集照片、音乐、文字、动画效果于一体的电子相册即是其主要的类型之一。本章结合前面所学的知识，展现制作一个电子相册的全过程。同时在制作电子相册的过程中，也是对会声会影X3知识的回顾与复习。

本章重点掌握内容：

- 复习照片素材的添加与编辑
- 复习覆叠文件的使用与设置
- 复习应用转场效果
- 复习添加与设置滤镜效果
- 复习添加与设置标题文字
- 复习添加与设置音乐文件
- 复习创建视频文件

10.1 准备工作

确定项目主题之后，需要做好一定的准备工作，如素材的整理、项目文件的建立与编辑环境的设置等。具体的准备工作操作步骤如下。

(1) 进入Windows系统，双击"我的电脑"，进入相应文件夹，将准备制作电子相册的照片素材整理至本项目的特定文件夹，如图10-1所示。

(2) 然后在桌面上双击Corel VideoStudio Pro X3图标，进入会声会影X3的"高级编辑"界面，如图10-2所示。

图10-1 整理照片素材

图10-2 进入"高级编辑"界面

(3) 选择菜单栏中的"文件"|"保存"命令，如图10-3所示。

(4) 弹出"另存为"对话框，进入本项目的特定文件夹，在"文件名"文本框中输入文件名称

"电子相册"后，单击"保存"按钮，如图10-4所示。

图10-3 选择"保存"命令

图10-4 新建项目文件

(5) 完成对项目文件的建立后，选择菜单栏中的"设置"|"参数选择"命令，如图10-5所示。

(6) 弹出"参数选择"对话框，在"常规"选项卡中，选中"项目"选项区域内的"自动保存项目间隔"复选框，然后在右侧的数值框中输入4，最后单击"确定"按钮，如图10-6所示。

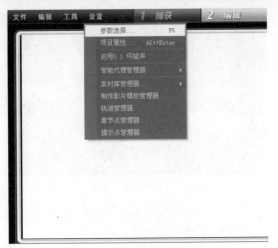

图10-5 选择"参数选择"命令

图10-6 设置自动保存时间

(7) 经过以上操作，完成了对电子相册的基本准备工作，包括所需照片素材的整理、电子相册项目文件的建立、项目的自动保存时间间隔，从而便于下面项目编辑工作的开展。

10.2 制作片头

准备工作完成之后，就可以进入正式项目的制作，在开始主体内容之前，可以先为电子相册做一个片头。具体的操作步骤如下。

(1) 进入"高级编辑"界面，在时间轴视图下，从默认打开的"媒体"素材库中的"视频"库中，选中V14视频素材，将其拖至时间轴中，如图10-7所示。

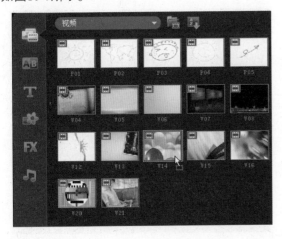

图10-7 在时间轴中插入V14视频素材

(2) 右击时间轴的空白处，在弹出的快捷菜单中，选择"轨道管理器"命令，如图10-8所示。

(3) 弹出"轨道管理器"对话框，选中"覆叠轨 #2"复选框，然后单击"确定"按钮，如图10-9所示。

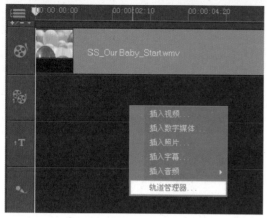

图10-8 选择"轨道管理器"命令

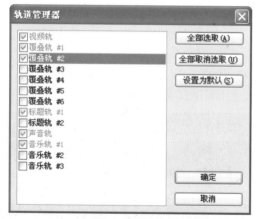

图10-9 选中"覆叠轨 #2"复选框

(4)返回"高级编辑"界面,单击"媒体"素材库的"画廊"列表框,在弹出的下拉列表中选择"照片"素材库,如图10-10所示。

(5)然后右击打开"照片"素材库的空白处,在弹出的快捷菜单中,选择"插入照片"命令,如图10-11所示。

图10-10 打开"照片"素材库

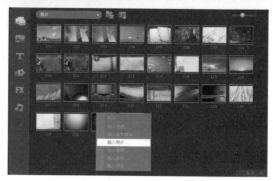

图10-11 选择"插入照片"命令

(6)打开"浏览照片"对话框,进入照片保存文件夹,选中需要的照片,然后单击"打开"按钮,如图10-12所示。

(7)返回"高级编辑"界面,"照片"素材库中就新增加了刚才插入的照片素材,如图10-13所示。

图10-12 选中需要的照片

图10-13 照片插入素材库

(8) 然后选中刚刚插入的照片之一"照片 (5).jpg"，将其拖入时间轴上的"覆叠轨 #1"中，如图10-14所示。

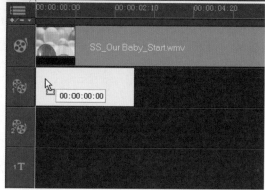

图10-14 将照片素材插入"覆叠轨 #1"

(9) 按照同样的方法，将另一张照片素材"照片 (26).jpg"插入"覆叠轨 #2"中，如图10-15所示。

(10) 选中"覆叠轨 #1"上的"照片 (5).jpg"素材文件图标，将其拖动至目标位置，如图10-16所示。

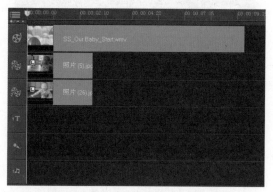

图10-15 照片素材插入"覆叠轨 #2"

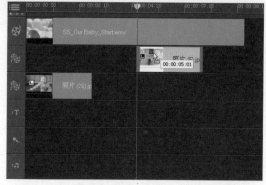

图10-16 将第一张照片素材移至需要的位置

(11) 然后在预览窗口上，将鼠标光标移动至右上角黄色方块处，当指针变为↖形状时，拖动鼠标，直至覆叠素材画面大小达到需求，释放鼠标，如图10-17所示。

(12) 接着将鼠标光标依次指向四个角的黄色方块中的绿色部分，当指针变为形状时，拖动鼠标，当画面的变化达到用户需求时，释放鼠标，即可改变覆叠素材的形状，如图10-18所示。

图10-17 改变覆叠素材的大小

图10-18 改变覆叠素材的形状

（13）单击素材库上的"选项"按钮，打开覆叠素材的"属性"面板，单击"淡入动画效果"按钮，如图10-19所示。

（14）然后单击"属性"面板上的"遮罩和色度键"按钮，如图10-20所示。

（15）打开"遮罩和色度键"面板，选中"应用覆叠选项"复选框，然后单击"类型"右侧的列表框，在弹出的下拉列表中，选择"遮罩帧"选项，如图10-21所示。

（16）接着在右侧的遮罩帧列表框中，选择需要的预设遮罩帧类型，如图10-22所示。

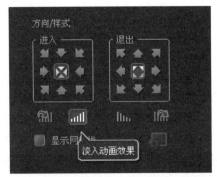

图10-19　单击"淡入动画效果"按钮

图10-20　单击"遮罩和色度键"按钮

图10-21　选择"遮罩帧"选项

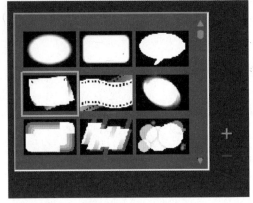

图10-22　选择遮罩帧类型

（17）在预览窗口上对覆叠素材的位置做适当的调整。重复步骤(10)～步骤(16)的过程，对"覆叠轨 #2"上的"照片 (26).jpg"进行相同的操作，完成片头部分覆叠素材的设置，如图10-23所示。

（18）然后在时间轴上，选中"视频轨"上的视频素材，如图10-24所示。

图10-23　完成设置覆叠素材

图10-24　选中视频轨上的视频素材

（19）将鼠标光标指向视频素材右侧边缘的黄色区域，当鼠标指针变为↔形状时，向左拖动至与覆叠素材右侧对齐，然后释放鼠标，如图10-25

所示。

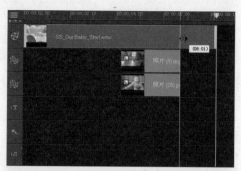

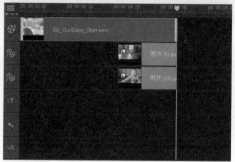

图10-25 调整视频素材长度

(20) 这样就完成对片头部分的制作，单击导览面板上的"播放"按钮，可以先对片头进行预览，如图10-26所示。

图10-26 预览片头

10.3 添加照片

电子相册的片头制作完毕，就需要添加相册的主体——"照片"了。而在添加好照片之后，用户还可以对照片的前后顺序或者色彩进行简单的调整。具体的操作步骤如下。

(1) 预览片头之后，切换至"故事板视图"界面，然后右击时间轴的空白处，在弹出的菜单中选择"插入照片"命令，如图10-27所示。

(2) 弹出"浏览照片"对话框，进入照片保存文件夹，选择需要添加的照片，然后单击"打开"按钮，如图10-28所示。

(3) 照片添加完成，如果有需要调整位置的照片，则首先在时间轴中选中该照片素材，如图10-29所示。

(4) 然后将该照片素材拖动至目标位置，再释放鼠标，如图10-30所示。

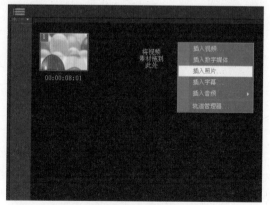

图10-27 选择"插入照片"命令

图10-28　添加需要的照片

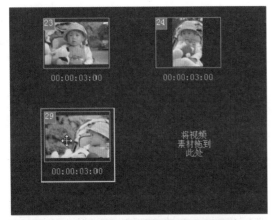

图10-29　选中需调整位置的照片素材

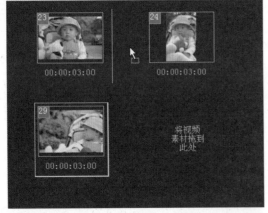

图10-30　拖至目标位置

(5) 则完成了对照片素材位置的调整，调整后的位置，如图10-31所示。按照同样的方法，将其他需要调整位置的照片都移动至合适的位置。

(6) 接着如果有需要调整色彩的照片，则在时间轴中选中该照片素材，如图10-32所示。

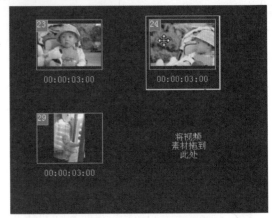

图10-31　调整后的位置

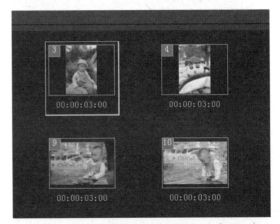

图10-32　选中需调整色彩的照片素材

(7) 然后单击素材库上的"选项"按钮，打开选项面板，如图10-33所示。

(8) 打开"照片"选项面板后，单击"色彩校正"按钮，如图10-34所示。

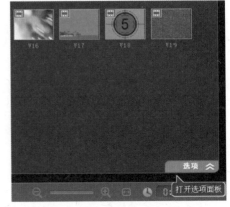

图10-33　单击素材的"选项"按钮

图10-34 单击"色彩校正"按钮

(9) 打开"色彩校正"选项面板，选中"白平衡"复选框，设置为"自动"；选中"自动调整色调"复选框；然后滑动"亮度"标尺，将数值设为22；滑动"对比度"标尺，数值设为18，如图10-35所示。

图10-35 调整照片色彩

(10) 该照片素材在调整色彩之后，前后对比如图10-36所示。那么按照同样的方法，可以将其他需要调整色彩的照片都进行调整，直至满意为止。

图10-36 照片素材调整色彩的前后对比

10.4 添加滤镜效果

为电子相册添加完照片素材，同时对某些照片进行了必要的色彩调整之后，为了让相册更加精彩，可以对照片素材进行添加滤镜效果的操作。具体的步骤如下。

(1) 在"故事板视图"的时间轴中，选中需要特殊效果的照片素材，如图10-37所示。

(2) 然后右击该照片素材，在弹出的右键菜单中，选择"自动摇动和缩放"命令，如图10-38所示。

图10-37 选中照片素材

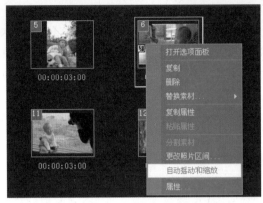

图10-38 选择"自动摇动和缩放"命令

(3) 然后程序自动对该照片素材设置"摇动和缩放"效果，设置完成之后，可以单击导览面板的"播放"按钮，对自动设置的效果进行预览，如图10-39所示。

图10-39 程序自动设置的"摇动和缩放"效果

(4) 如果对程序自动设置的"摇动和缩放"效果并不满意，用户可以自行设置"摇动和缩放"效果。在时间轴选中需要的照片素材，如图10-40所示。

所示。

(5) 然后单击素材库上的"选项"按钮，打开"照片"选项面板，在"重新采样选项"下，选中"摇动和缩放"单选按钮，然后单击"自定义"按钮，如图10-41所示。

(6) 弹出"摇动和缩放"对话框，在"原图"区域内可以看到一个红色的十字形状十，将其拖动至需要的位置，设置缩放的起始位置，如图10-42所示。

(7) 然后将鼠标指向虚线右上角的黄色控制点，指针变为双箭头形状↗，向内拖动鼠标，设置起始画面的大小，如图10-43所示。

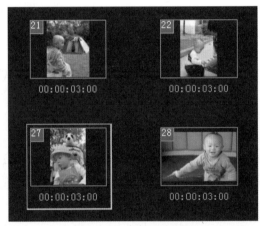

图10-40 选中照片素材

图10-41 单击"自定义"按钮

图10-42 设置缩放画面的起始位置

图10-43 设置缩放画面的起始大小

(8) 接着将鼠标指向"原图"区域内的第二个十字形状，将其拖至需要的位置，设置缩放的终止位置，如图10-44所示。

(9) 同样的，将鼠标指向虚线上的黄色控制点，拖动鼠标，设置画面的终止大小，如图10-45所示。

图10-44 设置缩放画面的终止位置

图10-45 设置缩放画面的终止大小

(10) 设置起始和终止画面之后，单击选项卡的"确定"按钮，然后返回"高级编辑"界面，单击导览面板上的"播放"按钮，可以预览自定义的"摇动和缩放"效果，如图10-46所示。

图10-46 预览自定义的"摇动和缩放"效果

(11) 然后可以为其他照片素材添加"滤镜"素材库中的各类滤镜效果。在素材库导航栏上，单击"滤镜"按钮 ，打开"滤镜"素材库，如图10-47所示。

（12）单击"滤镜"素材库上的"画廊"列表框，在弹出的下拉列表中，选择"相机镜头"滤镜库，如图10-48所示。

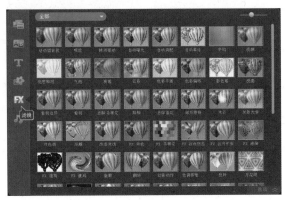

图10-47　打开"滤镜"素材库

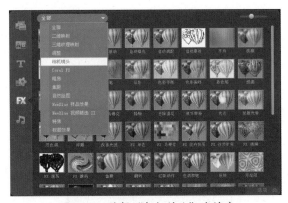

图10-48　选择"相机镜头"滤镜库

（13）打开"相机镜头"滤镜库，选中需要的滤镜效果"镜头闪光"，将其拖动至需要的照片素材上，如图10-49所示。

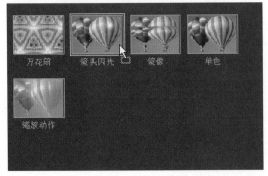

图10-49　添加"镜头闪光"滤镜

图10-49　（续）

（14）然后单击素材库上的"选项"按钮，打开"滤镜"选项面板，单击"自定义滤镜"按钮，如图10-50所示。

（15）弹出"镜头闪光"对话框，在"原图"区域内，鼠标指向十字形状，将其移动至目标位置，如图10-51所示。

图10-50　单击"自定义滤镜"按钮

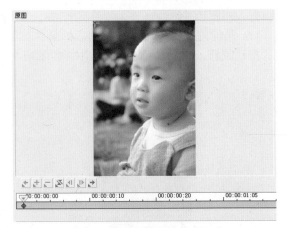

图10-51　设置镜头闪光的位置

（16）设置首尾两个关键帧的参数：保持"镜头类型"列表框中原有参数"35mm 主要"不变；滑动"亮度"标尺，将数值设置为127；滑动"大小"标尺，数值设置为65；滑动"额外强度"标尺，数值设置为183，如图10-52所示。

图10-52　设置"镜头闪光"滤镜参数

(17) 单击"光线色彩"后的颜色框，如图10-53所示。

(18) 弹出"Corel 色彩选取器"，设置颜色为R：255、G：200、B：255，然后单击"确定"按钮，如图10-54所示。

(19) 最后选中"静止"复选框，如图10-55所示。

(20) 滤镜设置完毕之后，单击"镜头闪光"对话框上的"确定"按钮。返回"高级编辑"界面，单击导览面板上的"播放"按钮，可以预览添加"镜头闪光"滤镜后的照片效果，如图10-56所示。

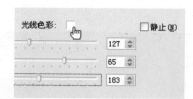

图10-53　单击"光线色彩"颜色框

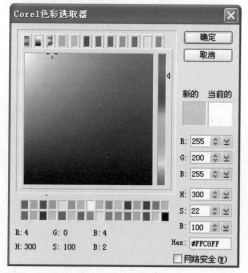

图10-54　设置光线色彩

图10-55　选中"静止"复选框

图10-56　预览"镜头闪光"滤镜效果

(21) 然后可以继续为其他素材，添加"滤镜"素材库中的各类滤镜效果。单击"滤镜"素材库的"画廊"列表框，在弹出的下拉列表中选择"暗房"滤镜库，如图10-57所示。

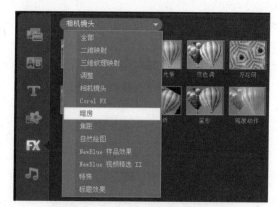

图10-57　打开"暗房"滤镜库

(22) 打开"暗房"滤镜库后，选中需使用的滤镜"肖像画"，将其拖动至需要的照片素材上，如图10-58所示。

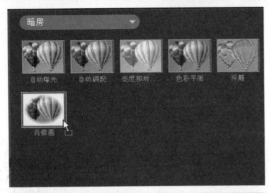

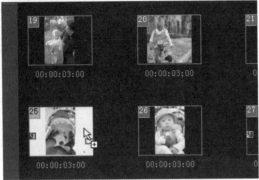

图10-58　添加"肖像画"滤镜

(23) 然后单击素材库上的"选项"按钮，打开"滤镜"选项面板，单击"自定义滤镜"按钮，如图10-59所示。

(24) 弹出"肖像画"对话框，在滤镜参数设置区域内，单击"形状"列表框，在下拉列表中选择"矩形"选项；滑动"柔和度"标尺，将数值设置为50，如图10-60所示。

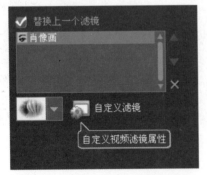

图10-59　单击"自定义滤镜"按钮

| 镂空罩色彩： | □ | 形状(S)： | 矩形 | ⌄ |
| 柔和度(Q) (1..100)： | ────────── | | 50 | ⌄ |

图10-60　设置"肖像画"滤镜参数

(25) 单击对话框的"确定"按钮，返回"高级编辑"界面，然后单击导览面板的"播放"按钮，可以预览添加"肖像画"滤镜后的照片效果，如图10-61所示。

(26) 单击"滤镜"素材库的"画廊"列表框，在弹出的下拉列表中选择"NewBlue 样品效果"滤镜库，如图10-62所示。

(27) 打开"NewBlue 样品效果"滤镜库后，选中需使用的滤镜"水彩"，将其拖动至需要的照片素材上，如图10-63所示。

图10-61　预览"肖像画"滤镜效果

图10-62　打开"NewBlue 样品效果"滤镜库

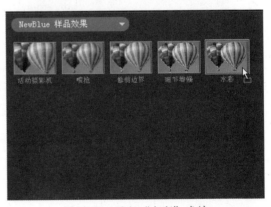

图10-63　添加"水彩"滤镜

图10-63 （续）

（28）然后单击素材库上的"选项"按钮，打开"滤镜"选项面板，单击"自定义滤镜"按钮，如图10-64所示。

（29）弹出"NewBlue 水彩"对话框，在下方的预设效果列表框中，选择"绘制的照片"预设效果，如图10-65所示。

图10-64 单击"自定义滤镜"按钮

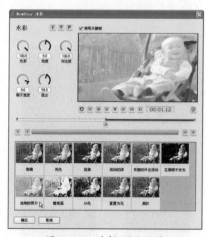

图10-65 选择预设效果

（30）然后对预设滤镜效果进行微调：取消"使用关键帧"复选框听选中状态；滑动"混合"环形标尺，将数值设置为21.5；滑动"刷子宽度"环形标尺，数值设为5.8；其他参数保持不

变，如图10-66所示。

（31）参数调整之后，单击对话框下方的"确定"按钮，返回"高级编辑"界面，单击导览面板上的"播放"按钮，可以预览添加"水彩"滤镜后的照片效果，如图10-67所示。

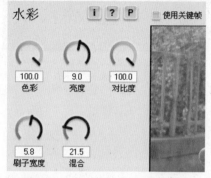

图10-66 设置"水彩"滤镜参数

图10-67 预览"水彩"滤镜效果

（32）单击"滤镜"素材库的"画廊"列表框，在弹出的下拉列表中选择"NewBlue 视频精选II"滤镜库，如图10-68所示。

（33）打开"NewBlue视频精选II"滤镜库后，选中需使用的滤镜"画中画"，如图10-69所示。

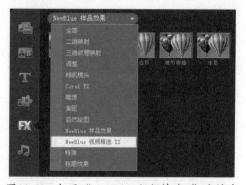

图10-68 打开"NewBlue 视频精选II"滤镜库

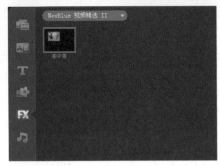

图10-69　选中"画中画"滤镜

（34）将"画中画"滤镜拖至照片素材上，然后释放鼠标，如图10-70所示。

（35）单击素材库上的"选项"按钮，打开"滤镜"选项面板，单击"自定义滤镜"按钮，如图10-71所示。

（36）弹出"NewBlue 画中画"对话框，在下方的预设效果列表框中，选择"柔和的倒影"，如图10-72所示。

（37）然后对预设滤镜效果进行微调：在"图片"选项区域内，滑动"旋转 Y"环形标尺，将数值设置为46；滑动"旋转 Z"环形标尺，数值设为3.0，如图10-73所示。

图10-70　添加"画中画"滤镜

图10-71　单击"自定义滤镜"按钮

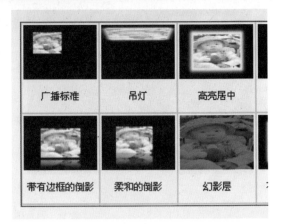

图10-72　选择预设效果

图10-73　设置"画中画"滤镜参数

（38）参数设置之后，单击对话框的"确定"按钮，返回"高级编辑"界面，然后单击导览面板上的"播放"按钮，预览添加"画中画"滤镜后的照片效果，如图10-74所示。

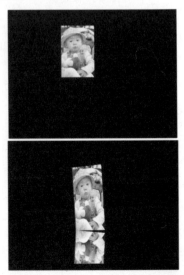

图10-74　预览"画中画"滤镜效果

图10-74 （续）

(39) 结合以上操作，用户可以为电子相册中其他需要添加滤镜效果的照片素材，都添加合适的滤镜效果。

10.5 添加转场效果

在照片素材添加完滤镜效果之后，为了让相册在浏览时更加生动，为了让照片之间衔接得更加自然，用户可以在照片之间添加转场效果。本例添加与设置转场效果的具体操作步骤如下。

(1) 在"高级编辑"界面下，单击素材库导航栏上的"转场"按钮 AB，打开"转场"素材库，如图10-75所示。

(2) 单击"转场"素材库上的"画廊"列表框，在弹出的下拉列表中，选择"三维"转场库，如图10-76所示。

图10-75 打开"转场"素材库

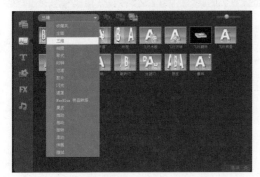

图10-76 选择"三维"转场库

(3) 打开"三维"转场库后，选中需要的"门"转场效果，将其拖动至两个照片素材之间的灰色方框上，如图10-77所示。

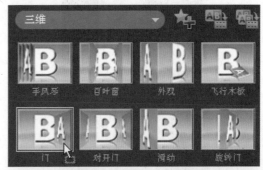

图10-77 添加"门"转场效果

(4) 单击素材库上的"选项"按钮，选项面板切换为"门"转场效果的设置界面；将"边框"数值框中的数字设置为1；单击"色彩"颜色块，在弹出颜色列表中，选择合适的颜色；将"柔化边缘"设置为"强柔化边缘"；将"方向"设置为"由右到左"，如图10-78所示。

(5) 设置完转场效果参数之后，单击导览面板上的"播放"按钮，可以预览该转场效果，如图

10-79所示。

图10-78 设置"门"转场效果参数

图10-79 预览"门"转场效果

(6) 然后单击"转场"素材库上的"画廊"列表框，在弹出的下拉列表中，选择"时钟"转场库，如图10-80所示。

(7) 在"时钟"转场库中，拖动需要的"单向"转场效果，如图10-81所示。

图10-80 打开"时钟"转场库

图10-81 选中"单向"转场效果

(8) 将"单向"转场拖动至两个照片素材之间的灰色方框上，然后释放鼠标，如图10-82所示。

(9) 单击素材库上的"选项"按钮，选项面板切换为"单向"转场效果的设置界面，如图10-83所示。

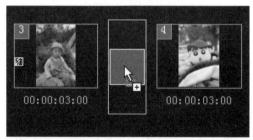

图10-82 添加"单向"转场

图10-83 转场设置界面

(10) 设置"边框"数值框为1，然后单击"色彩"颜色框，弹出颜色列表，选择"Corel 色彩选取器"，如图10-84所示。

(11) 在"Corel 色彩选取器"对话框中设置RGB颜色值为R：255、G：127、B：124，然后单击"确定"按钮，如图10-85所示。

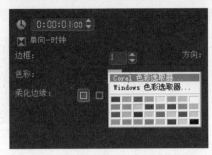

图10-84 选择"Corel 色彩选取器"

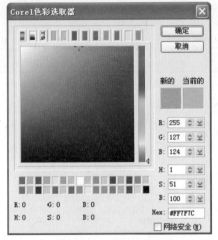

图10-85 设置颜色值

(12) 然后将"柔化边缘"设置为"弱柔化边缘"，如图10-86所示。

(13) 将"方向"设置为"从右边清除"，如图10-87所示。

图10-86 设置"柔化边缘"

图10-87 设置"方向"

(14) 设置完转场效果参数之后，单击导览面板上的"播放"按钮，可以预览该转场效果，如图10-88所示。

图10-88 预览"单向"转场效果

(15) 然后单击"转场"素材库上的"画廊"列表框，在弹出的下拉列表中，选择"NewBlue样品转场"转场库，如图10-89所示。

(16) 在"NewBlue 样品转场"转场库中，拖动需要的"3D 彩屑"转场效果，如图10-90所示。

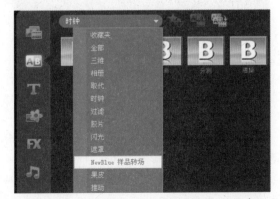

图10-89 打开"NewBlue 样品转场"转场库

图10-90 选中"3D 彩屑"转场效果

（17）将"3D 彩屑"转场拖动至两个照片素材之间的灰色方框上，然后释放鼠标，如图10-91所示。

（18）单击素材库上的"选项"按钮，选项面板切换为"单向"转场效果的设置界面，然后单击"自定义"按钮，如图10-92所示。

图10-91 添加"3D 彩屑"转场

图10-92 单击"自定义"按钮

（19）弹出"NewBlue 3D 彩屑"对话框，选中"显示实际来源"复选框，在下方的预设效果列表框中，选择"向北吹"预设效果，如图10-93所示。

（20）然后对预设的转场效果进行微调：滑动"列"环形标尺，设置为10；滑动"行"环形标尺，设置为8；"方向"参数不变，如图10-94所示。

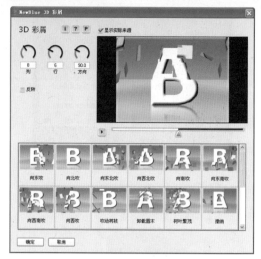

图10-93 选择预设效果

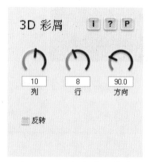

图10-94 设置转场参数

（21）单击对话框上的"确定"按钮以后，返回"高级编辑"界面，然后单击导览面板上的"播放"按钮，可以预览添加的转场效果，如图10-95所示。

图10-95 预览"3D 彩屑"转场效果

图10-95 （续）

10.6 添加文字

在制作电子相册时，可以为相册增加一些文字内容，对相册的主题、人物等进行说明。本例添加文字内容的具体步骤如下。

(1) 在"高级编辑"界面下，单击素材库导航栏上的"图形"按钮，打开"图形"素材库，如图10-96所示。

(2) 在"图形"素材库中的"色彩"库中，选中第一个"黑色"色彩对象，如图10-97所示。

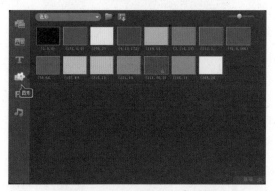

图10-96 打开"图形"素材库

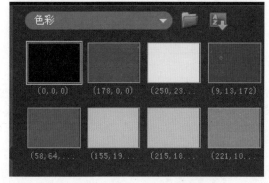

图10-97 选中"黑色"色彩对象

(22) 按照以上的操作，可以在相册中其他照片素材之间，添加合适的转场效果。

(3) 将"黑色"色彩对象拖至时间轴上，第一个素材与第二个素材之间，释放鼠标，如图10-98所示。

(4) 切换至"时间轴视图"界面，单击素材库导航栏上的"标题"按钮，预览窗口显示"双击这里可以添加标题"的字样，然后输入需要的文字内容，如图10-99所示。

图10-98 添加"黑色"色彩对象

图10-99 输入文字内容

（5）选中添加的文字后，单击"编辑"面板上的"字体"列表框，在弹出的下拉列表中，选择需要的字体，如图10-100所示。

（6）单击"字体大小"右侧列表框，在弹出的下拉列表中，选择合适的字体大小60，如图10-101所示。

图10-100　设置文字字体

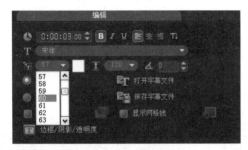

图10-101　设置文字大小

（7）然后选中"编辑"面板中的"文字背景"复选框，单击"自定义文字背景的属性"按钮，如图10-102所示。

（8）弹出"文字背景"对话框，在"背景类型"中选择"单色背景栏"单选按钮；在"色彩设置"中选择"渐变"单选按钮；"透明度"设置为60，然后单击"确定"按钮，如图10-103所示。

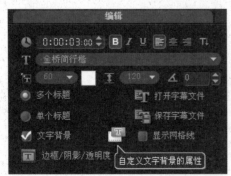

图10-102　单击"自定义文字背景属性"按钮

图10-103　设置文字背景

（9）单击"编辑"面板中的"边框/阴影/透明度"按钮，如图10-104所示。

（10）弹出"边框/阴影/透明度"对话框，切换至"边框"选项卡；选中"外部边界"复选框，设置"边框宽度"为1.0，设置"柔化边缘"为1，如图10-105所示。

图10-104　单击"边框/阴影/透明度"按钮

图10-105　设置边框宽度与边缘

（11）然后单击"线条色彩"颜色框，在弹出的颜色列表中，选择"Corel 色彩选取器"选项，如图10-106所示。

（12）弹出"Corel 色彩选取器"对话框，设置RGB颜色值为R：0、G：136、B：0，然后单击"确定"按钮，如图10-107所示。

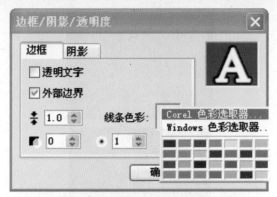

图10-106 选择"Corel 色彩选取器"选项

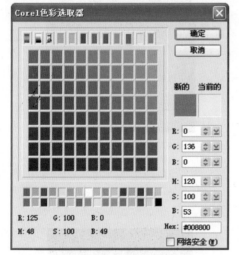

图10-107 设置颜色值

(13)"线条色彩"设置以后，颜色如图10-108所示。

(14)切换至"阴影"选项卡，单击"下垂阴影"按钮，然后单击"下垂阴影色彩"颜色框，选择需要的颜色后，单击"确定"按钮，如图10-109所示。

图10-108 设置边框颜色

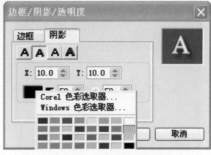

图10-109 设置阴影属性

(15)经过以上操作，"编辑"面板上所需的字体属性设置完成，此时的文字效果，如图10-110所示。

(16)将选项面板切换至"属性"面板：选择"动画"单选按钮，然后选中"应用"复选框，接着再单击"动画类型"列表框，在弹出的下拉列表中，选择"飞行"动画类型，如图10-111所示。

(17)选择"飞行"动画类型后，在下方的预设效果列表框中，选择需要的预设效果，如图10-112所示。

(18)然后单击"自定义动画属性"按钮，如图10-113所示。

图10-110 显示静态文字效果

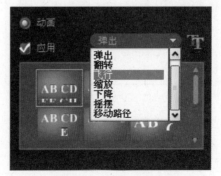

图10-111 选择动画类型

图10-112 选择预设动画效果

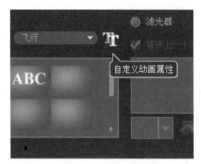

图10-113 单击"自定动画属性"按钮

(19) 弹出"飞行动画"对话框,单击"暂停"列表框,在弹出的下拉列表中,选择"中等"选项,如图10-114所示。

(20) "飞行动画"对话框中的其他参数保持不变,单击"确定"按钮,如图10-115所示。

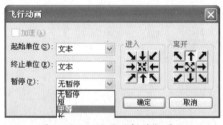

图10-114 设置"暂停"属性

图10-115 单击"确定"按钮

(21) 经过设置,最后返回"高级编辑"界面,单击导览面板上的"播放"按钮,可以预览设置后的文字效果,如图10-116所示。

图10-116 预览文字内容

(22) 按照上述同样的操作,在电子相册的结尾处,也添加上必要的文字内容,效果如图10-117所示。

图10-117 片尾处文字

10.7 添加背景音乐

为了让电子相册更加生动与有趣，获得良好的视听效果，用户可以为相册添加和设置背景音乐，具体的操作步骤如下。

（1）在"高级编辑"界面的"时间轴视图"下，右击时间轴的空白处，在弹出菜单中，选择"插入音频"选项，然后弹出子菜单，选择"到音乐轨 #1"命令，如图10-118所示。

（2）弹出"打开音频文件"对话框，选择需要的音乐素材后，单击"打开"按钮，如图10-119所示。

（3）返回"高级编辑"界面，"音乐轨 #1"上插入音频素材，然后拖动时间轴标尺上的滑块，将其拖动至相册的结尾处，如图10-120所示。

（4）右击"音乐轨 #1"上的音乐文件，在弹出的菜单中，选择"分割素材"命令，如图10-121所示。

（5）"音乐轨 #1"上的音乐文件就被分割为两部分，右击不需要的部分，在弹出的菜单中，选择"删除"命令，如图10-122所示。

（6）然后选中需要的音乐文件，单击素材库上的"选项"按钮，打开"音乐和声音"选项面板，依次单击"淡入"和"淡出"按钮，如图10-123所示。

图10-119 选择需要的音频文件

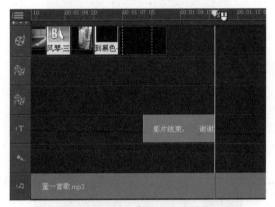

图10-120 拖动标尺至结尾处

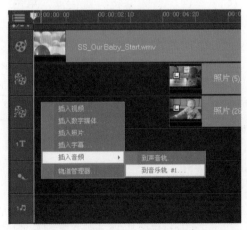

图10-118 选择"插入音频"命令

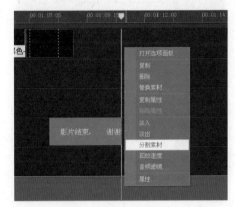

图10-121 选择"分割素材"命令

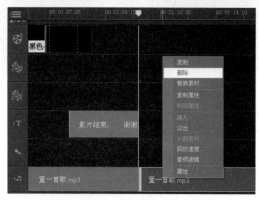

图10-122　删除多余音频部分

图10-123　单击"淡入"与"淡出"按钮

(7) 接着单击"音乐和声音"面板上的"音频滤镜"按钮,如图10-124所示。

(8) 弹出"音频滤镜"对话框,选中左侧"可用滤镜"列表中的"NewBlue 音频润色"滤镜,然后单击"添加"按钮,如图10-125所示。

图10-124　单击"音频滤镜"按钮

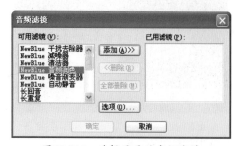

图10-125　选择需要的音频滤镜

(9) 右侧"已用滤镜"列表框则被加入所需的音频滤镜,单击"选项"按钮,如图10-126所示。

(10) 弹出NewBlue Audio Polish对话框,可以对滤镜提供的4个参数进行设置,然后单击"播放"按钮,对设置后的声音效果进行试听,直至满意,最后单击"确定"按钮,如图10-127所示。

图10-126　单击"选项"按钮

图10-127　设置音频滤镜参数

(11) 返回"音频滤镜"对话框,单击"确定"按钮,如图10-128所示。

(12) 然后返回"高级编辑"界面,选择"菜单栏"中的"设置"|"启用5.1环绕声"命令,如图10-129所示。

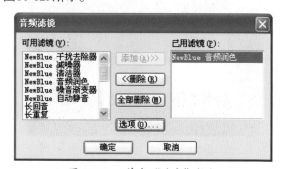

图10-128　单击"确定"按钮

图10-129 启用5.1环绕声

(13) 弹出Corel VideoStudio Pro提示框，提示可能会清空缓存，单击"确定"按钮，如图10-130所示。

(14) 然后单击"工具栏"上的"混音器"按钮，如图10-131所示。

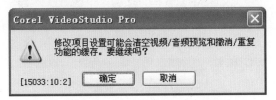

图10-130 确定启用5.1环绕声

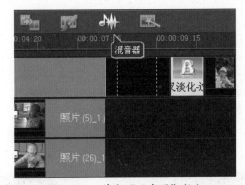

图10-131 单击"混音器"按钮

(15) 进入"混音器视图"界面，选中音乐素材，将鼠标光标指向开头处的控制点，向右拖动鼠标至需要的位置后，释放鼠标，完成设置淡入的时间长度，如图10-132所示。

(16) 同样的，将鼠标光标指向结尾处的控制点，向左拖动鼠标至需要的位置后，释放鼠标，完成设置淡出的时间长度，如图10-133所示。

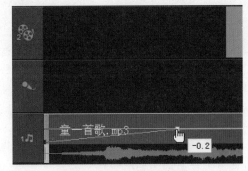

图10-132 设置淡入时长

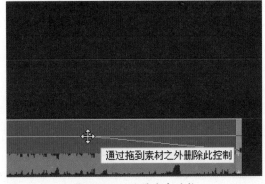

图10-133 设置淡出时长

(17) 经过以上操作，即完成了对电子相册添加和设置背景音乐，同时也完成了整个电子相册的制作。

10.8 创建视频文件

电子相册制作完成之后，可以将相册创建为视频文件，从而便于家人的欣赏，也有利于相册的保存，具体的操作步骤如下。

(1) 在"高级编辑"界面下，单击"步骤栏"的"3 分享"选项卡，切换至"分享"界面。然后单击选项面板区域的"创建视频文件"按钮，如图10-134所示。

(2) 在弹出的菜单中，选择DVD选项，如图10-135所示。

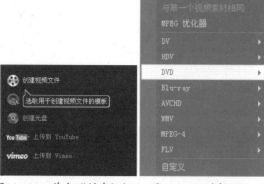

图10-134 单击"创建视频
文件"按钮

图10-135 选择DVD
选项

置，可以看到创建完成的视频文件，如图10-139所示。

(7) 经过以上步骤，电子相册的制作就全部完成，最后可以用媒体播放器软件对创建完成的视频文件进行播放，如图10-140所示。

(3) 然后弹出子菜单，选择"DVD (16:9，杜比数码5.1)"选项，如图10-136所示。

(4) 弹出"创建视频文件"对话框，选择创建的视频文件所要保存的位置后，单击"保存"按钮，如图10-137所示。

图10-136 选择创建格式

图10-138 渲染进度条

图10-137 选择保存位置

图10-139 创建完成的视频文件

(5) 然后弹出保存视频文件的渲染进度条，软件开始创建视频文件，如图10-138所示。

(6) 文件渲染完成之后，创建的视频文件被保存至"视频"素材库，同时打开文件保存的位

图10-140 播放视频文件

第11章　实例：制作婚礼视频短片

"VideoStudio Express 2010"（简易编辑）组件作为会声会影X3的重要组件之一，可以方便、快捷地制作影片，它可以从硬盘、光盘等各类媒体与摄像机、相机、移动电话等各种设备中导入视频、照片等素材，也可以创建带有各种主题模板的影片，还可以打印照片、光盘卷标以及通过互联网共享视频照片等。本章将结合"高级编辑"组件与"简易编辑"组件的各类功能来制作一部婚礼视频短片。

本章重点掌握内容：

- 掌握使用"简易编辑"组件导入影片素材
- 掌握使用"简易编辑"组件创建影片的全过程
- 复习各类滤镜、转场效果的使用和设置
- 复习标题文字、背景音乐的使用和设置
- 复习刻录光盘的操作方法

11.1 导入影片素材

VideoStudio Express 2010(简易编辑)组件可以从计算机硬盘、视频光盘、相机内存卡、移动电话、摄像头、电视调谐器和摄像机等等多种设备导入影片所需的素材。结合本例,从硬盘式DV导入影片素材的操作步骤如下。

(1) 进入Windows系统,双击桌面的Corel VideoStudio Pro X3图标,弹出"会声会影X3"的启动画面,然后单击"简易编辑"按钮,如图11-1所示。

(2) 单击"简易编辑"按钮之后,即可进入Corel VideoStudio 2010组件的操作界面,如图11-2所示。

图11-1 单击"简易编辑"按钮

图11-2 "简易编辑"操作界面

(3) 将鼠标移至Corel VideoStudio 2010主界面上方的"导入"按钮,自动弹出可导入的设备列表,然后单击"其他设备"按钮,如图11-3所示。

(4) 进入"从其他设备中复制"界面,在界面左侧的路径列表中,找到DV驱动器,进入存储视频素材的文件夹,如图11-4所示。

图11-3 单击"其他设备"按钮

图11-4 选择导入文件夹

(5) 然后在右半部分的"到文件夹"文本框中,输入自定义的文件夹名称,如图11-5所示。

(6) 单击"目标文件夹"右侧的"更改文件夹"按钮,如图11-6所示。

图11-5　输入文件夹名称

图11-8　单击"导入"按钮

图11-6　单击"更改文件夹"按钮

图11-9　显示导入进度

（7）找到用来存放导入的视频素材的文件夹，然后单击"确定"按钮，如图11-7所示。

（8）返回"从其他设备中复制"界面，取消选中"全部选取"复选框，然后选择需要导入的视频素材，最后单击"导入"按钮，如图11-8所示。

（9）在单击"导入"按钮之后，即进入"正在导入"界面，并显示导入进度，如图11-9所示。

（10）导入完成之后，弹出显示"文件已导入成功"的提示框，单击"确定"按钮，如图11-10显示。

图11-10　导入成功

（11）返回Corel VideoStudio 2010主界面，显示刚刚导入的视频素材，至此完成了从DV中导入影片素材的过程，如图11-11所示。

（12）同时，在计算机硬盘中，也保存了导入的视频素材，如图11-12所示。

图11-7　选择素材存放的文件夹

图11-11　完成导入影片素材

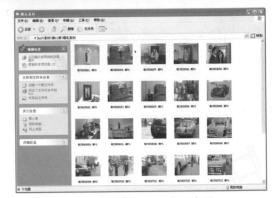

图11-12　导入硬盘中的素材

11.2　创建影片项目

　　当素材被导入Corel VideoStudio 2010(简易编辑)组件以后，就可以开始创建影片。在创建的过程中，可以使用Corel VideoStudio 2010组件简单地对素材文件、主题样式、标题文字、配乐和画外音等进行设置，具体的操作步骤如下。

　　(1) 将鼠标移至Corel VideoStudio 2010界面上方的"创建"按钮，在自动弹出的列表中，单击"电影"按钮，如图11-13所示。

　　(2) 进入"创建电影"界面，在"项目名称"文本框中输入需要的名称"幸福的婚礼"，如图11-14所示。

图11-13　创建电影

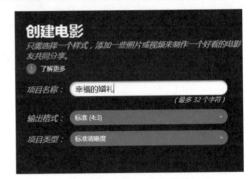

图11-14　输入项目名称

　　(3) 然后单击"输出格式"列表框，在弹出的下拉列表中，选择"宽银幕(16:9)"，如图11-15所示。

　　(4) 根据DV机拍摄的清晰度，在"项目类型"中选择"标准清晰度"，如图11-16所示。

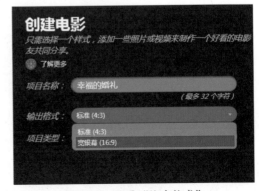

图11-15　设置"输出格式"

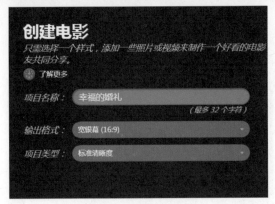

图11-16 设置清晰度

(5) 接着在"创建电影"界面下方的预设主题样式列表中，切换至"趣味"选项卡，选择需要的主题样式，如图11-17所示。

(6) 在以上设置完毕之后，单击"选择照片和视频"按钮，如图11-18所示。

图11-17 选择主题样式

图11-18 单击"选择照片和视频"按钮

(7) 进入"选择照片和视频"界面，按住Ctrl键，同时鼠标单击需要的视频素材，然后将这些选中的素材，拖动至下方的"拖动条目至此处"

区域内，如图11-19所示。

(8) 添加需要的素材以后，单击"转至电影"按钮，如图11-20所示。

图11-19 添加素材

图11-20 单击"转至电影"按钮

(9) 弹出Corel VideoStudio提示框，提示项目不支持持续时间少于3秒的视频，这些文件将被过滤，单击"是"按钮，如图11-21所示。

(10) 然后进入Corel VideoStudio 2010组件的分类编辑界面，如图11-22所示。

图11-21 过滤提示

图11-22　进入分类编辑界面

（11）"媒体"与"样式"在之前已经设置好，所以这里直接切换至"标题"选项卡，自动显示出预设主题已经设置好的文字位置，如图11-23所示。

（12）双击此预设文字，用户可以对该处的文字内容进行重新设置，如图11-24所示。

图11-23　显示预设文字的位置

图11-24　设置文字内容

（13）然后切换至"配乐"选项卡，单击"浏览我的音乐"按钮，如图11-25所示。

（14）进入"音乐"界面，找到音乐文件的保存位置，选中需要的音乐文件，然后单击"添加"按钮，如图11-26所示。

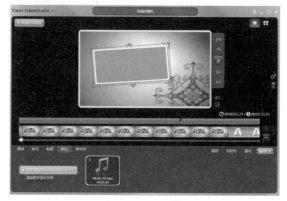

图11-25　单击"浏览我的音乐"按钮

图11-26　选择合适的音乐文件

（15）返回分类编辑界面的"配乐"选项卡，在选项卡区域内可以看到刚刚添加的音乐文件，如图11-27所示。

（16）切换至分类编辑界面的"画外音"选项卡，然后单击"开始录制"按钮，可以为影片录制旁白，如图11-28所示。

（17）在倒数3秒提示之后，程序开始正式录制画外音。录音与视频预览同步进行，录制完毕之后，单击"停止录制"按钮，结束画外音的录制，如图11-29所示。

（18）录制完成的画外音，以红色长条框显示在帧画面之上，单击红色长条框内的"开始预览"按钮，可以预听画外音效果，如图11-30所示。

图11-27 完成添加配乐

图11-28 单击"开始录制"按钮

图11-29 单击"停止录制"按钮

图11-30 预听画外音

（19）分类编辑完成之后，将鼠标移至组件界面最右侧的"设置"按钮上，然后自动弹出"设置"对话框，如图11-31所示。

（20）单击"转场"区域内的图标，弹出预设的转场效果，可以对项目进行统一设置"转场"效果，如图11-32所示。

图11-31 弹出"设置"对话框

图11-32 统一设置转场效果

（21）然后拖动"混音"区域内的标尺，对视频音量和背景音乐进行调整，如图11-33所示。

图11-33 调整音量

(22) 在"设置"对话框调整完毕之后，返回分类编辑界面，单击"输出"按钮，如图11-34所示。

图11-34　输出影片项目

(23) 进入"输出电影"界面，程序支持保存为视频文件、刻录光盘、在线分享等，此时的项目还没有编辑完成，所以这里单击"高级编辑"按钮，如图11-35所示。

(24) 打开"高级编辑"界面，影片项目自动导入"高级编辑"组件，然后选择"菜单栏"的"文件"|"保存"命令，如图11-36所示。

图11-35　单击"高级编辑"按钮

图11-36　选择"保存"命令

(25) 弹出"另存为"对话框，在"文件名"文本框中输入需要保存的名称，然后单击"保存"按钮，如图11-37所示。

图11-37　保存项目

(26) 经过以上操作，完成了使用VideoStudio Express 2010(简易编辑)组件创建影片项目以及对项目的初步编辑过程。

11.3　完善影片

VideoStudio Express 2010(简易编辑)组件快速地完成了对项目的创建和初步编辑，在导入至"高级编辑"组件中以后，还可以对项目进行全方位的完善工作，包括对视频素材的编辑、为视频素材添加滤镜效果、为影片设置转场效果、设置影片的文字和背景音乐等。

11.3.1 对视频素材进行编辑

从DV中导入的视频素材，可能会有很多不需要的地方，或者是需要重新处理的片段。本例中对导入的视频素材进行重新编辑的操作步骤如下。

(1) 进入"高级编辑"界面，在时间轴上选中因场景过多而需要重新分割的视频文件，如图11-38所示。

(2) 单击素材库上的"选项"按钮，打开"视频"选项面板，单击"按场景分割"按钮，如图11-39所示。

(3) 弹出"场景"对话框，选中"将场景作为多个素材打开到时间轴"复选框，然后单击"扫描"按钮，如图11-40所示。

(4) 扫描完成以后，"场景"对话框显示多个检测到的场景，单击"确定"按钮，如图11-41所示。

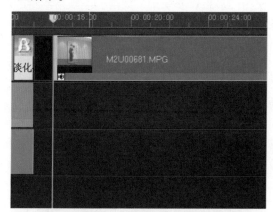

图11-38 选中视频素材

图11-39 单击"按场景分割"按钮

图11-40 单击"扫描"按钮

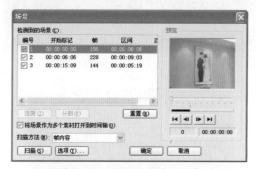

图11-41 显示检测到的场景

(5) 弹出Corel VideoStudio Pro提示框，提示临近的转场效果将被删除，是否要继续此操作，单击"是"按钮，如图11-42所示。

(6) 返回"高级编辑"界面，刚才的视频素材已经按场景的不同被分割为3段，如图11-43所示。

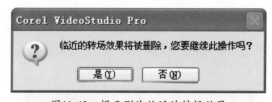

图11-42 提示删除临近的转场效果

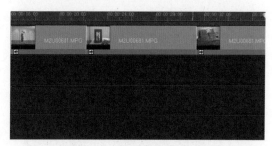

图11-43 按场景分割为3段

(7) 选中需要剪切的视频素材，拖动时间轴标尺上的滑块至目标位置，如图11-44所示。

(8) 然后单击导览面板上的"按照飞梭栏的位置分割素材"按钮，如图11-45所示。

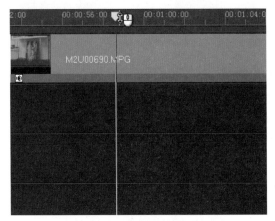

图11-44 拖动滑块至目标位置

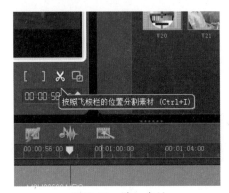

图11-45 剪切素材

(9) 经过以上操作，需要剪切的视频素材，被分割为两段，如图11-46所示。

(10) 然后右击不需要的视频片段部分，在弹出的菜单中选择"删除"命令，完成对素材的剪切，如图11-47所示。

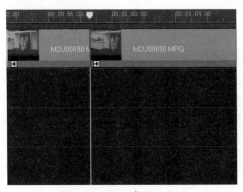

图11-46 视频素材被分割

图11-47 删除不需要的片段

(11) 在时间轴中选中需要编辑的视频文件，单击素材库上的"选项"按钮，打开"视频"选项面板，单击"多重修整视频"按钮，如图11-48所示。

(12) 弹出Corel VideoStudio Pro提示框，提示在使用"多重修整视频"之前，必须将素材的属性重置为默认，单击"确定"按钮，如图11-49所示。

(13) 弹出Corel VideoStudio Pro提示框，提示临近的转场效果将被删除，是否要继续此操作，单击"是"按钮，如图11-50所示。

(14) 弹出"多重修整视频"对话框，鼠标拖动对话框导览面板上的"擦洗器"至需要修整的位置，如图11-51所示。

图11-48 单击"多重修整视频"按钮

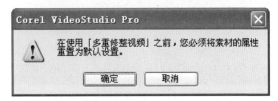

图11-49 提示将素材属性重置

图11-50 提示删除临近的转场效果

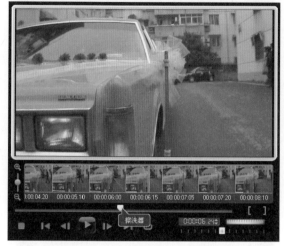

图11-51 拖动"擦洗器"至目标位置

(15) 然后单击"设置开始标记"按钮，如图11-52所示。

(16) 设置开始标记以后，继续拖动"擦洗器"，直至下一目标位置，单击"设置结束标记"按钮，如图11-53所示。

图11-52 单击"设置开始标记"按钮

图11-53 单击"设置结束标记"按钮

(17) 则修整后的视频片段自动添加至对话框下方的"修整的视频区间"区域内，最后单击"确定"按钮，完成视频的多重修整操作，如图11-54所示。

(18) 返回"高级编辑"界面，选中需要调整颜色的视频素材，如图11-55所示。

图11-54 完成视频修整

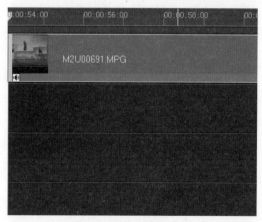

图11-55 选中视频素材

(19) 单击素材库上的"选项"按钮，打开"视频"选项面板，单击"色彩校正"按钮，如图11-56所示。

(20) 选项面板切换为"色彩校正"面板：选中"白平衡"复选框，设置为自动白平衡；选中"自动调整色调"复选框；设置亮度为18，对比度为12，如图11-57所示。

图11-56　单击"色彩校正"按钮

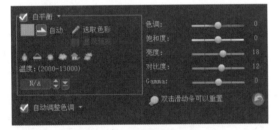

图11-57　设置色彩校正参数

(21) 经过以上操作，即完成对视频素材颜色的调整，前后对比如图11-58所示。

(22) 结合以上多种编辑方法，可以继续对影片中的其他视频文件进行适当的编辑与调整。

图11-58　调整色彩后的前后对比

11.3.2　为视频素材添加滤镜效果

对视频素材进行必要的剪辑、编辑和色彩调整之后，还可以为素材添加各种滤镜。通过滤镜改善视频素材的视觉效果，让影片更加精彩。具体的操作步骤如下。

(1) 在"高级编辑"界面下，单击素材库导航栏的"滤镜"按钮，打开"滤镜"素材库，如图11-59所示。

(2) 单击"滤镜"素材库上的"画廊"列表框，在弹出的下拉列表中，选择"调整"滤镜库，如图11-60所示。

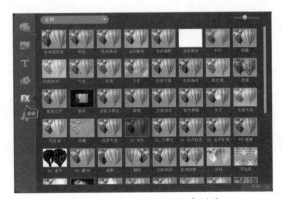

图11-59　打开"滤镜"素材库

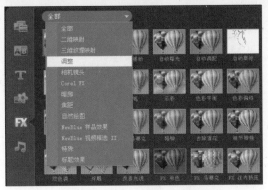

图11-60 选择"调整"滤镜库

(3) 打开"调整"滤镜库，选中需要的滤镜效果"降噪"，将其拖动至需要的视频素材上，如图11-61所示。

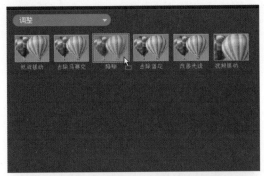

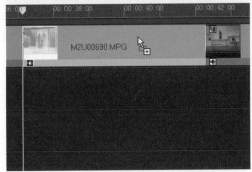

图11-61 添加"降噪"滤镜

(4) 单击素材库上的"选项"按钮，打开"滤镜"选项面板，单击"自定义滤镜"按钮，如图11-62所示。

(5) 弹出"降噪"对话框，滑动"程度"标尺上的滑块，将数值设为70；选中"锐化"复选框，数值设为30；其他参数保持不变，如图11-63所示。

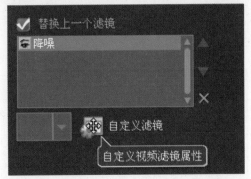

图11-62 单击"自定义滤镜"按钮

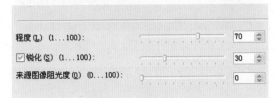

图11-63 设置"降噪"滤镜参数

(6) 参数调整之后，单击对话框的"确定"按钮，返回"高级编辑"界面，单击导览面板上的"播放"按钮，可以看到视频素材上因光线不足产生的噪点，已经被"降噪"滤镜消除，如图11-64所示。

图11-64 使用"降噪"滤镜的前后效果

(7) 然后可以为其他素材添加"滤镜"素材库中的各类滤镜效果。单击"滤镜"素材库上的"画廊"列表框，在弹出的下拉列表中，选择

"特殊"滤镜库,如图11-65所示。

(8)打开"特殊"滤镜库后,选中需要的"气泡"滤镜,如图11-66所示。

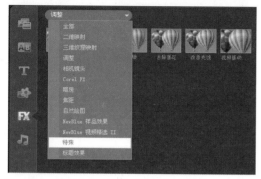

图11-65 打开"特殊"滤镜库

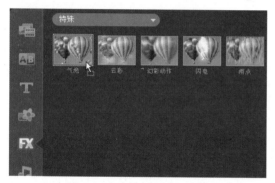

图11-66 选择"气泡"滤镜

(9)然后将"气泡"滤镜拖至视频素材上,释放鼠标,如图11-67所示。

(10)单击素材库上的"选项"按钮,打开"滤镜"选项面板,单击"自定义滤镜"按钮,如图11-68所示。

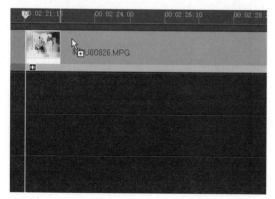

图11-67 添加"气泡"滤镜

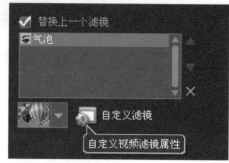

图11-68 单击"自定义滤镜"按钮

(11)弹出"气泡"对话框,切换至"基本"选项卡,在"颗粒属性"区域内,单击"外部"左侧颜色框,如图11-69所示。

(12)弹出"Corel 色彩选取器",设置RGB颜色值为R:105、G:150、B:255,然后单击"确定"按钮,如图11-70所示。

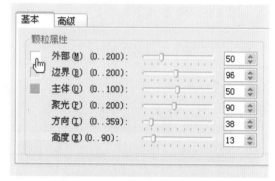

图11-69 单击"外部"颜色框

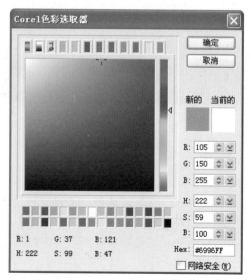

图11-70 设置颜色值

（13）返回"气泡"对话框，在"颗粒属性"选项区域内，单击"边界"左侧的颜色框，如图11-71所示。

（14）弹出"Corel 色彩选取器"对话框，设置RGB颜色值为R：248、G：255、B：120，然后单击"确定"按钮，如图11-72所示。

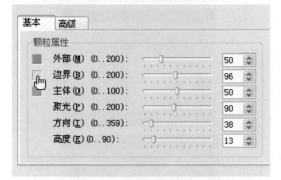

图11-71 单击"边界"颜色框

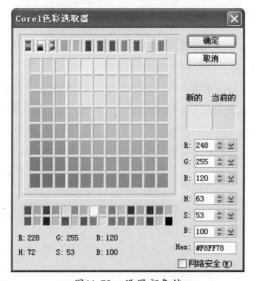

图11-72 设置颜色值

（15）再次返回"气泡"对话框，设置"颗粒属性"参数：滑动"主体"标尺，设置数值为100；"聚光"设置为79；"方向"设置为246；"高度"设置为32，如图11-73所示。

（16）然后设置"效果控制"参数：滑动"密度"标尺，设置数值为6；"大小"设置为17；"变化"设置为27；"反射"设置为49，如图11-74所示。

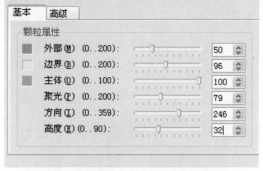

图11-73 设置"颗粒属性"参数

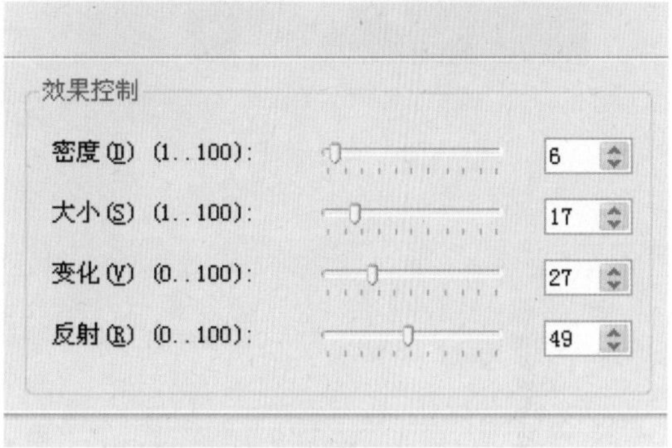

图11-74 设置"效果控制"参数

（17）切换至"高级"选项卡，先在"动作类型"选项区域内，选择"发散"单选按钮，如图11-75所示。

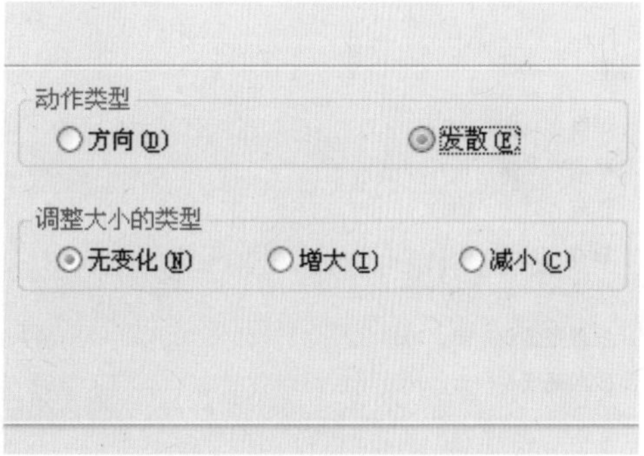

图11-75 选择"发散"单选按钮

（18）然后在"原图"区域内，出现一个十字框田，将此十字框对准视频素材中瓶口位置，如图11-76所示。

（19）此时"调整大小的类型"选项区域，由灰显变为可选择，选择"增大"单选按钮，如图11-77所示。

(20) 然后设置"高级"选项卡属性：滑动"速度"标尺，数值设为40；"湍流"设置为30；"振动"设置为40；其他参数保持不变，如图11-78所示。

图11-76　确定十字框位置

图11-79　预览"气泡"滤镜效果

动作类型
○ 方向(D)　　　　　　　⊙ 发散(E)

调整大小的类型
○ 无变化(N)　　⊙ 增大(I)　　○ 减小(C)

图11-77　选择"增大"单选按钮

基本	高级		
速度(S) (0..100):		40	
移动方向(M) (0..359):		90	
湍流(T) (0..100):		30	
振动(V) (0..100):		40	
区间(U) (0..100):		100	
发散宽度(R) (0..100):		10	
发散高度(G) (0..100):		10	

图11-78　设置"高级"参数

(21) 完成设置之后，单击对话框的"确定"按钮，返回"高级编辑"界面，单击导览面板上的"播放"按钮，可以预览滤镜效果，如图11-79所示。

(22) 然后可以继续为其他素材添加"滤镜"素材库中的各类滤镜效果。单击"滤镜"素材库上的"画廊"列表框，在弹出的下拉列表中，选择"相机镜头"滤镜库，如图11-80所示。

(23) 打开"相机镜头"滤镜库后，选中其中的"镜头闪光"滤镜，如图11-81所示。

(24) 将"镜头闪光"滤镜拖至视频素材上，然后释放鼠标，如图11-82所示。

(25) 单击素材库上的"选项"按钮，打开"滤镜"选项面板，单击"自定义滤镜"按钮，如图11-83所示。

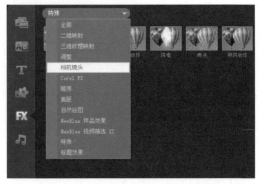

图11-80　打开"相机镜头"滤镜库

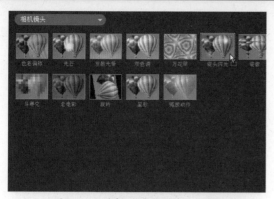

图11-81 选择"镜头闪光"滤镜

图11-82 添加"镜头闪光"滤镜

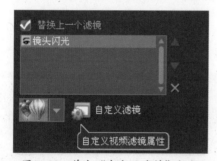

图11-83 单击"自定义滤镜"按钮

(26) 弹出"镜头闪光"对话框，在"原图"选项区域内，鼠标指向十字形状，将其移动至目标位置，如图11-84所示。

图11-84 设置镜头闪光的位置

(27) 然后设置首尾两个关键帧的参数：设置"镜头类型"为"50~300mm 缩放"；滑动"亮度"标尺，将数值设置为90；滑动"大小"标尺，数值设置为67；滑动"额外强度"标尺，数值设置为149，如图11-85所示。

图11-85 设置"镜头闪光"参数

(28) 完成设置之后，单击对话框的"确定"按钮，返回"高级编辑"界面，单击导览面板上的"播放"按钮，可以预览滤镜效果，如图11-86所示。

图11-86 预览"镜头闪光"滤镜效果

(29) 按照类似的方法，可以为影片中的其他视频素材添加与设置滤镜效果。

11.3.3　为影片添加转场效果

　　在使用"简易编辑"组件初步创建影片时，项目采用了自动设置的转场效果。根据本例中婚礼短片的要求，用户需要重新添加和设置影片的转场效果。具体的操作步骤如下。

　　(1) 在"高级编辑"界面下，单击素材库导航栏上的"转场"按钮，打开"转场"素材库，如图11-87所示。

　　(2) 单击"转场"素材库上的"画廊"列表框，在弹出的下拉列表中，选择"相册"转场库，如图11-88所示。

图11-87　打开"转场"素材库

图11-88　选择"相册"转场库

　　(3) 打开"相册"转场库后，选中需要的"翻转"转场效果，将其拖动至两个视频素材之间的灰色方框上，如图11-89所示。

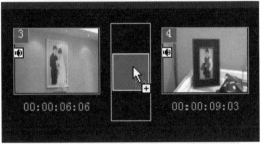

图11-89　添加"翻转"转场效果

　　(4) 单击素材库上的"选项"按钮，选项面板切换为"翻转"转场效果的设置界面，单击"自定义"按钮，如图11-90所示。

　　(5) 弹出"翻转-相册"对话框，先在"布局"区域内选择需要的模式，如图11-91所示。

图11-90　单击"自定义"按钮

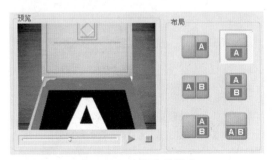

图11-91　设定布局模式

(6) 然后在"相册"选项卡中，设定相册的封面模板，如图11-92所示。

(7) 切换至"页面A"选项卡，设定页面A的页面模板，如图11-93所示。

图11-92 设定相册封面模板

图11-93 设定页面A的页面模板

(8) 完成对转场效果的设置以后，单击对话框的"确定"按钮，返回"高级编辑"界面，单击导览面板上的"播放"按钮，对转场效果进行预览，如图11-94所示。

图11-94 预览"翻转"转场效果

(9) 然后单击"转场"素材库上的"画廊"列表框，在弹出的下拉列表中选择"过滤"转场库，如图11-95所示。

(10) 打开"过滤"转场库后，选择"打开"转场效果，如图11-96所示。

图11-95 打开"过滤"转场库

图11-96 选择"打开"转场效果

(11) 将"打开"转场效果拖动至两个视频素材之间的灰色方框上，然后释放鼠标，如图11-97所示。

(12) 单击素材库上的"选项"按钮，选项面板切换为"打开"转场效果的设置界面，将"边框"数值框中的数字设置为1，然后单击"色彩"颜色块，在弹出颜色列表中，选择"Corel 色彩选取器"，如图11-98所示。

图11-97 添加"打开"转场效果

图11-98 选择"Corel 色彩选取器"

(13) 弹出"Corel 色彩选取器"对话框，设置RGB颜色值为：R：179、G：132、B：138，单击"确定"按钮，如图11-99所示。

(14) 然后再将"柔化边缘"设置为"强柔化边缘"；"方向"设置为"从中央开始"，如图11-100所示。

(15) 完成对"打开"转场效果的设置以后，单击导览面板上的"播放"按钮，可以对转场效果进行预览，如图11-101所示。

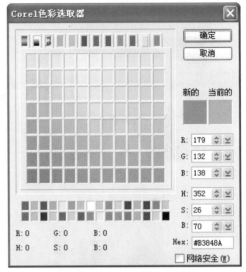

图11-99 设置边框色彩

图11-100 设置转场参数

图11-101 预览"打开"转场效果

图11-101 （续）

（16）再次单击"转场"素材库上的"画廊"列表框，在弹出的下拉列表中，选择"NewBlue样品转场"转场库，如图11-102所示。

（17）打开"NewBlue 样品转场"转场库，选择"拼图"转场效果，如图11-103所示。

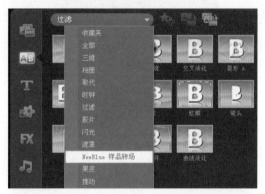

图11-102 打开"NewBlue 样品转场"转场库

图11-103 选择"拼图"转场效果

（18）将"拼图"转场拖动至两个视频素材之间的灰色方框上，然后释放鼠标，如图11-104所示。

（19）单击素材库上的"选项"按钮，选项面板切换为"拼图"转场效果的设置界面，然后单击"自定义"按钮，如图11-105所示。

图11-104 添加"拼图"转场效果

图11-105 单击"自定义"按钮

（20）弹出"NewBlue 拼图"对话框，选中"显示实际来源"复选框，在下方的预设效果列表框中，选择"热"预设效果，如图11-106所示。

（21）然后对预设的转场效果进行微调：滑动"层"环形标尺，设置为6；滑动"角度"环形标尺，设置为108；其他参数不变，如图11-107所示。

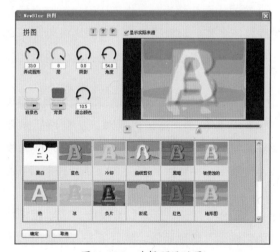

图11-106 选择预设效果

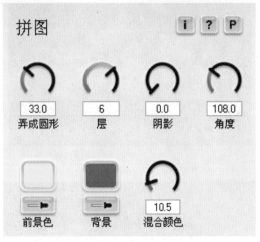

图11-107　微调转场参数

(22) 单击对话框上的"确定"按钮以后，返回"高级编辑"界面，然后单击导览面板上的"播放"按钮，可以预览添加的转场效果，如图11-108所示。

(23) 按照类似的方法，可以为其他视频素材之间添加与设置需要的转场效果。

图11-108　预览"拼图"转场效果

11.3.4　为影片设置标题文字

在制作婚礼短片时，为了让用户对整个婚礼进程有所了解，经常需要为不同的场景添加不同的文字提示或者标题。结合本例，具体的添加与设置标题文字的步骤如下。

(1) 片头部分的文字提示在"简易编辑"组件中已经初步设置，这里可以对该标题进行重新编辑。进入"高级编辑"界面，在"时间轴视图"中双击"标题轨 #1"上的文字，如图11-109所示。

图11-109　双击标题轨上的文字内容

(2) 自动打开"标题"素材库，选项面板切换为"编辑"选项面板，然后单击"字体"列表框，在弹出的下拉列表中，选择需要的字体，如图11-110所示。

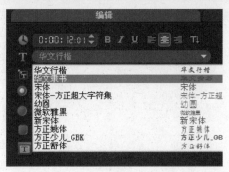

图11-110 设置文字字体

(3) 然后单击"编辑"选项面板上的"边框/阴影/透明度"按钮，如图11-111所示。

(4) 弹出"边框/阴影/透明度"对话框，切换至"边框"选项卡：选中"外部边界"复选框，设置"边框宽度"为1.0，设置"柔化边缘"为1，如图11-112所示。

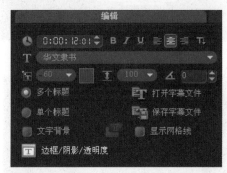

图11-111 单击"边框/阴影/透明度"按钮

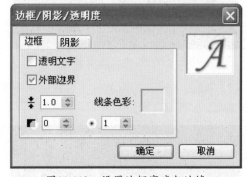

图11-112 设置边框宽度与边缘

(5) 然后单击"线条色彩"颜色框，在弹出的颜色列表中，选择"Corel 色彩选取器"命令，如图11-113所示。

(6) 弹出"Corel 色彩选取器"对话框，设置RGB颜色值为R：228、G：166、B：139，然后单击"确定"按钮，如图11-114所示。

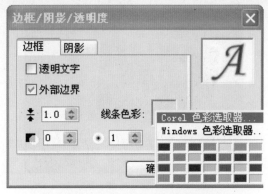

图11-113 选择"Corel 色彩选取器"

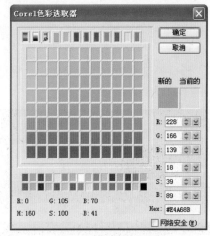

图11-114 设置颜色值

(7) 返回"边框/阴影/透明度"对话框，直接单击对话框上的"确定"按钮，如图11-115所示。

(8) 经过以上操作，片头的文字被重新设置完成，单击导览面板的"播放"按钮，可以看到文字效果，如图11-116所示。

图11-115 单击"确定"按钮

图11-116 预览片头文字效果

（9）设置了片头文字之后，用户可以在婚礼的每个场景前，都添加一段文字提示。

（10）切换至"故事板视图"界面，单击素材库导航栏的"图形"按钮，自动打开"色彩"图形库，然后拖动"黑色"色彩对象至需要的位置，如图11-117所示。

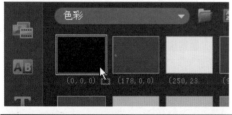

图11-117 添加"黑色"色彩对象

（11）然后单击素材库导航栏的"标题"按钮，则自动切换回"时间轴视图"，打开"标题"素材库，同时预览窗口中显示"双击这里可以添加标题"的字样。

（12）在"标题"素材库中，选中需要的标题样式，拖至时间轴上的"标题轨 #1"上，并与刚添加至视频轨中的"黑色"色彩对象保持对齐，如图11-118所示。

（13）在时间轴中双击刚刚添加的标题样式，则预览窗口中显示标题样式内容，如图11-119所示。

图11-118 添加标题样式

图11-119 预设标题样式

（14）然后将预设的标题文字改成用户需要的文字内容，如图11-120所示。

图11-120 修改文字内容

(15) 选中"迎亲"文字框，在自动打开的"编辑"选项面板中选择需要的字体，如图11-121所示。

(16) 同样的，将"开始了"文字内容设置成需要的字体，修改后的文字内容最终显示效果，如图11-122所示。

(17) 单击导览面板的"播放"按钮，可以预览文字效果，如图11-123所示。

(18) 切换到"故事板视图"，为该文字提示添加转场效果，如图11-124所示。

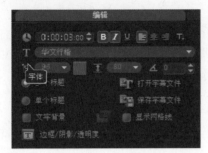

图11-121 设置字体

图11-122 文字最终显示效果

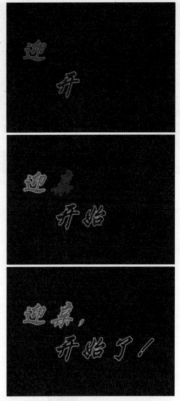

图11-123 预览文字效果

图11-124 添加转场效果

(19) 经过以上步骤，完成了为某一场景添加文字提示的操作，以及该文字提示通过转场效果与场景的完美结合。按照同样的方法，可以为其他场景，如宴会现场、影片结尾等，添加文字提示。

11.3.5 为影片调整背景音乐

本例通过"简易编辑"组件已经添加了合适的背景音乐，所以这里只需进行适当调整即可，具体的操作步骤如下。

(1) 因影片时间较长，而一首音乐的长度不够时，可以添加其他音乐。右击时间轴的空白处，在弹出菜单中，选择"插入音频"选项，然后弹出子菜单，选择"到音乐轨 #1"命令，如图11-125所示。

(2) 弹出"打开音频文件"对话框，选择需要的音乐文件，单击"打开"按钮，如图11-126所示。

图11-125　插入音乐文件

图11-126　选择音乐文件

(3) 则新添加的音乐文件，自动排在原来音乐文件的后面，如图11-127所示。

(4) 滑动时间轴标尺，至影片结尾处，右击音乐文件，在弹出的菜单中选择"分割素材"命令，如图11-128所示。

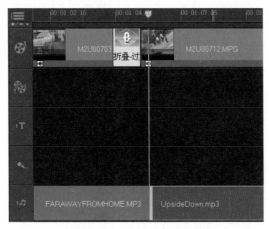

图11-127　添加新音乐文件

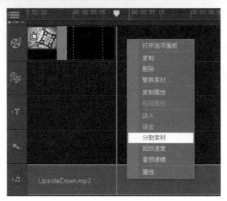

图11-128　分割音乐文件

(5) 将音乐文件分割为两部分，然后右击不需要的音频部分，在弹出的菜单中选择"删除"命令，如图11-129所示。

(6) 经过以上操作，影片的长度和背景音乐长度保持一致。

(7) 然后在时间轴中选中第一首背景音乐，单击素材库上的"选项"按钮，打开"音乐和声音"选项面板，单击"淡入"按钮，如图11-130所示。

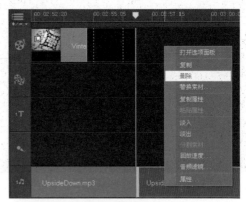

图11-129　删除多余音频部分

图11-130　设置第一首音乐淡入效果

(8) 同样的，选中第二首背景音乐，在"音乐和声音"选项面板中，单击"淡出"按钮，如图11-131所示。

(9) 经过以上操作，完成对整个影片的背景音乐的调整与设置。

图11-131 设置第二首音乐淡出效果

11.4 将影片刻录成为DVD影碟

影片创建完毕之后，为方便保存和共享，可以将影片刻录成光碟。用户可以根据需求选择刻录的光盘格式。具体的操作步骤如下。

(1) 单击"步骤栏"的"3 分享"选项卡，切换至"分享"界面，然后单击选项面板区域的"创建光盘"按钮，如图11-132所示。

(2) 打开Corel VideoStudio Pro X3组件的"创建视频光盘"页面，首先在"项目名称"文本框中输入"幸福的婚礼"，然后在"选取光盘"列表框中选择DVD，在"项目格式"中选择DVD-Video，如图11-133所示。

图11-132 单击"创建光盘"按钮

图11-133 设置刻录信息

(3) 在页面下方的"继承"样式列表中，选择一个交互式菜单样式，然后单击"转到菜单编辑"按钮，如图11-134所示。

图11-134 选择菜单样式

(4) 进入"菜单编辑"主界面，单击页面上方的"创建章节"按钮，如图11-135所示。

(5) 进入"创建章节"界面，单击"按场景或固定间隔自动添加章节"按钮，如图11-136所示。

图11-135 单击"创建章节"按钮

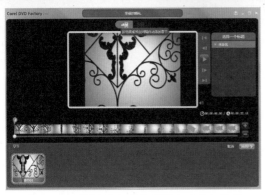

图11-136　按场景或固定间隔自动添加章节

（6）然后在页面右侧弹出"自动设置章节"对话框，选择"每2分钟"单选按钮后，单击"确定"按钮，如图11-137所示。

（7）添加章节完成，按时间分成了多个章节，最后单击"应用"按钮，如图11-138所示。

图11-137　"自动设置章节"对话框

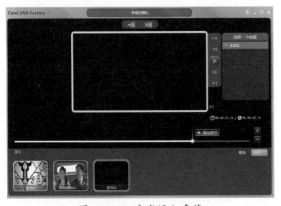

图11-138　完成添加章节

（8）返回"菜单编辑"主界面后，单击"未命名"文本框，可将其修改为需要的名称，如图11-139所示。

（9）依次单击"章节01"、"章节02"、"章节03"，可修改为用户需要的名称，如图11-140所示。

图11-139　修改总章节名称

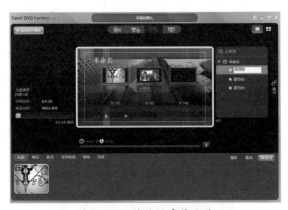

图11-140　修改子章节名称

（10）在"菜单编辑"主界面的上方，单击"在家庭播放器中预览光盘"按钮，如图11-141所示。

（11）然后进入预览界面，菜单样式自动进行预览，预览无误后，则可以单击"刻录"按钮，进行光盘的刻录，如图11-142所示。

（12）最后进入"刻录"界面，显示刻录进度，完成刻录以后，提示刻录成功。

（13）经过以上操作，整部婚礼短片制作完成，同时刻录成DVD光碟，用于保存或分享。

图11-141 单击"在家庭播放器中预览光盘"按钮

图11-142 单击"刻录"按钮

读书笔记